李山作品系列

风诗的情韵

——李山讲《诗经》

李山 著

人民东方出版传媒
東方出版社

目录

第一集

《诗经》离我们远吗

《诗经》三百篇，是中国最早的文学。从时间上说，离我们很远了。

可是，《诗经》离我们真的很远吗？回答是：并不远。今天人们说话若喜欢文雅一点，一不留神就可能溜出一个半个出自《诗经》的语词。

比如，我们常说某个人在某些领域“独领风骚”。这“风骚”二字的“风”，就与《诗经》有关，《诗经》不是有“国风”吗？

还有好多这样的词。例如做什么事如打仗，中途放弃、开小差，我们就说“逃之夭夭”。这个词也出自《诗经》，只是原本写作“桃之夭夭”，是形容艳丽桃花的。再如，形容一个人提携、诱导别人，就说他“耳提面命”，这也出自《诗经》。还有，假如在一些事上俩人立场不同，人们就说是“泾渭分明”，还是出自《诗经》。

这样的词还有很多，有学者以《诗经》“成语”为题，居然可以写成一本小册子。所以,《诗经》虽古老，离我们却很近。这就是经典，你不知道它，它知道你。《诗经》最早的作品，其时间距今已有三千年了，近的也有两千五六百年，时间很久了。可实际上，它的要素却始终流淌在我们的文化血液中。而且，可以肯定，不仅我们这代人，就是下代人、下下代人,《诗经》还会照样起作用，人们照样还会去关注《诗经》。而且所谓的“关注它”，还不只是关注它精美的语言，还会关注《诗经》的思想观念、艺术风采，等等。

说来说去，那么,《诗经》是什么呢？或者说什么是《诗经》呢？

传统的说法,《诗经》是我国最早的一部诗歌总集。也有人说是“选集”。总之，就是有这样的305首诗，在一定时期被编纂成了一部书，就是《诗经》。若是用更形象、深入一点的语言说,《诗经》是我们这个民族，在自己的文化创生时期产生的精神花朵。正因如此，诗三百篇（简称“诗三百”）才重要，才与一般诗歌集子不一样。怎么不一样呢？我们这个民族，是歌唱着“诗三百”创立了自己的精神传统的；换个说法也许更准确，在很大程度上，三百篇的歌唱所表达的内涵、风神、韵律，展现的就是我们这个文化人群在创建属于自己的精神传统时的所思所想，她的追求和崇尚，她对自己在世界中生存的理解感悟，她对美恶好歹的判断即情感的反应，等等；归结为一句话:《诗经》的内涵，其实就是民族精神的重要组成部分。也因此,《诗经》还将随民族的发展而前行，传之久远。

那么,《诗经》包括哪些内容呢？按照古来的分类，包括三大部分：风、雅、颂。从艺术的表现手法上说，还有三项：赋、比、兴。风、雅、颂，赋、比、兴，就是所谓“诗经六义”。这是读《诗经》之前，应该知道一点的。

那么，什么是“风”？打开《诗经》，不论是古代人注解的，还是现代人注解的，头一部分就是《周南》，之后是《召南》，再往后，《邶》《鄘》《卫》，之后是《王》《郑》《齐》《魏》《唐》《秦》《陈》《桧》《曹》《豳》，一共十五部分。再简单点就是如下口诀：周召邶鄘卫，王郑齐魏唐，秦陈桧曹豳。三个五言句，虽不押韵，也很好记。记住这三句有好处，容易查找每一部分篇章。

“十五国风”的这个“国”，原本是称“邦”的。不论是“邦”还是“国”，概念都与今天不大一样，“十五国”，其实就是周王朝的十五个地区。就是说，“风”是分地域的，这些“国”，有的是国，有的则不是。这些地域大致包括黄河流域、江汉地区。具体点说，黄河途经陕西、山西，转而向东，流向下游河南、河北以及齐鲁地带，最后入海。这一线，周代诸侯，举其大者有秦、晋（即魏、唐风诗之地）、郑（郑风、桧风之地）、卫（邶、鄘、卫三风之地）、曹、齐、鲁之邦等；王风之区及周南、召南之地的一部分，也属于黄河沿岸一带。再往南、东南，一为汉水与长江汇合之域，还有淮水沿岸地区，诗篇也有显示，《周南》《召南》一些篇章即与这些地方有关。国风地域的南界没有过长江。然而，西至陕甘交界、东到齐鲁大地、北至河北、南到江汉的广大区域，大致就是周王朝势力所及的范围，封建诸侯很多，是当时“华夏”的中心地带。

同时，“十五国风”的“国”，有叠合或大致叠合的现象。如秦风，主要流行于春秋时期的秦国即今陕西地区，之前，此地为西周腹地。有的国风称谓所指，在周代本不是国家，如周、召。两者的地域，据古代的说法，只是周初两位大臣即周公、召公分别负责管辖的区域，以陕（约在今三门峡市）为分界点，以东洛阳即左近地区，为周公管辖；自陕以西，北起陕西关中南到江汉之区，为召公管理。因此，两地风诗才分称“周”、“召”。总之，知道“十五国风”之“国”，是区域概念，差不多就够了。

以上说“国风”，重点在“国”，现在谈谈“风”。“风”的概念，从古到今有不同的解释。风，本为自然界空气流动现象。但古人理解可不这样简单。有人就说“风”代表的是教化、风教。孔子就说：“君主之德风，小人之德草。”国家发布政令，发布文教政策，就像刮风一样；风一动草就随之摆动。古代非常重视风教，又称政教。“政”什么意思？政者，正也。就是引导人民走正确的路。走正确的路，就要实施正确的文教，也就是用好的风化化导民众。这是“风”的第一个含义。

风，又可以读成“讽”，就是今天“讽刺”的“讽”。要讽刺什么，总得幽默点，拐弯抹角一点。大家较为熟悉的“邹忌讽齐王纳谏”，话说得多么委婉啊！这在古人也是很重视的。从上面往下说，是风化；下面对上提意见，就是“讽”、“讽谏”。老百姓有意见，往往是经由民谣唱歌来表达的，这就是讽谏。这是古代的大致情况。还有其他解释，以上两点是最主要的。

还有一种说法，自古就有，近现代以来更受重视。那就是：“风”是地方土调。古代著名编年史《左传》就曾记载了一个故事：一位楚国乐官战争中被晋国人抓了俘虏，晋国人叫他演奏音乐，他就“操南音”，即演奏南方的家乡乐调。为此晋国人称赞他是“君子”，是“乐操土风，不忘旧也”。“土风”就是乐调。还有，孔子、墨子，都是歌《诗》三百、舞《诗》三百的。既然是“歌舞”《诗》三百，就得有乐调。古代中国是地域广大的国家，现代地方戏曲也很多，在古代，各地的乐音也很丰富多彩；多姿多彩的各地乐音、乐调，就是“风”。上面说过，现代人最认同“风是地方乐调”这一说法。

上面这最后的“风”说，很有道理。不过，笔者以为还不全面。所以，让我们从“风”的原始意义再做一点分析。古代有一种现象，就是“吹风定律”。吹风定律干什么？判断时令。这在东周文献中有记载。春天到了，该下地耕种了。那么，哪一天是春耕最佳时节？这需要专门的判断，方法就是吹律管。所谓律管，差不多跟后来的笛子大体相同。谁来吹律呢？记载上说是“瞽”，就是一种瞎子艺人。他们双眼失明，所谓感官互补，眼睛看不见的人往往耳朵灵光，古代就由他们专门负责吹律。我们知道，在不同的气温、气压、湿度下，同一个长度的管子吹出的声调，是不一样的。古人就根据这一原理吹律，测定某一节令的到来。中国文化是农耕文明，而且，中国农耕文明是在季风气候区域里建立的，所以种地特别强调时令。任何一个农民，对时令的熟悉要比城市人敏感得多。什么时候种小麦，什么时候种瓜、种豆，时令是非常讲究的。这就要吹律管、测时节了。请注意，因为风与时令有关，古人又相信天地有灵，所以“风”就很神秘。郭沫若先生有一部书叫《卜辞通纂》，书中说，甲骨文有这样的说法：“风”字与“凤”字有密切关系，风就是凤，就是神秘的凤凰。“凤”的职责就是“帝史”。“帝”就是上天，“史”就是信使。“风”是什么？原来就是传达上天意思的使者。也就是说，古人认为“风”这种现象与神秘的天意相通。

这又涉及西周时的“天命”观念。西周确立了一个很重要的精神观念，相信历史兴衰的幕后总主宰就是天。上天把王朝大权一开始交给夏，后来到夏桀时恶待老百姓，老百姓怨声载道，上天就听到（“听到”俩字很重要）了。于是上天就“革命”，做法就是把权力从夏人手里夺回来，转而交给殷商。殷商到了纣王时，又不好好干，老百姓又怨声载道，于是上天也听到了，就又把权力重新夺回来，转而又交给周人。那么，上天根据什么把权力拿回来又换过去呢？就是根据老百姓的呼声，其中就包括歌唱。刚才我们说，“风”有神秘的含义，老百姓的这种歌唱，也被视为“风”，就是想象歌声像风一样传达给上帝。这样的意思，保存在《孟子》里就是这样的两句话：“天听自我民听，天视自我民视。”这两句话的要点是：老百姓唱歌里含的情感，是可以被传达到上天的。上天最终是根据百姓的歌声亦即民“风”的内容，做出把大权交给谁的决定。

同样，上天的意思，有时候也是经由唱歌传达给下界人的。这样的例子周代有，不过这里还是举一个大家较熟悉的吧。东汉后期，出了一个很残暴的人董卓，杀了不少人。据文献记载，在董卓没有杀人之前，当时的市井小孩嘴里就唱：“千里草，何青青，十日卜，不得生。”什么意思啊？一开始大家莫名其妙，后来董卓杀人了，才发现“千里草”，就是一个“董”字，“十日卜”就是一个“卓”字啊！原来在董卓凶暴以前，老天就经由小孩子的嘴向人们预告，不久将有一个董卓出来杀人放火啊！可惜，大家也只能事后诸葛亮，肉眼凡胎，没能领会老天提早群发的微博、短信啊！

还有一个例子离我们更近，是关于近代袁世凯称帝的。袁世凯有好不学，偏学坏，放着民国大总统不当，非要做皇帝。那时候的北京，据说家家唱“家家门口挂红线”。袁世凯称帝了以后国号叫“洪宪”，据说就是一个妓女给他起的。一些达官贵人在八大胡同那种地界闲聊国是，旁边一位妓女多了一嘴：说未来的帝朝叫红线得啦！你看市面上唱“家家门口挂红线”，叫“红线”，不就完了吗？后来“红线”俩字一改装雅化，就成了“洪宪”。诸如此类的现象，用唯物观点理解，是人心骚动的表现，人心不安自然就出这种事情，与人撞见鬼差不多，心里没事撞不见鬼。一个时代也一样。当年陈胜、吴广要造反，为了神化自己，吴广就点一堆篝火，黑夜里躲在一边学狐狸叫，即所谓“篝火狐鸣”，叫什么“大楚兴，陈胜王”，也都是造谣惑众的事情，当不得真。可在古人就不然，他们相信这个，相信老百姓歌唱，是神秘的，“风”就传达了上天的什么神秘天意。

这样就带来一个重要的文化结果。简单看这个现象，是古人愚昧的表现。可是，就是这样一个愚昧观念，却带来一个积极的结果，什么结果？就是朝廷特别重视采集民风。采集民风做什么？观看。观看什么？观天意。同时，儒家解释说，观看民风最重要的是考察自己的政治得失。通过老百姓的歌唱，你执政者听到、看到，就知道了百姓心里是怎么想的了。那就根据民意检测自己的行政，改善自己的政治吧。一个愚昧的观念，带来的却是一种不错的文化结果。历史往往就是这样复杂，这样精华与糟粕并存，手心手背。剔除糟粕，取其精华，道理是好，谈何容易！

在新中国，上过中学年岁稍微大一点的先生女士都学过《诗经》中的两首诗：《伐檀》与《硕鼠》。这两首诗出自《魏风》，暴露了当时社会存在的严重问题：赋税太重和尸位素餐。按照传统的理解，社会上流传这样的歌谣，你魏国当政者就该注意了，诗篇被采集加工到王朝的朝廷上演奏，你周王也该注意了。魏侯——可能还有其他诸侯，老百姓经济负担过重了，魏国——可能还有其他邦国，朝堂上不三不四的人多了。不论魏的主政者还是更高一级的周王朝主政者，就该“观得失，自考正”，及时调整政策、税率，否则民怨日趋严重，老天爷知道了，魏国吃不了兜着走，连周王也得负责。这就是古代学者以为的风诗的价值。是否真的这样起过作用，我不敢说，但是，在天命观念下，发乎民间的一些歌唱被保存加工，以至于流传后世，成为民族的文化、文学经典，这倒是可以肯定的。

总之，说到这个风，现代人说他是土调，没问题，就像河南人唱戏用豫剧腔调，河北人用梆子腔，浙江人用越剧腔一样。这些戏曲发源于地方土调，没问题，可是，若把古代的“风”就单纯地理解为地方土调，可就太过简单了，就像是神庙里没了神，空荡荡的，无精打采的。应该把古人风、凤相连，沟通人天的理解，加到“风土”这个概念中去，这就能解释何以古代王朝有心思采集民风歌唱了。这就是“风”，一个千百年之前的老观念。

以上说的是“风”。那“雅”又是什么呢？

雅，今天我们也在说，这个人很雅致，雅就是高雅。雅的含义是什么呢？古人说：“雅者，正也。”在此，“正”就是“标准”的意思。《论语》说，孔子在读《书》、读《诗》还有做典礼司仪的时候，所操的语言是“雅言”。孔子说的“雅言”，不是指老夫子家乡的山东话。这所谓的“雅言”就是通行于各诸侯国的标准语，也就是今天所谓的“普通话”。孔子家乡那时候一定也是有方言的。这个“雅言”的“雅”，就与这里所讨论《诗经》的“雅”相关。顺着“标准语”这个说法还可以问：雅，哪个地方的方言就是当时“普通话”的基础方言啊？回答是，恰恰是《诗经》大雅、小雅诗篇产生的地区的方言。若不怕有简化的嫌疑，也可以说，雅言就是以西周人群所操语言为基础的。周人起家的区域，就是今天陕西一带。周人建立了强盛的王朝，他们的语言就很自然成为天下人都遵循的“雅言”，他们以“雅言”歌唱的诗篇，也就是“雅”了。当然，“雅”在这里，可能还包括周人生活地区流行的乐调。当今的陕西不是还流行秦腔吗？最近，这里的“老腔”也很流行，知名度甚至是要超过秦腔呢！也可以说“雅”的歌唱，就是西周版的“秦腔”或“老腔”啊！

那么，《诗经》“雅”的内容是什么呢？简单说，主要反映周王朝比较高级的贵族活动、军国大事的问题。古代军国大事主要是祭祀和打仗，《诗经》的大小雅篇章里祭祖诗篇分量较重，表现战争题材的诗篇也不算少。还有表现农事活动的，表现贵族宴饮活动的。另外，还有西周后期衰乱时一些大臣表达政治不满情绪的。所以雅的诗篇是分《大雅》《小雅》的。举一个例子，《诗经》翻到《小雅》部分，头一首就是《鹿鸣》：“呦呦鹿鸣，食野之苹。”野外的鹿，呦呦地呼叫着，呼朋引伴，一起来吃草。我说这就是中国人，表现宴会吃饭，先表现有情有义的梅花鹿，以为鹿发现丰美的水草就招呼同伴。诗人先以此为比兴，说今天的宴会遵循的是一种自然原则，有饭大家吃。“我有嘉宾，鼓瑟吹笙”，今天来了好多客人吃饭，吃饭不单吃饭，还要吹笙鼓瑟，还要交换礼品。因为经由这样的活动，我与客人之间的关系就会更加亲密，客人也才会告诉我一些人生道理。你看，吃饭吃的是人生境界。周代朝廷政治，诸侯要朝见周王，列国诸侯与诸侯之间要常来往，宴饮作为重要的典礼，就是不可缺少的。所以《雅》就以《鹿鸣》为先。诗篇的调子，自然与“硕鼠硕鼠”是不一样的。《雅》的篇章是雍容的、华贵的，涉及王朝政治活动各方面。

《雅》之外，就是《颂》。“颂”这个字，右边是个“公”字旁，是音旁；左边是个“页”字。“页”的本义指的是我们脑门这部分。在北方有些方言当中还保持着古意，北方，例如河北省北部的地方土话，就称脑门这块儿为“页勒盖子”。看篆字、甲骨文，“页”（頁）的上半部分表示的是小孩子的大脑袋，顶部，也就是最上面的那一笔，不写成封闭状，表示这是小孩的脑袋，大脑袋上有囟门；下面画的是两条腿。所以学者根据“颂”的写法，根据这个字的读音、字形判断，“颂”本义就是表示人舞蹈的样子。所以“颂”有时解释为“舞容”，就是舞蹈时的样子。这就是说，古代宗庙祭祀的时候——古代祭祀与今天清明祭祖可不一样，到先人的坟墓前填点土，若有什么建筑，擦一擦，放朵花，鞠个躬就完事——特别是贵族祭祀典礼，在宗庙里进行，对着祖宗的神灵举行祭祀典礼，要歌唱，要跳舞，要展现他们活着时候的功德，这就需要歌功颂德的诗篇了。所以《周颂》是周王室祭祖的诗篇。因为祭祖要跳舞，一边跳舞，一边奏乐，一边还有歌唱，所以诗篇都短。一般来说，大小《雅》的诗篇，几章构成一篇，长的可达十章左右。可是，《周颂》篇章就很短了。请看《周颂·思文》这首诗：“思文后稷，克配彼天。立我烝民，莫匪尔极。贻我来牟，帝命率育，无此疆尔界。陈常于时夏。”大意是说，是后稷您种了粮食使生民得以存活，您还给了我们小麦这样的好品种，我们要把它种到天下各地去。就这几句，完了。周颂的歌舞是很缓慢的，伴奏的音乐曲调也相对沉重，所谓一唱三叹，十分隆重。这就是《颂》。《颂》有《周颂》《鲁颂》以及《商颂》，三部分加起来，也较《风》《雅》诗篇少。

这就是《诗经》风、雅、颂三部分。三部分之间有联系。《周颂》的诗篇多祭祀，古代祭祖这件事不像今天祭祖上坟这样简单，它带有政治的、文化的功能。看《诗经·周颂》的祭祖诗，颂歌所献的对象，屈指可数，列祖列宗中，祭祀的歌唱只给几位先王；其中最重要的就是周文王。为什么是周文王？看一看文献就知道，文王这个人，自己做男人好，太太也好。太太好在哪儿？太太一是能生，给文王生嫡子十个。此外，她不嫉妒，让文王诸多妃妾也能接触文王，都能生孩子。所以，文王就可以有“百斯男”。现在的人、特别是女士，不是很喜欢到商店里买绘有“百子图”的锦绣丝织品吗？原来这也是有出典的——“文王百子”，大富大贵。文王家生了这么多儿子，等到周家建国封诸侯的时候，文王的这些儿子就派上用场了。所以，周代的诸侯多为文王子孙。周家建国一开始，大家自然感情很亲，都是文王的儿子、文王的孙子。可过了一百年或更长，关系可就越来越淡了。这时候，靠什么把大家的精神拢在一起啊？大祭周文王，经由追溯文王这位共同的祖先，把诸侯们集到一起。所以，祭祀文王，有政治含义。所以古代祭祀祖先，很隆重。

另外，我们发现，在《诗经》的诗篇中，祭祀的时候还要再现祖先德行、业绩。大祭周文王，文王到底怎么样啊？于是，在《大雅》的篇章里就有长篇的《大雅》篇章，歌唱周文王如何做事，如何有德，同时还涉及周文王的父亲王季，歌唱王季如何，王季的妻子即文王母亲如何；此外还有文王的夫人如何，以及文王之子武王又如何。这就是《大雅》的歌唱。周文王的儿子对周文王很了解，一百年后的子孙们，对遥远的老祖宗到底怎么回事，就可能不太明白了。为了后代不忘祖先老传统，周代诗人谱写了颂扬祖先业绩的篇章，保存在《大雅》中，目的就是要告诉文王的子孙们，当年先王是怎么过家庭生活的，是怎么开创周家新局面的，是怎么打击敌人使周家强大起来的。很明显，这是历史教育、文化教育啊！所以我们说，雅、颂之间，是有联系的。

刚才也讲到过，周人祭祀始祖后稷，赞美他当初给天下人提供粮食。巧的是，在《大雅》中就有一首诗《生民》，写后稷怎么出生的。说后稷的妈妈叫姜嫄，姜嫄在野外踩了一个巨人的大脚印，一激灵，就怀了孕，足月之后生下后稷。孩子生下来，没父亲啊，没处去报账啊，怎么办？就扔。所以后稷小名叫弃。扔到巷子里，牛羊给他吃奶；扔到树林子里，正赶上有人在林子里伐木，把他抱回来了。最后，妈妈一狠心，扔到冰上去。谁知一只大鸟伏在他身上，小孩子就活下来了。看到这里读者可以恍然大悟，原来后稷出生时大概是个肉蛋，被大鸟这么一孵、一啄，小孩就蹦出来了。这是个半神啊！这也是《雅》《颂》之间有联系的证明：《周颂》赞美后稷的功德，比较抽象；《大雅》歌唱他的事迹，就很具体。实际上，《大雅》已经不是宗教范畴的诗篇了，已经是叙述传说的历史诗了，亦即是文学的了。雅颂的联系是这样的，那么，风与雅、颂的联系又是什么呢？你周家祭自己的祖先，歌颂祖先文德。可是，你要继承老祖宗的功业德行，老百姓生活的好坏，才是最后的检验啊！王朝的政治效果到底如何？只有观看风诗，自我检测。这就是说，风、雅、颂三者形成了一个整体关联。看来《诗经》的编排是很讲究的。这就是我们说的《诗经》风、雅、颂。

那么，艺术上的赋、比、兴又是怎么回事呢？

先说赋。简单说，赋就是铺陈、叙述。如《大雅·生民》篇，当年后稷是怎么出生的呢？又是如何反复被抛弃不死，以至于最后长大、种庄稼的呢？讲述这些，就得用铺陈的手法，这就是赋。

比是什么？打比喻，《诗经·曹风·蜉蝣》篇有一句："麻衣如雪。"说有人穿麻衣，麻制雪白。多么明净鲜明的句子！还有《卫风·硕人》写美人，"肤如凝脂"，说皮肤像"凝脂"，若翻译成白话，就有点糟糕：凝固了的猪油。可是，如见过凝脂的话，你觉得这个比喻很精彩：白不一定好，白中透青，这样的白可就不一般了。美人身份华贵，没受过风霜，地位好，细腻、白中透青的皮肤。七八个月小孩子脸上、身上常见这样的皮肤。所以这就是"比"，打比喻。

赋是叙事，比是打比喻，这都好理解。兴，就不太好理解了。兴，首先就是兴发。诗经开篇第一首《关雎》，本来要唱的是结婚，君子与淑女结婚。可是诗人却不从结婚说起，却先想到了雎鸠，"关关"然鸣叫的雎鸠："关关雎鸠，在河之洲。"要注意，这不是诗人见到的，而是想到的。诗篇是说结婚时有雎鸠在旁？不是。说结婚的地点是在河水之旁，能听到关雎叫声？也不是。那"关关雎鸠"在诗篇中是什么？就是兴，给诗篇起个头。 不要小瞧这起头，为诗篇平添了很多艺术效果。文学就是如此，文学与历史、哲学不一样的地方在哪儿？根据逻辑推论是哲学，据事实说话是历史。可是"月儿弯弯照九州，几家欢乐几家愁"，一定是要到晚上才愁吗？那可不一定。所以，《诗经》的兴，不能从实际的表达来理解，要说实际的表达，"窈窕淑女，君子好逑"才是有实际内容表达的，因为男女结婚才是诗篇主题。但是，假设诗篇没了"关关雎鸠"这两句，那将是多么乏味，诗意上肯定会缺一大块。很多时候，诗味就从无所表达的地方出。诗人早就懂得这样一种艺术思维，诗人因而也就特别善于联想，善于发散性思维，自由联想。这种思维就是兴。这种思维的特性，不是为吃饭就得工作的因果必然的逻辑，不是的。要注意，正是在这诗经开始一篇头两句——关关雎鸠，在河之洲——藏着我们中国诗歌后来的发展前途呢！古典的诗歌，凡是艺术性高的，都是善于营造氛围的。这就是兴的艺术作用。有些诗篇，兴就是起个开头作用，例如："一二三四五，上山打老虎。"什么意思啊？五个人去打吗？或者喊着一二三四五去打老虎吗？都不是，趁韵而已。语言有了韵律，就有了成为诗最基本的艺术条件了。而"关关雎鸠，在河之洲"这样的句子，其作用绝对不仅仅是"趁韵"而已，他营造了一种氛围或曰情景，水鸟、沙洲、平缓的河流，或许还有和煦微风吹面的感觉，谁读诗句，都难免有这样的联想啊！诗篇要说的是"君子配淑女"，可一上来就是这样一句看上去无关内容的句子，读者读这样的句子就难免情绪积极，浮想联翩。这就是诗啊。无用之处见用处。我们的老祖宗很早就发现了艺术的秘密。没用，有时才好看，让人喜欢看。走路上班，赶车，你是要上班；散步，没目的，不用赶点，才可以看看路边的光景，这才叫休闲。艺术也是这个道理。所以兴，有的时候也叫比兴，后来就变成中国古典诗歌的艺术灵魂。如果我们生活中都是实用的，那就太枯燥了。有些"没用"的东西，如艺术，没用才是大用，这"用"，能显示我们是人，可以不带功利心、亦即审美地看待世界，动物可没有这样的本事。

最后，简单说一下《诗经》的时代。我们说了，《诗经》的内容有风、雅、颂。若按照时间顺序说，雅、颂最早，西周时期的作品，其中《周颂》和《大雅》最早；其次是《小雅》的一些篇章，为西周晚期诗篇。《国风》的大多数作品是春秋时期的，大概到春秋中期，《国风》诗篇的采集加工大体就结束了。

从西周到春秋中期，这段时间大概在五百年左右。在这之前有没有诗？我们不知道，或者有，这问题有争议。这之后肯定有，而且诗篇创作高潮不断。如在《诗经》之后，就有伟大的屈原的作品横空出世。要注意的是，从西周到春秋这段时间，是中华民族文化发展极为重要的时期。作为一个民族，信仰什么？把什么东西看得比较重要？人与人的关系怎么处？这些最基本的东西，恰恰就是在这几百年大体确定的。举个简单的例子，今天的男女结婚，跟谁都可以结，就是不能与同祖先的同姓结。说有位姑娘，从家谱上看是一个祖先传下来，论五服也出了，甚至可能“八服”也不“服”了。可是，如果知道她是男子一方的本家，是不会跟她结婚的。这规矩是什么时候立下的，就是周王朝时期立下的。刚才说风教，周人建国以后，就用新规范约束人们的婚姻关系，到今天实际还遵循着。总之，周代为后来的中国人的人生建立了不少的规矩，所以这个时代才很重要。《诗经》就从许多方面，歌唱、表现了这样一个极为重要时期的生活。要研究这段重要历史，《诗经》是不能不读的，因为它是我们民族文化根基形成时期的经典。正因如此，它是文学的，也是文化的。

在此次的讲座里，只谈《诗经・国风》部分的作品，至于《雅》《颂》将来再说。那么，《诗经》的风诗是怎么记录我们民族那个时期的婚姻、家庭等各种生活情况的？又显示出怎样的观念，怎样的情感呢？

第二集

琴瑟和谐

婚姻、家庭主题，是《国风》很重要的内容，作品占的比例很高。打开《诗经》，头一篇，受过教育且对经典有点底子的，一般都会念诵上那么几句："关关雎鸠，在河之洲。窈窕淑女，君子好逑。"这就是《周南》中的《关雎》，三百篇开篇第一首：

关关雎鸠，在河之洲。窈窕淑女，君子好逑。
参差荇菜，左右流之。窈窕淑女，寤寐求之。
求之不得，寤寐思服。悠哉悠哉，辗转反侧。
参差荇菜，左右采之。窈窕淑女，琴瑟友之。
参差荇菜，左右芼之。窈窕淑女，钟鼓乐之。

不过，一般念到第四句的“君子好逑”就容易出问题了：一些人会把“好”（hǎo）读成好（hào），这样读，可不行，错一个音整个意思就拧了。“好（hǎo）逑”的意思是“君子的好配偶”；若是读成“好（hào）逑”，君子喜欢追求配偶，那“君子”就差不多成“流氓”了！

读《关雎》，这还真是小事一桩。这首诗虽被编排在《诗经》开头，人们的熟悉程度也很高，甚至是出口成诵，但就笔者了解，这首诗历来遭受的误解，也最为严重。

所以，今天在这一讲里，首先要讨论这首诗的题旨究竟为何，用于何种典礼？这当然要结合诗篇的背景，即西周文化的特点来阐发，如此，才能进而讨论先秦时期的一些婚姻观念。古典文化传承两千多年，一些经典作品已经被层层的阐释包围得密不透风了。今天理解经典的一个重要步骤就是回到文本本身，探讨它诞生之初即作为“礼乐”歌唱之时所表达的意义。下面，就从诗篇字句开始。

先看诗的头一章。“关关雎鸠”的“关关”，形容雎鸠的叫声。《牡丹亭》里写春香闹学，把“关关雎鸠”说成是“关了的雎鸠”。“关关”是被文学美化了的象声词，其实就是“呱呱”。诗人这样形容鸟的叫声，透露了鸟的种类。古人解释诗的“雎鸠”，有人说是鱼鹰，也有人说是雕。只从“关关”的叫声看，就不对。鹰、雕之类叫，声音可不是“呱呱呱”的，能发出这种叫声的应该是扁嘴鸟。另外，古人注释“关雎”，说它们雌雄相伴、“挚而有别”（情感深又有分别），其实就是成双成对出现在人们的视野中。可谁又见过成双成对、形影不离的老雕或鹰呢？同时，《关雎》的鸟是活动于河洲上的，这也与鹰、雕类鸟习性不合。还有一点更要紧，“鸠”这种鸟，在古代文献里被视为是“知时”的鸟，也就是说它是一种候鸟，来到北方河洲上捕食鱼类，就表示着某个时令的到来。这样说来，古代的词典《尔雅》说雎鸠是凫鹥一类的鸟，应是最可取的。那什么是凫鹥一类的鸟呢？春天如果去郊外的湿地游览，经常会看到一种候鸟，人们称其为野鸭子，学名绿头鸭、绿头雁，总是一雌一雄紧紧相随，飞起来如此，在水里游也是如此；雄鸟脖子上有一圈墨绿色的羽毛，叫起来就是“呱呱呱”的，而且也是扁嘴。看见这样的鸟，笔者常想：“关关”的“雎鸠”是否是这一类的水鸟呢？另外朱熹在他的《诗集传》中也有相同说法。总之，解释《诗经》，难的就是其中的“鸟兽草木虫鱼”，也正是因为难吧，所以《论语》中孔子才告诫自己的学生要“多识”这方面的事。

第二句是“在河之洲”。“河”这个词古代大多指黄河。但是否就可以一口咬定诗里的“河”一定指的就是黄河，我看也不必。总之理解为春天的河流就好。句中的“洲”呢，就是指河流中的沙洲。从生活经验看，有沙洲的河流，绝不会像壶口瀑布那样水流湍急，水流应该是平缓的。

解释过这两句的名物，把它们连起来，就可以想象“关关雎鸠，在河之洲”的光景了：春天，冰消雪化，大河在滚滚流淌。岸边有些地方泛绿了，有些还只是嫩黄。这时候，知时令的鸟儿落在河水沙洲开始捕食了。它们为了求偶，“关关”地相互应和着。读这样的句子，我们还禁不住地想象，伴随着和谐的鸟鸣，还有微风从河那一边吹拂而来，抚摸着人们的脸……《关雎》前四句，一上来，就营造了一个初春的光景，波光粼粼的水流，平旷的沙洲，关关的鸟声，吹面不寒杨柳风，好舒适的感觉！这就是诗歌的意境，可以把我们带入一片大自然的春光明媚中，心驰神往。这就是审美啊！

接下来就是第一章的后两句："窈窕淑女，君子好逑。""窈窕"这个词，与现代人用来形容人身材好的"苗条"很接近，也有明显不同。苗条，偏重外形；窈窕，更偏重内在气质。街上看见一位美丽女孩子，身材苗条，打动人的情绪；若还有气质好，就更可以打动人心了。"窈窕"就是形容内外都好的女子的。接下来"君子好逑"，"君子"指有身份的男性，《国风》许多篇章出现这个词，多是女子用以指称自己丈夫的。"好逑"，如前所说，就是"君子""好配偶"的意思。到这里，诗歌才真正进入正题。前面所表河流、沙洲等的春天光景，看上去好像与结合的场景有关，其实不然。写河流、沙洲以及鸟鸣的光景，其实是一种带有自由联想性质的"比兴"手法：当北方的河流有了"关关"鸣叫的"雎鸠"之时，意味春天到来了，有灵性的万物开始求偶了，现在"君子"与"淑女"的结合，也是人应和大自然万物生育节律的一种当令而行的喜事。这一章，前两句与后两句之间，不是场景关联，而是时令上的关联。这就是典型的"兴"（后人更喜欢用"比兴"来称之），就是朱熹《诗集传》所说："兴者，先言他物以引起所咏之词也。"也就是一种非写实的自由联想。可是，反过来说，这所谓的"先言他物"，又实实在在地营造了一种艺术氛围。它引得读者不得不去想象那融融春意与男女婚姻之间的关联。这可以称为一种"感染"吧，其效果就是人事与自然光景的融合，从而形成一片美妙的景象。诗对合乎时令的婚姻的祝福之情，也就不言而喻了。

接下来的第二章，"参差荇菜，左右流之"。"参差"就是不齐，形容野菜的长势。"荇菜"是一种水菜，可以吃。有文献说，古人祭祀祖先时，"涧溪沼沚”所生的“苹蘩薀藻之菜”，也可以用来献给神明，“荇菜”就是其中一种。至于它是什么，说法可就不同了。古代文献称之为凫葵、接余、金莲子等。看诗篇上下文，应该是生在水中或水畔的，于是有人说它就是金莲儿，又叫田字草。徐志摩的名篇《再别康桥》用很优雅的调子说“软泥上的青荇，油油的在水底招摇”，这是现代诗人的理解，荇菜在他看来是生在“水底”的。徐诗人说“水底青荇”，倒与笔者小时候在家乡河流里常见的一种学名黑藻的植物特点上相符：这种水藻是深绿色的，叶子为长条状，叶沿参差不齐，完全生长在水面以下，是沉水植物，随水流摇摆，姿态也是诗人所说“油油”然“招摇”的；而且又是可采来吃的，做猪饲料也不错。至于田字草、金莲儿人是否可以吃，我就不知道了。

诗篇说采集荇菜是“左右流之”。“流”字，在这里是动词。现代语境中很少这样使用“流”字，也有学者就照字面解释，说“流”就是随着河流摆动捞取荇菜。但“流”字一般并不含有“捞取”的意思。于是有学者解“流”为“摎”，意思就通畅了。另外还有学者说这个“流”字就是“捞”。这是清代牟庭《诗切》里的说法，他说古语里边的很多用词今天也还在用，比如“下河捞菜”的“捞”，就是“流”字的一种遗留形式，只是语音发生了变化。有人要怀疑了，《诗经》那么崇高的经典，能用“捞”这种“大水词”吗？可能。因为《诗经》在创作的时候，未必就想着自己是“经典”拿着架子写作。所以，牟庭的说法也是可能的。用“捞”字解释，还有一点也变得清楚：荇菜是长在水面下的。不过，说到底现在还是不能弄清楚“荇菜”究竟是哪一种水生植物，所以把它理解成一种可以吃、可以用于宗庙祭祀的水菜就可以了。而且，采荇菜也是一番春天的光景。

下面一句是“窈窕淑女，寤寐求之”。“寤寐求之”就是醒着的时候“求”，睡着了也“求”，一句话，总渴望婚姻生活找到一位淑女做伴。然后就是再下一章的“求之不得，寤寐思服。悠哉悠哉，辗转反侧”，求之不得、找不到，就翻过来掉过去地想，白天想，晚上想，无时无刻不在想。“悠哉悠哉”这个词在这里用得很有意思，它到底是指我的思绪长，还是指失眠了的夜长？大家都有这样的经验：失眠了，夜就长。“悠哉悠哉”可以形容思绪长，也可以表现夜长，两个意思可以并存，这就是诗的语言。要是用散文去翻译，就只能取一个意思，诗的表达却可以这样含蓄而双关。杜甫写诗“感时花溅泪”。这里的“泪”到底是眼泪，还是露水滴落在花朵上啊？用白话翻译，两个意思都要，其中一个就得打个括弧注上。作诗，语言含蓄模糊，在杜甫可能是故意如此，给读者留想象体味的空间；在《诗经》，“悠哉悠哉”是不是故意的，就不敢说了。一般性文字表达，要求准确无误，可在一些诗篇，却故意两意并存，成为一个立体的存在，这就是文学可以有的现象了。文学，一大特点就是活络你的心思，突破一些心理上的条框。这也是文学的魅力之一。

“辗转反侧”，就是翻过来掉过去。“辗转”这个词是既双声又叠韵，“双声”指声母相同；“叠韵”指韵母相同。这个词用得很讲究。表明那时代的诗歌作者，就已经懂得用调动汉语的特点来营造语言的音乐效果了。双声、叠韵是汉语独有的词法，这样的语词音乐性强。这就说到汉语的特点，单音节，有声调。20世纪50年代，有些苏联语言学家说单音节是动物所发的声音，弄得我们一些语言学家很紧张，说怎么把中国人比成动物了。其实那是外国学者少见多怪，单音节词多，是汉语的特点。至于四声，指一个单音节词有平、上、去、入的音调变化，这使得汉语的一个个的字，读起来有声调上高低的变化，正是汉语诗歌声律、韵脚得以出现的条件。“辗转反侧”这样的句子出现在《诗经》里，表明古人对诗句音乐性的追求，在西周时期就开始了。

再看下一章：“参差荇菜，左右采之。窈窕淑女，琴瑟友之。”我们这一讲的题目叫“琴瑟友之”，古代文献中多用“琴瑟”比喻和谐，典故就是出自这里。“琴瑟”俩字后来就成了固定语，专门用来形容夫妻和谐。现在生活中也难免遇到“出份子”的事，亲戚、朋友、同事结婚，要送礼物去表示祝贺。送礼是一方面，有时候还想雅一点，写几个字送给新人。写什么？写“夫妻合好，白头到老”，就太白了。若是写“琴瑟和谐”，用了《诗经》的典，一下子就雅了许多。“琴瑟友之”，在这首诗里是比喻，形容两口子生活起来就像琴瑟一样和谐。《诗经·小雅·常棣》篇中也说：“妻子好合，如鼓琴瑟。”实际都反映了一种中国式和谐观。中国人表达哲学上的和谐，常用音乐打比喻。任何音乐，都必须得有高音、有低音，有强音、有弱音，甚至还有点噪音点缀。生活就是如此，只有多个声音组合起来，一起合作，高音起高音的作用，低音起低音的作用，男的主外，女的主内，男的刚，女的柔，就和谐了。“琴瑟友之”，祝愿夫妻两个将来的生活，就像弹琴一样和谐美满。另外说到“琴瑟”这个比喻，后来还引申出另外一个说法就是“续弦”。有人很不幸中年丧偶，之后他再娶，这就叫“续弦”，也是从琴瑟和谐的比喻来的。

再说“琴瑟友之”这个“友”字。“友”，现在看到的西周金文（刻写在青铜器中的铭文称金文），是一个手挽手的形状。在周代早期金文与传世文献中，

"友"专门比喻兄弟关系，所谓手足之情嘛。后来又把这个"友"的含义推到了"朋友"层面，包括不是兄弟的那种"好哥们儿"关系。《关雎》里的"琴瑟友之"，是说要像亲兄弟那样处夫妻的关系，这与今天的生活感受是大不一样的。现在两口子的关系要远远亲于兄弟；社会中这样的现象很多，没结婚以前是兄弟，结了婚以后兄弟算老几？古人重血亲，兄弟如手足；妻子呢，老话不是说"妻子如衣服"吗？在西周时代的古人，确实抱有这样的观念，认为血亲兄弟重于夫妻关系。所以就出现"琴瑟友之"这样的说法了。

下面是"参差荇菜，左右芼之"，"芼之"也就是采集、摘取的意思。最后两句是"窈窕淑女，钟鼓乐之"。就是敲钟打鼓取悦新人的意思。这两句诗，涉及钟和鼓两件器物。钟、鼓两种乐器在中国都有悠久历史。鼓比钟似乎出现得还要早些，在距今四千年以上的山东龙山文化遗址和山西襄汾的陶寺遗址中，都发现过古人制作的鼓。远古时鼓或用陶制，或者木制，后者是把树干截为树桩，把中间掏空，然后两边用鳄鱼皮蒙鼓面，叫鼍鼓。鳄鱼不是又叫作鼍龙吗？陶寺遗址出土的陶鼓，形状很像今天的大花瓶，下边一个大鼓肚，上部分一个细脖儿。用原始材料制乐器，是个技术含量很高的事，显示了古人的精神追求和艺术生活。

至于钟，考古发现比较早的，都是以青铜材料铸造的，商代的遗址就出土过实物。不过，商代形制上很接近钟的乐器，还不叫作钟，学者一般称之为镈。钟的正式出现，就现有的考古材料而言，发现于西周较早期的墓葬里，曾出土过三件一套的钟，叫编钟，技艺已经相当精湛。我国古代铸钟，一个钟的主体部分，由两块形状像瓦的构件扣合在一起，形状是扁圆形的。到了西周中晚期，青铜钟的制作技术进一步发展，“两块瓦”的两面，可以敲出不同的声调。音乐考古学家们花了很多力气研究，才搞清楚这一很令人为之骄傲的技术。青铜钟基本有两种形制，一种是钟顶部系绳悬挂的部位，做成一种柱形，叫甬钟；如果用于悬挂的铸件是鼻纽形状的，则称为纽钟。

说到钟，过去有人怀疑《关雎》的年代，不相信它是西周作品，理由之一就是那时候还没有钟。考古发现对此做了有力的反驳，西周早期就有钟，而且有了初级的编钟；并且，商代就已经出现了钟形乐器。但在先秦时候，钟的使用不会普遍，结婚时敲钟打鼓不是寻常人家能有的礼乐。这就关系到这首诗应该怎么理解了。

前面说过，《关雎》这首诗是排在《诗经》开头的，十分显眼。但是在解释上，也是误解最严重的篇章之一。总结一下古来的说法，起码有以下三种误解：

第一种误解，是把这个诗理解为一首讽刺诗，具体说是讽刺周康王之作。

说到这里，需要介绍一下西周王世。西周第一代王是周武王。第二代就是周成王。成王之后的王，就是据说与《关雎》有关的周康王。前面的一讲提到过，古代下级对上级提意见，有一种方式叫“谲谏”。这个“谲”字的意思是，做臣子的给皇帝提意见不要太直接，要拐弯抹角，不伤对方体面，也可以保护自己。比如说我们上课，有些人迟到了，我不直接说你迟到了，直接批评你会不高兴，做老师的就念《学生守则》：“学生上课不许迟到，不许早退。”念守则，没有直接说你，你自己听了自我检讨，自己觉悟。这种提意见的方式古代就叫“谲谏”。

明白了谲谏的意思，就可以消除一个疑问：看《关雎》的诗篇，为什么根本就看不出一点“谏”的意思啊？这是因为，谲谏根本就不是直接提出批评。据说，周康王有一天与夫人一起休息，第二天起床晚了，夫妻在一起，王受了点累，所以晚起了。在当时，是有专门负责监护周王行为的官员的，他们不好直接批评周王，就对着“晏（晚）起”的周王念《关雎》：“关关雎鸠，在河之洲。窈窕淑女，君子好逑。”你看诗里边怎么讲，夫妻关系要和谐，和谐就当然也要有节制啊，雎鸠不是“挚而有别”吗？周王听了自己就明白了。这样也就达到了“刺康王”的目的。《关雎》这首诗本身不是刺，可大臣念这首诗针对周王的晚起，就自然有了讽谏的意思了。本来是一条枪，换个手法使用，就成棒子了。

这一说法流行于什么时候呢？是西汉时期。西汉人治经学，把三百篇都当“谏书”来看待、使用。这还有一个故事呢。汉武帝英雄了一辈子，死了，留下个小皇子刘弗陵，没办法就由大将军霍光秉政。刘弗陵英年早逝，霍光又不得已立了一位昌邑王刘髆做皇帝。可这位昌邑王当了皇帝以后，按正史的说法是专做坏事，于是霍光又废掉了他。昌邑王被废掉以后，朝廷追究帝王师们的责任：你们是怎么教育的小皇帝啊？让他什么坏事儿都干？结果追究到一位叫作王式的经生这里，因为昌邑王胡作非为的时候，他王式没有上任何谏奏。不想王式全然不接受指责，他说：我给皇帝讲《诗经》，三百篇篇篇都是谏书，我干吗还要另上什么谏书？那不是多此一举吗？他这样一辩驳，朝廷质问他的人，反被弄得哑口无言。于是“篇篇是谏书”的话就流传下来了，它实际显示了西汉儒家经学研究的重要特点：用经典的阐释干预政治以及皇帝行为。

时代在不断变化，从东汉起一直到清代，甚至包括现在一些学者，又换了一种说法，认为《关雎》表的是“文王之德”。这就是这里要说的第二种误解。

这第二个观点人们也难免要奇怪，按阐释学道理，《关雎》的文本中，“文王”俩字连影子也没有啊，怎能说是赞美周文王呢？可是，这个观点大致从东汉《毛序》提出后，就连在解释经典上很有怀疑精神的欧阳修，也没有反对；到朱熹《诗集传》更是明确地说这首诗与周文王及文王夫人大姒有关；此后的许多经学家也一直坚持。他们的想法是这样的：看到了吗，诗篇中的男女情感那样深挚，还有和乐的礼乐活动，若不是周文王，谁能有这样的德行啊？在古代，这就是经学思维的一个制高点，谁也不敢轻易否认。可是古人这样强调文王之德有什么目的呢？他们要以文王之德为标准，为小民确立生活的榜样。说到这，明眼人就能看出，东汉以后的《诗经》阐释，已经与西汉不同了，《诗经》已不再是“篇篇是谏书”了，它已经变成一本教化民众的教材。

尤其讲到“后妃之德”，在古代社会是有其很现实的针对性的，用处很大。原来文王夫人的“后妃之德”中有这样两点：能生、不嫉妒。据说她自己生了“文王十子”；而且她不单自己能生，还不嫉妒，也让别的妃嫔生。这在封建社会是被大力提倡的。今天讲夫妻平等、一夫一妻，家庭和谐不存在这方面问题。在古代，有权势的家庭一夫多妻，姬妾多，想要维持家庭相安无事，就难了去了！正妻除了要有生养的本事之外，还得有能容人的气度。在这样的背景下，解释《诗经》强调女子向文王夫人学习，就有相应的现实意义了。什么叫“经学”啊？就是要阐发经典大义以规范大家的人生。

所以，说到《诗经》作品，今天是当作文学来看待的。可在千百年的流传过程中，解释者们因应着各自时代生活的需要，附加了不少文本外的意义。明清时候也有人收集过一本山歌集子，可从没人用它去指导自己的生活。正是因为经学对《诗经》做了一番政治、伦理的阐释，对后来文化的发展才产生了很大作用。这就是一部经典的作用。如果想要了解我们这个民族的精神发展历程，就必须重视这些经典在各历史时期所起的作用。这已不再是文学史的话题，而是进入了思想史、精神史、文化史的领域。《诗经》作为一部经典的文化著作，在几千年间就是这样参与了民族精神的建构的，其作用的好坏，各人可以有不同评判，但就其实际起了作用这一点而言，是需要郑重其事地对待的。

第三种误解是属于现代人的。现代学者解释《关雎》，几乎是无一例外认为这是一首爱情诗。大家可以去翻一翻中学、大学的一些教材和一些出版社的《诗经》选本，上来不说《关雎》是“爱情诗”的极少。这么多年笔者一直觉得这个说法与诗内容不搭调。现代文学很喜欢表现男欢女爱，以为这是人性自然，所以《诗经》中一说到男女，解释者很自然就往爱情主题上想。这符合《关雎》原意吗？个人觉得其弊端与古人的误解并无两样。

那么，人们自然要问了：你说这不是爱情诗，有什么理由？还有，不是爱情诗，又是什么诗？笔者以为以下几个理由，可证《关雎》不是爱情诗：

第一，人称形式不对。“关关雎鸠，在河之洲。窈窕淑女，君子好逑。”“君子”、“淑女”，都是第三人称形式。爱情诗有这样用人称形式的吗？设想一下，男女生同在一个学校上学，一个男同学看上同班的女同学，就写“有个女同学啊，是这男生的好配偶”，这像话吗？古代文学里也有爱情诗啊，汉乐府有《上邪》：“上邪，我欲与君相知，长命无绝衰。山无陵，江水为竭。

冬雷震震，夏雨雪，天地合。乃敢与君绝！”再如李商隐诗：“相见时难别亦难，东风无力百花残。春蚕到死丝方尽，蜡炬成灰泪始干……”，都是以第一人称“我”（这个字在诗歌是可以省略的）口吻向对方倾诉。这就是《关雎》非爱情诗的第一点：人称形式不对。其实，诗篇言“君子”、“淑女”都是第三人称形式，正好表明，这是一首赞美男女般配的篇章。

第二，诗中写到的器物也不对。说男方取悦女方，“窈窕淑女，琴瑟友之”，这还有可行性。男的家里有琴、有瑟，到女孩子家门口来弹奏，只要老丈人、大小舅子不出来收拾你就行。但后面的“窈窕淑女，钟鼓乐之”，就有问题了。这像求爱吗？古代青铜钟，最简单也三件一套，需要架子悬挂，同时还有鼓，摆出来好大的排场。想追求姑娘，先组织个乐队，大家一起组团去追求，追上了又算谁的呢？所以，诗篇里的乐器，也表明诗篇不能做爱情诗篇来解。

第三，诗篇言“参差荇菜”，前面说过，古代宗庙祭祀，可以用各种采集的水菜藻类上贡，采集这些野菜，主要是妇女之事。诗篇言“参差荇菜”，暗示了诗篇中的“淑女”将承担家庭主妇之事。所以，从这一点说，诗篇也应该与婚姻的缔结有关。

不过，这样说人们可能还是要反问：你说《关雎》非爱情诗，可是，篇章“求之不得，寤寐思服。悠哉悠哉，辗转反侧”这样的句子，写男子想念淑女，翻过来、掉过去，彻夜失眠，难道这不是“爱情”吗？是的，这样的句子确实是在表达对淑女的恋慕，但是，仅凭这几句就把诗篇定性为“爱情诗”，还是难免偏颇。自古就知道婚姻是大事，关乎自己一生幸福，也关乎家庭乃至家族兴旺，诗人写这样的句子，固然有表现对淑女的思慕，更是强调好婚姻的难得。诗篇这样写，也是在反衬眼前“君子”和“淑女”的结合，是多么不易，多么难得。

那么，诗篇不是爱情诗，应该是一首什么诗篇呢？笔者的回答是：诗篇非爱情，但也离爱情不远，它是“恩情诗”。爱情是生命意义上的现象，而恩情是伦理意义上的事情。歌德都七十岁了，突然疯狂爱上了一位十七八岁的女孩子，他就有了爱情了。这段突然而来，无果而终的爱情，在歌德自己也知道两者年龄差距太大，心爱的女孩都可以做他孙女了。但感情来了，想控制也得行啊？歌德，伟大的诗人，人在老年，还有这样的情感爆发，是他生命力非同一般的表现，一般人七十岁走路都不稳当了，哪还有心思弄什么爱情！所以我们说，爱情是个生命现象。那什么又是恩情？恩情与爱情的不同是，它日益深厚地发生在合法夫妻、两口子之间，而且是有伦理现实这样一个先决条件的，“一日夫妻百日恩”的“百日恩”，也是需要有个“一日”的“夫妻”之实为底子的。

这就涉及《关雎》诗篇在当初的具体使用了。古人做这样一首诗，为的是什么？一言以蔽之：祝贺新婚夫妻。祝愿他们婚后和谐，恩深似海，家和万事兴。这就与诗篇的第三人称形式搭调了。“窈窕淑女，君子好逑”，是从第三者的角度发出的赞美。诗人站在旁观者的立场上，赞美难得好姻缘的缔结。其实，我这样的说法，早在清末的方玉润《诗经原始》中就提出了。可是，很少有人敢相信，就连现代学者对《关雎》题旨，也绕开方玉润的说法另做探求。这是为什么？畏惧一种经典文献的说法，哪部经典的说法呢？就是《礼记》。

《礼记》中就说过“婚姻不贺”及类似的说法。但是,《礼记》这部书成书于什么时候？普遍认为，它是战国儒家著作;《关雎》则不晚于西周中期，两者在时间上起码相差了好几百年。这是从时间上说。再从地点上看,《关雎》出自《周南》，按照周朝的王畿之地算，大致在陕西、河南这一带。《礼记》则属于儒家文献，产自山东一带，因而在地域上，也差了上千里。假如婚姻真的“不贺”，不演奏诗篇的话，那么《国风》中许多的关乎婚姻典礼的歌唱，又从何而来？尽信书不如无书，直到现代还有些学者畏于《礼记》而不相信《关雎》自身所表达，实在是说不过去的。

《关雎》是《诗经》开篇第一首诗。这样的编排次第，并不是无因由的，反映的是周人对婚姻、夫妻恩情的重视。《仪礼·燕礼》记载，周人举办招待客人宴饮典礼，进行到一定阶段后，就有“歌乡乐”一节，头一首“乡乐”就是《周南·关雎》。古人讲究“金声玉振”，作为开头和结尾都很重要，至于编纂经典，同样重视首尾的分量。那么，古人何以如此重视婚礼上的乐章《关雎》呢？这与古代对婚姻关系缔结的重视有关。这倒需要看看《礼记》的说法了。《礼记》说：婚姻是“百世之始也，娶于异姓，所以厚别附远也”。婚礼是一个家族百代的开始，妻子是从异姓家族娶回来的，娶异姓为的是“厚别附远”。什么叫“厚别”？你姓张、我姓李，两个家族姓氏不同，两个异姓家族又如何可以变得亲近呢？婚姻缔结就可以。要知道，西周王朝建立，是一姓统御万姓，需要广泛地与众多异姓人群建立亲戚关系。靠什么建立亲戚关系？《礼记》实际给出了回答，就是靠广泛与异姓通婚。还不仅如此，古人还把婚姻关系的缔结，上升到一种哲学的高度,《周易》不是讲“天地絪緼，万物化醇；男女构精，万物化生”吗？男女所生的“万物”就是社会，就是社会关系，儒家文献又说，有男女，才有夫妇，有夫妇才有父子，有父子才有君臣。你看，社会关系就始于夫妇的结合。婚姻关系，还不重要吗？《关雎》被放在《诗》三百的开始，不是很自然的吗？

正因为婚姻重要，古代关于婚姻缔结的礼数也很多。文献记载，古代婚礼有所谓“六礼”，即六大步骤。实际上后面还有第七步、第八步。这里只说“六礼”。

婚礼一开始是两步：“纳采”和“问名”，是媒人到女方家提亲，一次办的两件事。“纳采”又叫作“下达”，一家有女百家求，男方听说谁家女儿不错，年龄门第也差不多，就请媒人登门拜访，问能不能结亲家。办这个手续，是要送礼的。接下来就是“问名”，女方答应媒人提亲的，媒人接着问女子名称、年龄等。这就是“纳采”和“问名”。两步由媒人一次内完成，仪式非常讲究。

接下来就各自占卜，看两个人结婚是否吉利。今天结婚看八字，应该是占卜风俗的遗留。占卜结果吉利，接下来男方再派媒人去，抱着一只雁和其他礼物，这个步骤叫作“纳吉”。“纳吉”之后，女方就算是正式接受男方的联姻请求了。男方这时候就该送彩礼了，叫作“纳征”。礼物是什么？玄熏束帛。“玄”是红色的，“熏”是黑色的，“玄熏”说的就是那种黑里透红的丝绸，“束帛”呢？就是十丈帛。古代丝绸五丈为一端，一块长条帛，从两端往中间卷，卷成一个望远镜似的对称形状，两个圆束，一边五丈，又叫“一两”。两个圆束合在一起就是“一束帛”，一束十丈，也就是一匹。这样的束帛拿上五份，再加两张鹿皮，就是“纳征”之礼了。

彩礼送完了，媒人回来了，两家已经是亲家了。第五个步骤就是“请期”，也就是双方家长商定日期。男方家里派媒人，再次抱着一只雁到女子家，一番商量日期就定下来了。

“六礼”的最后一步是“亲迎”，新郎官直接上门接人了。男方要从祖庙里把女孩子接过来，然后快到家的时候早走几步，在门口等着新娘。实际上《关雎》的诗篇最可能是在这时候唱的，这时是结婚典礼的高潮，乐队钟鼓齐鸣，祝愿他们琴瑟和谐。

古代的结婚典礼有很多有趣现象，《关雎》只是向我们展现了其中的一个方面。

第三集

桃花盛开的时候

唐人崔护有一首诗，名叫《题城南庄》，是写桃花的，很出名。诗曰："去年今日此门中，人面桃花相映红。人面不知何处去，桃花依旧笑春风。"其中有大家很熟悉一个词："人面桃花"。

诗里有两个意象值得注意，一个是桃花，还有一个就是桃花"笑"。诗不用解释，大家都能听懂。实际上，它也是用了典的。用了什么典呢？与今天要讲的《桃夭》篇有关。《桃夭》是关于嫁女儿的。

前面讲过，周人重视婚姻，因为他们夺取政权时人很少，要统治全国，要建立起合法的统治。把这么一大片地方各种人群有机地联合起来，光靠武力是不行的，老话说周道"亲亲而尊尊"，"尊尊"的基础或曰前提是"亲亲"，先要把大家按照亲戚关系连接起来，然后再论尊卑加以统治。要做到这样，必须对其他族群采取柔化政策，周人也是这样做的。西周建立后，得胜的周人不是杀气腾腾，暴力镇压；相反，面对成百上千的非周人群体，走的是联合融合路线，广泛建立亲戚关系，其手段就是通婚。在周代“婚姻称兄弟”，大家论姓氏是无法成为兄弟的，但是经过通婚，可以使异姓成为亲家。总之，靠着缔结婚姻关系，建立情感联系，很大程度上保证了周人的有效统治。这对后来中国人的社会心理有很大影响，费孝通先生在其《乡土中国》里就说过：中国人特重姑表亲，所谓“一表三千里”。婚姻的重要，由此可见一斑。因而对婚礼的歌唱在《诗经》里就特别多。

其中就是这首《桃夭》篇。

桃之夭夭，灼灼其华。之子于归，宜其室家。

桃之夭夭，有蕡其实。之子于归，宜其家室。

桃之夭夭，其叶蓁蓁。之子于归，宜其家人。

一共三段，有很多重复。诗一开始就是“桃之夭夭”，看到这一句，我想读者马上会想到另一个成语：“逃之夭夭。”其实后者就是从《桃夭》之句衍生出来的一个成语。在诗篇本身，“桃之夭夭”这一句，交代出了结婚的时令：桃花盛开的时候。

《诗经》中的《国风》，地域的大背景是黄河流域，也就是现在的北方。北方桃花开的时候，天气正常，一般三四月份开花。在北方，春天到来，鲜花绿叶生发得早的，先要数桃树，此外就是柳树。经冬的北方一片黄褐色，当柳树刚刚露点绿意的时候，桃花先就绽放了，火红火红的，照得半个村庄都亮丽起来。诗篇以上就告诉读者，桃花盛开，是早春的时节。

那么“夭夭”又是什么意思呢？学者对“夭夭”解释有许多。一种解释说是“少好貌”，文绉绉的。其实“少好貌”就是“姣好貌”，桃花鲜嫩、娇艳无比。另外，桃花开的时候，还有一个特点，花是开在叶子之前的，就是说，桃树是先开花，再长叶；桃花盛开时，满树都是串串的花朵，花色以粉、红为主，鲜艳、水灵，真是天地之灵气啊！说“夭夭”是“少好貌”，就形容的是这个。

还有一种解释“夭夭”是“屈伸貌”。大家想想吧，桃花绽放，束束桃花，花蕾密叠，料峭春风中，风一动，摆一摆，微微颤颤的，是多么的惹人爱惜，用词不当一点说，真可谓惊心动魄啊！“屈伸貌”，就是桃花朵朵在春风中摆动的样子。

还有一种解释，干脆就说“桃之夭夭”的“夭夭”是“桃花笑”！我想这也是爱惜桃花爱惜到没辙时的干脆话。不过，这样说也得有点根据，根据是什么呢？这种说法以为，“笑”字，上面一个“竹”字头，下面就是“夭”，是表音的，根据训诂学音近义通的道理，“夭”就是“笑”。春风中灿灿桃花，如同在笑，一个很妙的形容啊！

好了，以上举了三种解释，有读者会问了：你说了三种解释，到底从哪一种啊？这就因人而异了。古人讲“诗无达诂”。每个人都见过桃花，或者是在乡下见的，或者是在公园见的，不论在哪儿而见的，如果桃花之娇美妖娆感动过你，读到这一首古老的《桃夭》，就一定会勾起你当时看桃花的记忆，那么上面说的三种解释你觉得哪一种最贴合你看花的经历呢？这就要由你、由读者自己来决定了。审美感受原本就是主观性极强的。这就叫“诗无达诂”，也就是说，有时候对文本的解释，可以是多重的，不像做数学题，一加一一定等于二，不是的。关于这个问题，老一辈学者王国维就说过：诗无达诂，通，就是达诂。也还可以加一句：就一首诗篇解释而言，妙，就是达诂。

对桃花，另外一点要注意，桃花一般是以红颜色为主。老话说“红白喜事”，“红”喜事就是指婚姻，而红色，代表火爆、吉庆。所以，古代诗人表现女子出嫁，就说“桃之夭夭，灼灼其华”，“灼灼”就是从视觉效果说“夭夭”，只表桃花的姿态还不够，所以又用“灼灼”来突出其光彩。而且，还强调了红色这一暖色调的颜色灼人眼目的特点。马路上为什么用红灯和绿灯指示交通啊？就是因为两种颜色灼人眼目。当然，桃花的“红”与红绿灯的红不一样，桃花的红色是鲜活的、热烈的、粉嫩而富于生机的，透露出的是蓬勃的生命力。“灼灼其华”的“华”，就是“花”。“花”这个字古代读作“华”。繁体字的那个“华”字，多像满树花朵的样子！

接着是“之子于归”。“之子”就是“这个人”。在《诗经》里经常出现，指代人，不限男女。有时还指称大臣甚至周王为“之子”。这首诗篇的“之子”是指出嫁的女儿。“之子于归”的这个“归”字，在古汉语中也很有意思，如唐诗“风雪夜归人”句，这个“归”谁都可以用，男的、女的回家都叫“归”。在先秦时期，“归”字还有一个特殊的用法，特指女子出嫁，嫁到婆家去叫作“归”。这也是中国老观念。女孩在娘家终究是一个过渡阶段，最终嫁出去做人家媳妇、主妇，才是最终的归宿。这就是“归”的特别含义，女子出嫁叫作“归”。

好了，回过头来看这四句诗，桃花绽放的时节，女孩子嫁到了自己的婆家去了。女子嫁到婆家又怎么样呢？诗曰："宜其室家。"后面还有"宜其家室"，"宜其家人"。这个"宜"字就是古语"延年益寿、大宜子孙"那个"宜"，就是要给这个家族带来吉祥如意，带来兴旺的意思。这也就是古代婚姻——我看全世界婚姻大概都有这样的意思——的观念。娶一个女子到家，给家族带来的是兴旺，这是一个普适的价值。所以"宜"，表示的是祝福女子将带给新家庭吉祥如意。所以诗篇第二章在"桃之夭夭"之后，接着又说"有蕡其实"。请注意，诗篇的描写是很有次第的，先说花，再说到果实。因为，花盛就意味着今年的果子长得大，长得多。"蕡"就是大的意思，这是传统的解释。有学者说，"蕡"就是"斑"，斑斑点点那个"斑"。桃子熟了以后红绿两色间杂，很斑斓，这就是"蕡"。这样说也很好。诗篇由花想到果，讲的是女子嫁到男家，意味着有好的未来。

第三段就写到叶子，"其叶蓁蓁"。"蓁蓁"就是细密的样子。桃树先开花，开花预示着果，然后就要长叶子。枝叶繁茂，就是说桃树的远景了。有花有果是当年，一颗树，枝叶子茂盛，又意味着家族永远兴旺。古语说"荫泽子孙"，有叶子才有荫凉，这是说女子未来作为家庭主妇可以福荫子孙。

这首诗是女子出嫁时的歌唱，祝愿她来到自己归宿之后，做好家庭主妇，传宗接代，使这个家族兴旺、发达。是美好祝愿啊。

一开始我们就说过，唐人的诗，"人面桃花相映红"，"桃花依旧笑春风"，其实用桃花作比喻，以及表桃花的诗还很多。像白居易诗："人间四月芳菲尽，山寺桃花始盛开。"说人间到了四月各种花都消歇了，可是，山上的寺庙里边的花儿还在盛开。另外还有陶渊明写《桃花源》，桃花桃树在他这里有了“世外桃源”的象征意味。那么后来人写人面桃花，与《诗经·桃夭》的写桃花有什么分别呢？“人面桃花”，是用桃花来比喻美人脸的娇好。那《诗经》的“桃之夭夭，灼灼其华”是不是也在比喻女子形象上的美？不是，“桃之夭夭”不是比喻如何美。桃花在初春的怒放，不是或曰主要不是表现出嫁女孩子具体长得什么样，它是在以天地的生机勃勃，表现出嫁女子的天地灵气，突出的是发乎天地的生命力。是从一种天地特有的春光灵光，来形容女子的钟灵毓秀，是象征手法，不是打比喻。这就是《桃夭》的自家魅力。

《桃夭》是专从女子出嫁着笔的，《诗经》里还有一首，既从送的一边写，也就迎的一边说。这就是《召南·鹊巢》篇。这首诗是这样的：

维鹊有巢，维鸠居之。之子于归，百两御之。

维鹊有巢，维鸠方之。之子于归，百两将之。

维鹊有巢，维鸠盈之。之子于归，百两成之。

诗并不是很艰涩。成功的文学有一个标准，就是不能用那些稀奇古怪字句难为大家。这首诗说：“维鹊有巢，维鸠居之。”涉及两种鸟，一种叫鹊，一种叫鸠。鹊是什么？鹊就是喜鹊。北方有一种鸟，黑色的，肩部胸部有一点白色的毛，像人穿了一件白坎肩，就是喜鹊。喜鹊属于留鸟，冬天、夏天都在。北方地区到处可见。喜鹊搭窝一般是十一、十二月份天变得寒冷的时候。所以喜鹊又被视为知冷暖的鸟。在我的老家，就是河北农村一带，人们常说，看喜鹊搭窝能看出今年冷不冷，它要朝东南搭窝，那一定是西北风多，天气就偏冷。说到喜鹊搭窝，它是很擅长这事的，而且很用心，很讲究结构，要花很长时间，一般要用四个月左右，可称是“精心设计、精心施工”。外部结构弄好了，还要“内装修”，用芦花、棉絮或者人发、兽毛和羽绒混合在一起踩踏实，就做成舒适的“大鸟巢”。

那“鸠”又是什么鸟呢？就是八哥、巧嘴八哥，也有人说是布谷。八哥和布谷都有一个共同特点：能说不能做。八哥善学人言，布谷是“布谷布谷”——光棍好苦！——都是以叫声著名。人世间，巧手的总得为拙手的服务，自然界，在鸟的社会里也是如此。突出的例子就是本诗所说：“维鹊有巢，维鸠居之。”什么意思呢？八哥或者布谷不会筑巢，等擅长而肯干的喜鹊把窝搭好以后，八哥或者布谷就开始想自己的主意了。据说八哥会跑喜鹊窝边等喜鹊出门，喜鹊一出去，它就跑到喜鹊窝里又拉又尿，把人家的窝弄脏。喜鹊回来一看，这窝糟践了，就放弃了另谋再建，正落入了八哥的圈套。诗篇就以此比喻女儿嫁一个好人家，可以享福。不过，“维鹊有巢，维鸠居之”的现象固然令人觉得有趣，更让人觉得惊奇的是两千多年前古人的观察能力，以及他们对大自然的熟悉。而我们现代人，离自然太遥远了。鹊是什么？鸠是什么？我们得查了书才知其一二，古人写诗篇歌唱婚姻，若是大家都不熟悉喜鹊何鸟、鸠是什么，诗篇那样唱，若是大家查了书才知道是怎么回事，诗篇富于意趣的比喻也就失去了作用。所以，由此可知，古人对这些鸟类及其习性是很熟悉的。现代人整天强调什么生态呀、环境啊，可是春天走到野外，满地的生机，这是什么花，那是什么草，爱谁谁，一概不知。我们身高也就是一米七八左右吧，离大地的距离与古人是差不多的，可是我们还是离大地、大自然太遥远了。其实是心远了，心一远，在候鸟迁移的时候就会干出为那张馋嘴而猎杀珍稀鸟类的暴殄勾当！

这里还涉及打比喻的事。打比喻往往取的是事物某一方面的相似，如说柳叶儿眉，只是取的柳叶眉那个细条条的形状，绝不是取柳叶的绿色来形容女孩子的眉毛，绿色眉毛的女孩子，多吓人！这首诗的比喻也是如此，它是取什么？取的是婆家的富裕，女孩嫁到婆家去，有房、有地，有吃有喝，这是好人家。好人家，不一定保证就有好夫妻。所以，诗篇这样说，话未免有点儿俗气。可是，谁嫁人喜欢嫁一个穷光蛋呢？我这样说，也是有所指的。过去有学者解释这首诗，说这首诗是控诉诗。控诉什么呢？控诉自己的窝被他人占了，由此，该学者认为诗是失意者控诉社会不平现象的作品。这样解诗，是典型地把“柳叶儿眉”的比喻，当成女孩眉毛真是绿色的了！

“之子于归”之后是“百两御之”。“百两”的“两”，在这里读辆（liàng）。一辆大车两个轱辘，所以轱辘的“两”就代表一辆车。“御之”的“御”，可以照字读，也可读成“讶”（yà），“迎接”的意思。百辆车迎接新娘，不用说，绝不是小门小户办婚事，肯定是大家族的婚礼。不过，正如一位哲学家说的：在文化上贵族的生活为芸芸众生提供榜样。富贵之家的做法，影响小门小户。民间不是有这样的情形吗？再穷，为儿女办喜事，也得讲究一点。有一出戏叫《锁麟囊》，穷人家的赵小姐，出嫁时也有一个小小的仪仗队。有些剧团演出这个戏的时候，主人公、富家女薛湘灵出场时仪仗队敲的是大锣、大鼓；赵小姐出场，就是小锣，而且那锣小得只有菜碟一样大。在戏剧里，是搞笑，是要突出对比以获得戏剧效果。可从观念上说，就是再穷，大事也得有个场面。上上下下虽然阶层不同，可能还敌对，可还是有些追求却是共同的。当然“百两”的数字，应该是夸张的，不过是突出送亲、迎亲车多而已。

这就有一个问题，为什么要这么多车？除了讲排场之外，还有一个现实的原由：车上拉的人多。现代人结婚，租几辆轿车也好，租几辆马车也好，也就足够用了。古代可不这样，周代的婚姻，权贵人家，如诸侯公子，一取（娶）九女。他这一结婚，娶一个正夫人，还有八位侧夫人。这就说到那时贵族婚姻的媵嫁制度。媵，就是陪送的意思。举个例子说吧，若是周王嫁女儿到异姓邦国例如齐国去，那么周王的其他封邦，如晋、或卫，也要有两个邦国陪送女儿。周王的女儿本身带着陪嫁女，一位是妹妹辈的，一位是侄女辈的，加她自己就是三位。两国诸侯陪嫁女呢，也是一位陪嫁女，带着妹妹和一位侄女，也是三位。两国加起来就是六女，加周王的公主三人，共九女。这就是“一取九女”。诗篇的“百两”中是否坐着其他国家的陪嫁女，倒不一定，但一位公主出嫁，自己也是带着起码两位陪嫁女的。

古人这样做，是有其用意的。首先从政治上讲，一个异姓国家与周王朝或其他什么姬姓国家结亲，就等于同时与三个姬姓国家结了亲，这样就不能轻易地破坏这桩婚姻。政治上的联盟就更亲密了。这是一个方面。还有一个方面是保证能生儿子，九位女儿嫁给一个异姓邦国的公子，也就是未来的接班人，最要紧的事，除了做好主妇就是生育男性后代，夫人生固然好，不生，陪嫁女生；妹妹这辈不生，侄女这辈生。这可以保证下一辈周王室与异姓诸侯，还是甥舅关系，未来长久的政治联盟就有了保障。

下一章："维鹊有巢，维鸠方之。之子于归，百两将之。""方"字解释起来有点麻烦，旧的解释是"并"，意思是百两并排。说"维鸠方之"，是两只鸠在那儿并排待着，也可以，一只雄的，一只雌的。可是论通畅，还是有点不太对劲儿。所以，清代学者又提出一种新说："方"就是"放"，孔子说"放于利而行，多怨"，一个人做事儿利字当头，沿着利的原则去办事儿，就多怨恨，招人怨，也怨恨社会。孔子话中的"放"就是"依"、"依着"、"依仗着"。"维鸠方之"，就是维鸠"依"之，也就是居住之的意思。这样意思就顺畅了。最后一句是"百两将之"。刚才说"迎"、"讶"；"将之"呢，就是"送"；最后再来一个"成之"。一迎一送，合起来就是"成"，就圆满了。所以"成之"是赞美婚礼的圆满。

在前面我们讲过，婚姻典礼的高潮，是将新娘子迎接入门那一刻，《关雎》，如前文所说，就是迎接新娘入门时的赞美诗。在《齐风》，也有一首这样的诗，风调上则大不相同。这就是《齐风·著》。诗是这样的：

俟我于著乎而，充耳以素乎而，尚之以琼华乎而。

俟我于庭乎而，充耳以青乎而，尚之以琼莹乎而。

俟我于堂乎而，充耳以黄乎而，尚之以琼英乎而。

什么意思呢，"乎而乎而"的？其实"乎而"这类的歌唱语词，现代歌曲也有，如《东方红》就有"乎尔嗨哟"，是虚词，却可以使得歌唱袅袅娜娜，富于余韵。

诗中的“俟”，就是等待，等着我。在哪儿等着我？在“著”。“著”又是哪儿呢？古代建筑，据考古发掘，如岐山周家宗庙遗址，大致如同后来的四合院，正门就在院落的南面。正屋是北方，东西有厢房，南面的门是夹在稍微低矮一点房子中间的，门两边的房子叫塾，过去所谓的“家塾”、“私塾”，就是古人办学的地方。两个门之间的地方就叫作“著”。这首诗，由“著”写到“庭”，再写到“堂”，是一步一步地往正屋里走的，次第非常清楚。第一章，“俟我于著乎而”，在著那地方等我。接下来的一句是“充耳以素乎而”，“充耳”，就是耳塞。古代男子戴冠，冠戴上有两个丝绳垂下来，拴着两块玉，叫瑱，是塞到耳朵里的。今天女孩子家都戴坠子，金的、银的、玉石的。男的过去不戴耳坠子，冠帽子垂下丝绳拴玉，做耳塞。两条丝绳叫统（dǎn)，不过诗没有说到它。只说“充耳以素乎而”，也就是女子只看到了男子脸旁边的丝绳是白色的。“尚之以琼华乎而”，女子还看到丝绳所拴系的石头是“琼华”——一种接近玉的美石。

讲完第一章，大体就可以断定，诗篇确是婚姻典礼上的歌唱，就是说，不是女的在唱，也不是男的在唱，而是他人在唱，是他人模拟着婚礼上被迎娶女孩子的神态在唱，突出的是女孩在被迎娶那一刻的羞涩。请看，诗篇“那个人”在大门口等我，可“我”呢，只看到他脸旁边戴的耳塞和丝绳，看到了绳，还看到玉，就是没看到脸！没看到脸，是因为他个子太高乎而？不是。那是因为什么呢？没敢往脸上看！这样写，就把女子的羞涩之情态婉转地表现出来了。古代礼教下的女子，跟现代人不一样。婚礼上她很想看看自己的丈夫模样，却害羞不敢。说到这里，古代婚俗的保守面就出来了。周礼婚礼六仪，没有一“仪”是让有婚姻约定的男女婚前见面的；婚前男女当事人双方一次面也没见过，绝非不可能，也绝不在少数。女孩子婚礼上偷眼看，又不敢过分看因而看不周全的特定情形，就是这首“乎而乎而”的诗，所要特加表现的东西。诗妙，就妙在这点。

刻画女孩子偷看、又不敢使劲看，这不是诗篇的调笑吗？是的。结婚属于“红喜事”，人们就“红”着办，热闹着办，笑话才能添喜气。第一章的意思弄清楚，下边的两章就好明白了。“俟我于庭”，“庭”就是院子。刚才是到大门口，现在走到庭院。可是这会儿，男子脸旁两边的丝绳，刚才是白的，现在却是“充耳以青乎而”，变成“青”的了。“青”就是黑色。汉语表示颜色有时很有意思，黑就说黑吧，不，却喜欢说青。戏剧里有“青衣”，青衣就是黑颜色的衣啊！有时也说“绿竹青青”，“绿竹”怎么“黑黑”啊？这样理解就错了，这里的“青”字用法很活，它实际上是形容绿色绿得浓郁，黑绿黑绿的。再说那个丝绳，刚才还是个“素”亦即白色的，现在怎么突然又说是“青”即黑色的？这正是诗篇为婚礼上的乐歌的证据。变换着字句歌唱婚礼，只能是旁边专门人员的歌唱。就是说，诗篇不是为哪一个人的一次婚礼谱写的，它是流行于社会婚姻典礼场合的歌。不然的话，丝绳一会儿白，一会儿黑，一会儿又成黄的，走几步就换，好家伙，变了三种颜色，仿佛川剧的“变脸”绝活，一场婚礼上的变化不可能这样。所以说，《著》与《关雎》一样都是仪式之歌。

说到婚礼，还有一个习俗，就是闹洞房。这个风俗，古代就有，一直延续到今天。北方有句老话：“三天不论大小辈儿。”就是说新婚闹洞房的。什么叫“不分大小辈”？一般家庭、家族关系中，大伯——就是丈夫的哥哥，与弟妹、弟媳妇的关系，是严严肃肃、一本正经的。丈夫的弟弟、就是小叔子则不同，可以跟嫂子开玩笑，无伤大雅地动一下手脚，也说得过去。这叫什么？按河北省，也就是我的老家的土话说，这“荤叔公，素大伯子”。日常里，叔嫂之间可以开玩笑，大伯和弟妹之间不能开玩笑。可是，若是谁家有结婚喜事，三天之内是可以不论什么大伯不大伯的，“素大伯”也可以“荤”一下。但也只限于新婚三天的光景，三天一过，大伯与弟媳就要加强纪律性、组织性了。

那么闹洞房的习俗从什么时候开始的呢？应该很早。就文献记载而言，晋代有学者葛洪在其《抱朴子·外篇·疾谬》中记载：“俗间有戏妇之法，于稠众之中、亲属之前，问以丑言，责其慢对，其对鄙黩，不可忍论。”大意是民间结婚时，邻里当众与新媳妇儿开玩笑，说一些不堪入耳的话，调笑女子。这还不是最早的记载，更早一些的记载是《汉书·地理志》记燕地风俗说：“初太子丹宾养勇士，不爱后宫美女，民化以为俗，至今犹然……嫁取之夕，男女无别，反以为荣。后稍颇止，然终未改……燕丹遗风也。”所说“嫁取之夕，男女无别”，正指的是闹房现象。不过，把闹房风俗的来历说成是因燕太子丹——就是派荆轲刺秦王的那位主谋——宽纵勇士而起，则是不确的。因为还有再早的文献，这就是《诗经·国风》，具体说就是《唐风·绸缪》篇。诗是这样的：

绸缪束薪，三星在天。今夕何夕，见此良人？子兮子兮，如此良人何？

绸缪束刍，三星在隅。今夕何夕，见此邂逅？子兮子兮，如此邂逅何？

绸缪束楚，三星在户。今夕何夕，见此粲者？子兮子兮，如此粲者何？

唐风流行的“唐”，在今山西侯马、翼城及绛县这一带。诗叫“绸缪”，绸缪就是捆绑，把一些柴草捆起来，捆成一捆，就叫作绸缪。结婚时要在彩礼中放一捆柴火，这个习俗在今天的一些省份还保留着，猜测可能与古代抢婚有关系。婚姻的婚，取的是“昏”的意思，也就是黄昏时分，这时候，打火把抢女孩子可能就是“婚”的来历。这当然是非常古老的一种结婚方式。“三星在天”。“三星”就是参星，属于西方白虎七星的一个星宿，由七颗恒星组成，其中中间三颗，排成一列。清代大儒顾炎武就说过，古代人人都知星象，是说他们懂得看星星，原因是他们据星辰判断时令、时间与方向。在没有钟表的时期，农村人起早，是要看“三星”的，天上的三星到哪儿了，就知道该不该起床了。《绸缪》这首诗篇，说“三星在天”、“在隅”、“在户”，不外是夜晚时间的推移，说来说去，也都不外乎是引起下一句的“今夕何夕”，就是说，重点不在时间推移，而在“今夕”。“今夕何夕”——今晚是什么好日子啊？所以有这样的发问，全是因为下一句的“见此良人”：哎哟，今天是什么好日子，见到这么好的人儿！其实这就是开玩笑，是对着新娘子这样唱的。接着话头一转，又问“子兮子兮，如此良人何”？是问新郎官儿，你呀你呀——“子”在这里是第二人称形式——这样的好夜晚，该对这么好的人儿——指新娘子——要怎么办呢？这就一定是开玩笑口吻了。新婚之夜，谁都知道新郎和新娘之间要发生什么样的事，却故意装傻，问新郎夜里对新娘做什么，是典型的闹洞房开玩笑的话口。当然，闹洞房的玩笑话，就像《抱朴子》所说的，出言还有更“鄙黩”的，但诗是不会那样表述的。诗篇虽然采取了含蓄的表达策略，可洞房玩笑的意味还是表达得很充分的。

第一章弄明白了，下边两章也就没什么难的了。“束刍”、“束楚”与“束薪”的意思一样，需要解释一下的是“邂逅”和“粲者”。“邂逅”是《诗经》几次出现的一个词，非常独特，它有固定的意思，意指佳偶，即一碰面双方就都觉得可心、一见钟情了，这就叫作“邂逅”。实际仔细体味，诗用“邂逅”，强调的是可心，前一章只是说新娘好，这一章则强调新郎的心满意足。第三章“见此粲者”的“粲”，是说新娘子漂亮光鲜。“粲”的本义是好稻米经过舂簸扬去皮光灿灿的样子。拿它形容女孩子，与“良人”意思一样，强调她的漂亮，只不过比“良人”用词更形象罢了。

《诗经》是一个生活的万花筒。即以表现结婚现象而言，是多么的全面，多么的丰富，又多么的细致入微啊。我们一路讲来，讲了周人的重婚姻，重婚礼，也讲了闹洞房这一既古老又绵长的习俗。其实还不止这些，《诗经》还有更多精彩表现呢！

第四集

美丽的新娘

文学离不开女性，很少有离开表现女性而能有巨大成就的，一部长篇小说，一个戏剧，若没有个把有性格的女性形象，不管这女性是美丽的，还是高尚、卑鄙或者权力欲望极强的，总得有。没有，就像百味缺了盐，总少点什么。

在中国文学的开山之作《诗经·国风》中，描写表现女性的篇章，不论是数量还是类型，都说得上是多的。而且，对女性，特别是对弱势女子，是充满了同情的。在这方面，当时的诗人要比后来的儒生即《诗》的解释者们，强太多了。例如，对婚姻中遭受不幸的女子，诗篇都抱有万分同情。这是一种基本的人道精神，代表着一种文明。

当然了，诗经也不乏对女性之美的表现。而且，往往这方面内容就见诸那些表现结婚题材的篇章。例如《鄘风·君子偕老》，表现一个女子的美丽，写什么呢？写她“鬒发如云，不屑髢也”。“鬒发如云”就是浓密的头发像乌云。什么是“鬒发”？说“鬒发”先得明白古代贵族戴假发的习惯。《左传》中就有这样记载：一位权贵人物见人家女子的头发好，就强行把人家头发割掉，给自己的假发当材料。《君子偕老》就夸赞这位美女一头乌黑亮丽的头发，根本就不屑于戴什么假发，人家天生丽质的，头发好。相反，脸再美，童山濯濯然顶上无毛，也是糟糕的。

《诗经·国风》里还有这样的句子：“子之清扬，扬且之颜也。”“有美一人，清扬婉兮。”两个句子中都有“清扬”一词，那“清扬”指什么？指脸面上的一个部位？哪个部位？即眉宇之间，即额头到眼睛之间这一片。一个人漂亮，额头要明亮，平整饱满，如果眉宇狭窄，还长满道道的皱纹，这面貌看上去就麻烦。“婉兮”，就是眉宇亮丽的意思。还有一种古人以为美的，今人就未必觉得妙了。《陈风·泽陂》中有一句：“有美一人，硕大且卷。”“硕大”就是高大，个子高大是美人的条件，在今天亦然；那“卷”又是什么意思？有的注释家说就是脸庞丰满、双下巴的意思。这在《诗经》里好像还不止一次说到这样的丰满之美，包括“清扬婉兮”的“清扬”之际也有额角宽阔的意思。有些时代是崇尚丰满的，如唐代，看唐代的《仕女簪花图》，里面画的高发髻的美女，明明原本一个小脸，很秀气的，后来愣是吃出个“二脸”来，其实是时代审美风尚造成的。古老的俗话说，楚王好细腰，民间多饿死。宫中好大眉，民间多一尺。《君子偕老》和《泽陂》中的“清扬”、“卷”，是否就是代表春秋时代的女性崇尚丰满，不好说，不过可以肯定，也没有以瘦为美的表征。过分的以瘦为美，“骨感美人”的病态，似乎那时还不时兴。

就诗篇的描写美人而言《国风》的手法也很多。如《齐风·东方之日》就说："东方之日兮，彼姝者子。"以出生的旭日比喻风华正茂的女孩子，不说女孩子有多靓，却说她蓬蓬勃勃如朝阳，实际是从女孩子青春气息的动人效果来写她的美。此后，用太阳比喻女孩子，到后来的宋玉、曹植，都曾用过。像曹植《洛神赋》，就说洛神"皎若太阳生朝霞"，不仅比太阳，且是有朝霞的太阳，是有枝有叶的。但这样的句子是受《国风》的影响，也是无疑的。

刚才说过，《国风》表现女子之美，常出现在婚姻题材的篇章。这也有其道理。人家结婚，大家看热闹，最重要的看点，就是新娘子长什么样。恐怕在那些婚礼的参观者是首先期待的。在《郑风》中，就有一首，表现一位来自齐国的新娘子是如何迷倒众生的。郑国原来的封地在陕西，周幽王时才迁移到今天的郑州一带。所以，与东方齐国的婚姻，是迁移后的事。你看《左传》一开头写的郑君武公的妻子武姜，就是申国人，申国姜姓，不是在今天的南阳一带，就是在陕西一带。可是当郑国迁到东方以后，就需要与东方一些异姓建立政治联盟，就开始与齐国（国姓也是姜姓）缔结婚姻。表现在诗篇的歌唱，就有《有女同车》一篇，写的是郑国娶自齐国的新娘子，一下车就把郑国的整个男人们都给震了。诗篇怎么写的呢？

有女同车，颜如舜华。将翱将翔，佩玉琼琚。彼美孟姜，洵美且都。

有女同行，颜如舜英。将翱将翔，佩玉将将。彼美孟姜，德音不忘。

诗篇只有两章。"有女同车"的"同车"一词，过去解释产生了好多争议，有些学者的说法我觉得是可信的，就是男与女坐的车是一样的，不是结婚的男女并排坐在车上，好像古人还没有开放到这个程度。男女各自乘车，实际寄寓了古代对妻子的地位界定：妻者，齐也。“妻”的意思是家庭中与丈夫“一般齐”的那个人。这是强调男女要讲究一点平等，在家庭生活中，应相互尊重，是传统观念中可取的部分。

回到正题，“有女同车”的那位女子形象如何？诗篇说：“颜如舜华。”“舜华”，就是木槿，木本植物，春天开花，花色有玫瑰红、粉红、蓝紫、白色和蓝色多种，整个花木的花期很长，可是每一朵花的开花时间却很短，舜华的“舜”，就是“瞬间”的意思。极其漂亮，又极其短促。所以古有“槿花不见夕，一日一回新”之语。不过，在这首诗中，不是说女子的美丽短暂，而是强调她的美丽。不单美丽，诗还着重表现她下车那一刻的“范儿”——“将翱将翔，佩玉琼琚”，写新娘子下车之际那几步路走出的姿态，轻盈娴雅，如翱似翔，曹植写洛神“竦轻身以鹤立，若将非而未翔”的美妙也不过如此啊！仪态高雅，是有教养的表现。“佩玉琼琚”，就是新人的佩玉，不是人们眼中看到的，而是听到、准确说是先听到而后再看到的：优雅的步子，引发的是琼琚美玉的泠然作响。“彼美孟姜，洵美且都”，这位姜姓新娘在家排行老大，“孟”是老大的意思，交代出这场婚姻是姬姜两姓的结合，符合礼法。“洵美且都”的“洵”，意思是实在，是个形容词；“都”，高雅为“都”。有人研究，“都”的本义就是大都市，古代与现代一样，审美风尚也是大城市引领风潮，所以，符合大都市标准的，就是都，也就是雅，也就是符合标准、打扮入时。下一章意思一样。其中“舜英”的“英”，在这里也是花；最后一句的“不忘”，就是

“不亡”，不亡就是永远。是祝愿新娘子永葆其美好。

现在看，诗人是如何写婚礼中的新娘子的呢？先是来了，远远的，车来了，车上载着来自姜姓齐国的美丽新娘，灿若天仙，如槿木花开，亭亭玉立，钟灵毓秀。一下车，一走路，哇塞，好仪态、好有教养啊！接着，新人不但长得美，还入时！郑国的君主或公子，娶了这样好的人儿呢，真是令人庆幸，让人情绪高涨。

《有女同车》写女子之美，是《诗经·国风》的一种样式。美丽新娘到底长得怎么样，没说，只形容像木槿花一样，留出空白让人去想象填补。这是文学手法的常态，也是作为语言艺术的文学与由演员表演的影视艺术之间的分别。任何人物形象一经演员演出来，就定了格，其形象就没有了想象的空间。这是题外话。回到本题。写美人，《国风》的诗人又不甘心只限于上面的这一种，只是打比喻形容，或者侧面烘托。诗人有时也仿佛是画家，用语言工笔描摹美人形貌。这样的诗篇，最突出的就是《卫风·硕人》。

请看诗篇：

硕人其颀，衣锦褧衣。齐侯之子，卫侯之妻。东宫之妹，邢侯之姨，谭公维私。

手如柔荑，肤如凝脂，领如蝤蛴，齿如瓠犀，螓首蛾眉，巧笑倩兮，美目盼兮。

硕人敖敖，说于农郊。四牡有骄，朱幩镳镳。翟茀以朝。大夫夙退，无使君劳。

河水洋洋，北流活活。施罛濊濊，鳣鲔发发。葭菼揭揭，庶姜孽孽，庶士有朅。

这首诗篇涉及的女性，很幸运，诗里对她有记载。据《左传》的说法：“卫庄公娶于齐东宫得臣之妹，曰庄姜，美而无子，卫人所为赋《硕人》也。”她是齐国君主的大千金，嫁给了卫庄公，人称庄姜。这是一位典型的红颜薄命的人儿。她命之所以不好，即在《左传》的“美而无子”四个大字。任你是君主的夫人，齐国太子的亲妹妹，不能生养，可就是“小姐的身子丫鬟的命”了，人长得再美，再华贵，不能生养，不能完成生儿育女的业务，你在人家男子的家里，就总像是欠债不还一样，直不起腰来。因为古代婚姻特别重视传宗接代，一个女子嫁到人家去，千好万好，不生孩子就是不好。更糟糕的是，那个时候的人还不知道不生育的问题往往来自男性，会把不生育的责任，一股脑推到女子身上。所以，不生养，就跟犯了多大罪似的。美丽的庄姜摊上这事，岂不“薄命”！

不过，《左传》说的都是诗篇女主人后来的事，与诗篇无关。有人因为看了《左传》如上的说法，就觉得诗篇赞美庄姜之美，有什么弦外之音，那可就是受了《左传》说法的干扰而神经过敏了。诗篇创作歌唱时，这位国君夫人，还是新人呢！这有诗篇为证，且看诗篇是如何用工笔描摹来形容新娘子之美的吧。

全诗四章。一开始就是“硕人其颀，衣锦褧衣。”新娘子是高个子，“其颀”犹言“颀颀”，《诗经》特有的词法。下一句是说她的服饰：锦绣的衣服之外，罩了一层轻薄如雾的纱。有记载说，古代结婚女孩子离家最后一道礼节，就是保姆给她罩纱。后来红盖头是不是跟这儿发展来的，不清楚。罩一层纱，按古人说法是为避免锦绣衣服太招眼，或者就是为了防尘吧。春秋时期的褧衣，还没有发现过，但考古发现过西汉时期的。在20世纪70年代发掘的西汉马王堆墓葬里，考古人员发现了一件薄如蝉翼而且透明的丝织衣，称一称，几十克重；叠一叠，可以装到小小的火柴盒里。专家说，这就是罩在锦衣外面类似《诗经》“褧衣”的丝织物。这样的丝织工艺后来似乎是失传了。

接着就是交代她的社会关系。她是齐侯之女，父亲尊贵，拼爹没问题；她是“卫侯之妻”，实际是说她马上就任的新身份。然后，又交代新人的社会关系，其一，她是“东宫之妹”，这意味着卫国会因为有这样一位夫人，在未来能与齐国持久地保持良好关系；“东宫”可是未来齐国的君主啊。其二，她是“邢侯之姨”，邢侯即邢国君主，在今天河北省邢台一带，说新娘子是邢国君小姨子。其三，她是“谭公维私”，是谭国君主的小姨子；“私”，小姨子称姐夫叫私。这样不厌其详地交代新娘子复杂的社会关系，不外是夸赞新娘身份的极其华贵，而尊贵的社会关系，正意味着这桩婚事的政治价值很高，且很有升值的空间，显示出的是周代贵族婚姻强烈的政治色彩。婚姻缔结，实际是与几个诸侯国家同时建立友好关系、亲戚关系或者说是兄弟关系。诗篇在这方面，文章做得很足。

第二段则是另外一种情形了。身份华贵是她生的家庭好。她的相貌更是令人惊艳不止。“手如柔荑，肤如凝脂，领如蝤蛴，齿如瓠犀，螓首蛾眉，巧笑倩兮，美目盼兮”这一章可分为两大层次，头一个层次是连续的比喻，说新娘子的手像“柔荑”，“柔荑”就是柔软的“荑”，而“荑”是一种草根，这种草叫作王刍，俗称菅草，一般长在生荒地上，到了深秋，白白的，一望一大片。这种草的根儿也是白的，而且嫩嫩的、甜甜的，还可以入药。柔荑就指王刍根儿。也有人说这里的“柔荑”是苇子的根，即深入泥水的那部分，也是白色、甜甜的。不管是什么吧，诗篇是说，新人的手伸出来，色白肤细。这是打比喻，既然是打比喻，就有所取，有所不取，柳叶眉儿不能理解成绿色的眉。这句也是，不能想象说女子的手上又是茅草根子，又是苇根子。取其白，取其柔而已。“肤如凝脂”，凝脂前面讲过，就是凝固了的猪油，这也是取其白中透青的意象，这个写她皮肤好，柔嫩细致到像七八个月大的小孩子——好好照料的健康小孩子，七八个月大，皮肤才多白中透青的细润。这还是因为人物的身份华贵，没有经过任何风霜，很娇贵的。

然后是“领如蝤蛴”，“领”就是脖子，说的是脖子长得像一种名为蝤蛴的肉虫，这种肉虫秋天多，芝麻、玉米地都有，嫩绿的秸秆上，经常会见到一种白虫，没有壳子，是蠕动的。诗是形容女子那个脖子细长，有质感。全天下的美人，差不多都是高挑个，细腰、脖子颀长；脖子短粗而可称为美女的，就难找。“齿如瓠犀”，实际说新娘的牙齿像瓠瓜子儿。瓠瓜子儿一个个像贝壳似的，中间粗，两头较细，一排一排很齐整，不像大板牙。“螓首”，螓就是小的知了，夏天到了数伏天，这种小小的蝉就开始“伏天儿、伏天儿”地叫。这里是形容发式，螓的头两边有两个翘起的小高峰，形容的是女子发髻上扬，如同螓首。可能是假发，也可能是真发，一定是高高的发髻。“蛾眉”，就是长长的细眉毛，像蛾的须子一样。喜欢眉毛细而弯长，不是今天才有的。

以上从手到头，仔细描摹，一一细说，如同一幅工笔画儿。可是，照这样描写下去，人物还只是个“样子货”，未必怎么样，手白，颈长，眉毛细，发髻高，如是而已，人物活不起来。到这里，一条龙是画出来了，首尾俱全，有鳞，有脚，都有了，就是还缺点儿东西。缺点什么呢？看诗人给人物加了点什么就知道了。下边两句：“巧笑倩兮，美目盼兮。”啊，终于给龙点了睛！“巧笑”在《诗经》里还有另一次出现，《卫风·竹竿》就说“巧笑之瑳，佩玉之傩”。那什么是“巧笑”？就是“俏笑”，就是笑得好、笑得妙，笑起来带动得满脸生动姣好。所以，在“巧笑之瑳”一句，是说笑起来露出洁白牙齿；在“巧笑倩兮”这句呢，是说一笑腮上会出现俩酒窝儿。女孩子一笑有酒窝，是多么俏啊！诗人就突出了这样的俏。一位身形高挑的女子，脖子也长得很好。眉毛长得好，这些都是突出样子、模样，是形，可是到后来“一笑俩酒窝”，啊，原来这位高个新娘不但有型，而且是很带韵味，生机勃勃啊！这就是“巧笑”一词在写人上的作用。下面的“美目盼兮”是接着突出新娘的神情映丽。“美目盼兮”的“盼”，就是眼睛黑白分明。眼睛大，不一定好看，大眼全是白眼珠，像白天的猫，或者全是黑眼珠，像晚上的猫，都会吓死人。大眼睛且黑白分明，顾盼生姿，就不同了，就迷死人了！这两句，巧笑倩、眉目盼，不但是脸部五官搭配好，搭配好是爹妈给的；人家笑起来俏，俩酒窝；俩眼睛不单大，而且带神，黑白分明又顾盼生姿。这都是属于人家自己的美死人不偿命的气质了。前边的几句，即“手如”、“蠓首”几句，是静态地写美的形，“美目”这两句，则是动态地写，是写魂儿，突出一个媚。美而媚，才是新娘子的美丽的全部。后两句，就像仙人给一个泥人吹了一口气，仙气一吹，满盘皆活了。

所以，这一章的描绘，是《诗经·国风》里的一个典范，工笔描写。它与前面的《有女同车》就不一样。

在此，让我们多说几句古代文学写美人的方式方法吧。这首诗的笔法只是其中一派，实际上这种方法文学上并不是很常用。此诗若是没有“巧笑倩兮，美目盼兮”即写“媚”的句子，这部分就难免显得有点儿死板。总之吧，语言不像演电影，有神采的演员，靠着自身的相貌和气质，一出场，光彩照人，几句有性格的道白，就能把观众给吸住。语言描写，总有局限性，必须打比喻，可一打比喻，就要牵连其他，如诗篇这一章的柔荑呀、蝤蛴呀，牵牵连连的。所以，后来高明的诗人，喜欢走《有女同车》的路数，不直接描，而是从旁烘托。

例如汉代有一篇《陌上桑》是写美人的。怎么写呢？说：“日出东南隅。照我秦氏楼。秦氏有好女。自名为罗敷。”罗敷怎么样？“罗敷善蚕桑，采桑城南隅。”写一个女孩子出来了，“日出东南隅”，这也是受了《诗经》的影响。光华华的东方太阳出来了，照在一个高楼上，高楼住着个女孩子，自名叫罗敷。“罗敷”什么意思？在古代是美女之称。你看这女孩子多自信，上来以后就是“自名为罗敷”——我叫美女。这是喜剧的调调啊！接着说罗敷离开家去采桑。她走在路上了，长得怎么样？只字不提。而是用另外的办法写罗敷之美。是这样写的：“青丝为笼系，桂枝为笼钩。头上倭堕髻，耳中明月珠。缃绮为下裙，紫绮为上襦。”这是描写穿戴。头上有倭堕髻，又叫堕马髻。什么叫堕马髻，顾名思义，就是人从马上翻下来那一刻的样态。在十几年前吧，现代的大城市还流行这一种歪梳发辫的风尚，追求与堕马髻一样，倚斜之美。这其实在东汉就有了。据说东汉权臣梁冀的老婆叫孙寿，她搞出了当时风行全国的“四大发明”——堕马髻、折腰步、啼妆、龋齿笑，这四大发明的流行，还被史家视为东汉要亡国的征兆。

还是接着说罗敷吧。诗篇也写了她的形，主要指穿戴，但诗篇表美人最精彩的还是下面的句子：“行者见罗敷，下担捋髭须。少年见罗敷，脱帽著帩（音俏）头。耕者忘其犁，锄者忘其锄。来归相怨怒，但坐观罗敷。”写美，写穿戴后，接着就表现旁人看过美女后的反应，说行人见一下罗敷，挑担就走不动了，担子放下，看傻了。轻狂的少年见了罗敷以后，把帽子摘下来，把拴发辫儿的丝绸亮出来，搔首弄姿啊！耕田的人忘了犁，锄草的忘了锄，回家以后，看一眼自己老婆，原来看着很好，现在怎么看怎么不顺眼，两口子就打起架来。美女一出现，行人走不了路，交通状况乱了；耕地忘了耕锄，破坏了生产；回家夫妻勃豀，影响了家庭安定团结。美，具有破坏性啊！

这就是一种笔法：是就美的效果写。与《硕人》的工笔法比，完全是另外一种范儿。这种笔法在古希腊文学中也有。荷马史诗写海伦，海伦到底美成什么样，不直接写，而是去表现别人看了她以后的“不良反应”。双方大决战之前，诗人让海伦出过一次场，结果弄得特洛伊元老院年迈的元老们，都一个个地情不自禁变癫狂。这也是就美的效果写。

其实，在我国古代，写美女还有一法，用数学的方式表现。很著名的例子，就是宋玉的《登徒子好色赋》。有人攻击登徒子好色，他就反驳，就说到了一些美人儿。登徒子说：天下美人儿，要算我们楚国多；楚国的美人儿，又不如我住的小区多；我住的小区的美人，又谁也比不过我东家邻居的美女。邻居家美女长得什么样呢？请注意，宋玉突出美女之美的美：“增之一分则太长，减之一分则太短；著粉则太白，施朱则太赤。”你看，增一分，减一分，这是数学的办法吗？以此赞叹美之美合乎度数，是老天爷鬼斧神工造出来的，增一分不行，减一分也不好；敷点儿粉太白，施点红色太红，人家那颜色，也是老天爷精心算计出来的，容不得谁可以添减。也就是说，人家自然天成，用不着人为。这是宋玉的法子。

不过，《好色赋》接下来又说：“眉如翠羽，肌如白雪。腰如束素，齿如含贝。嫣然一笑，惑阳城，迷下蔡。”这个，不用说，眉毛、肌肤、腰肢、牙齿的一系列比喻，又回到了《诗经》。宋玉这里的“工笔画”，也有模子，完全是临自《诗经》的“硕人帖”，只是加了数学范式，才有了点新进展。

回到《硕人》这首诗，让我们最关注的是它对美人之美的表现。文学代表一个文化人群的灵性，因为关注的是美好，发现并表现美好，这不是灵性上的事情吗？诗篇的意义就在这里。这首诗不是表达对诗中美女的爱，而是站在毫不相干的角度，表述、赞叹美人的美丽。这是一首婚姻诗，是君主娶媳妇儿，诗人若表示爱慕之情，就不合体统了。不过，那样细致的描述女子，若没有爱也不对；爱是有的，是别样的，也是潜在的。

诗篇接着写：“硕人敖敖，说于农郊。四牡有骄，朱幩镳镳。翟茀以朝。大夫夙退，无使君劳。”漂亮又高大的新人，在卫国郊外的田野停下来，略做休整。要知道新娘子是从遥远的齐国过来的，按照古礼，未进入卫国领地之前她还是齐国的公主，一旦进入卫国地界，她马上就是卫国的新人。这时候，就要改换服装，而且要换车，要用君夫人的那一套了。所以，要在卫国的郊外，休息一下，打个尖儿。之后，她就坐上四匹马拉的车“翟茀以朝”了。“翟茀”

是指她乘坐的新车子的车篷上装饰有长尾、长翎子的雉鸡图像，是君夫人一级的贵妇人所乘坐之车特有的装饰。她就乘坐这样的车来朝见自己的夫君。诗还写到了驾车的四匹马："朱幩镳镳。"马要带嚼子，嚼旁边系着红绸子，四匹马一开步，红绸飘飘然——"镳镳"在此就是飘飘。

值得注意的是，就在这时候，诗人加了一句：大夫们早点退朝吧，不要让君主太劳累。这是开玩笑的话：君主娶了这么漂亮的妻子，你们大夫们，就不要拿什么国事跟君主裹乱了。有什么事，还是回头再说吧！今天要给君主留下点体力和时光，不然君主就太劳累啦！是实话实说，也是调侃玩笑话。这就是一点人情、喜事，君主的喜事，也容得开玩笑。特有人情味！

最后一章，就是对婚姻意义的拓展了。假如诗篇只写到新夫人见君主就结束，那真有点灰溜溜的。可是诗人笔触一闪，闪向了卫国的山川大地。君主娶媳妇儿，是整个卫国都喜庆的事情。但是，诗人并没有表现卫国人如何欢喜，而是把描绘的重点投向了卫国的河水。河水哗哗，人们在水上撒网，撒网的声音"濊濊"然——也是哗啦哗啦；还写鳣鱼和鲔鱼被网上来的情形，啪啦啪啦地被网罗，卫国真是富饶啊！还写到了卫国芦苇，长得很茂盛。诗篇如果就这样撒开去，也嫌太散。最后两句，诗又收回来：就在这样一幅山欢水笑的富饶景象的光景下，众多的姜姓的陪嫁女，在雄赳赳的武士的护驾下，随着美丽的新夫人气宇轩昂地走进了卫国。诗将结束时，摊开去，又收回来，把吉庆的气氛渲染出来。国君娶夫人，就是娶国母啊。国母来了，富饶的卫国，生产上去了，一切都会好，因而山欢水笑。新夫人的到来，给卫邦增添了喜庆；嫁到卫国的新人，也将获得幸福生活。是描述，也是祝愿，情绪十分热烈!

庄姜后来的生活，遭遇不好，红颜薄命，但在她初嫁卫国的时候，她却以大国之女华贵的身份，美丽的容颜，深深感动过卫国人。所以，诗写得非常有激情。这就是两千多年前的古人，生活中，结婚是人生大事。诗人就把对生活的热爱灌注到对婚姻大事的描写上，用了很多的想象，用了很多的热情，来展现活泼的生活。这就是《国风》文学开辟的传统，一个被古典文学很好地延续了的传统。

婚姻关系缔结了，未来生活当中，男女又该如何相处？家庭主妇又如何操持一个家庭呢？这在《诗经·国风》中也有表现。

第五集

家有贤妻

古语里有两个字，今天很少讲了，这就是“教化”二字。

所谓“教化”，就是“教”而“化”之。这事，说起来就大了。大家对这个词一般较陌生，听上去好像是有个什么人要做通天教主，拿大权威的身架指导我们。过去可能有这样的意思吧，不过这里所讲的“教化”，就是古语所说的“人文化成”的意思，是说一个民族在特定历史过程中文化品质的养育和造就。这就要有一个可以养育造就的文化系统，被大家遵循，时间稍长，就可以称此系统为传统。举个例子说，西方人，千百年来他们的生活方式基本是以“二希”即古希腊和希伯来两大文化之源为根底的。也就是西方人主要受的是“二希”文化的“教化”。同样，中国人也有这样的根底。我们在这里讲《诗经》就与这根底关系密切。

那么，我们这个民族，是什么时候开始有了最基本“教化”亦即“人文化成”的根底呢？以我肤浅的理解是从周代开始。因为只是到了周代，才形成了一个为当时东西南北各方人众所信奉的文化传统，那就是“礼乐文明”。有了礼乐文明这样一个新的文化系统之后，做人才有所谓君子风范追求，实际也就是有了一个大家认可的“做个什么样人才是最值得的”普遍观念。不过下面的话题，不是要讲这样的观念全部，而是指男女婚姻这部分。再具体点，主要讲婚姻中女子的“教化”问题。

婚姻是人类社会发展到一定程度后出现的一种社会生活形式。那么，婚姻生活中女子应该以什么样的意态、行为及操守等去处理婚姻生活呢？这不是天生就能的，是要经过教育培养才有的。处理婚姻生活当然有男方做丈夫要遵循的道道，但是，在《诗经》里，表现得最多的，还是女性方面的情况。实际体现出的是古代关于女性在家庭生活中地位的理解。《国风》时代，据文献记载，妇女主要受到的“教化”有所谓四大德行：妇德，妇言，妇容，妇功，即所谓德、言、功、容四大方面。

什么叫妇德呢？实际上，按照中国古代观念，女子是坤道，按照中国哲学，一阴一阳谓之道。男的属阳，是刚健的、创生的，向前走的；女子则是柔顺的、保持的、持续的。孤阴不生，孤阳不长，所以“妻者，齐也”。男女配合，才合乎阴阳之道。实际是强调女子偏于阴柔，对丈夫要体贴，要柔顺。当然我们今天未必提倡这些东西。但作为家庭主妇，对公婆、老辈还是尊敬、照顾他们的感受为好。另外对邻里不但要客气，还要会为人，有大家气。《诗经·谷风》里说：“何有何亡，黾勉求之。凡民有丧，匍匐救之。”说女子当家，家里有的、没有的，都得尽量去追求，亲戚邻居有了危难，爬着跪着地去帮助人家。这都是“妇德”的表现。一个好妻子，不单给家庭自身带来兴旺，还能尽力帮助族人、邻里。这样的妇德，是值得重视的。

什么叫妇言呢？妇言就是说话。今天大家不也常说，说话得有“眼力见儿”吗？作为家庭主妇，要有很多待人接物的事，特别是在一些祭祀的场合，什么时候该说，什么时候不该说；该说什么，不该说什么，都是有一定的规矩的。

妇容就是容貌，更主要的是面部表情。说到这一点，很有意思，一个人的容貌，长成什么样子，谁也没法决定。同样是脸上的事，长相属于生命现象，长得什么样，任何人是自己不能做主的。至于表情，则属于文化方面的事情，是文化教养的结果，也是教养的表现。说起来，古代的中国人，综合先秦文献的相关说法，要求表情基本上以端庄为主。孔子的高徒曾参临死时要对人说点什么，就先说了这样两个有名的句子：“鸟之将死，其鸣也哀。人之将死，其言也善。”可是他先搞了这样一个大前提，到底要说什么？他说，平时与人接触，要注意脸上的表情；脸上的表情很庄重，别人就不敢在你面前不严肃、不郑重，甚至轻视你，等等。实际儒家强调的庄重表情，今天中国还在不自觉地延续着。看电视，打开一看，韩国人、日本人长得跟我们一样，可是他们的表情，韩国人有韩国人的表情，日本人呢，有日本人的表情，跟我们很不一样。这就是文化差异造成的。

再说妇功。中国古代男耕女织，其中的“女织”绝对不单是织，还包括好多方面。不过针线活是女子的看家本事。今天城里女性大体不用做针线活了，但在没有多久的过去，那时候的家庭主妇是要做一家子四季穿着的。有的衣服制作，需要技术，有的则手续麻烦，就像做一双鞋子，就很麻烦，先得制作鞋帮的料，用北方话说是先要“打夹纸”，找一个桌子做平面，先用糨糊把布条粘在桌面，然后再粘一层报纸，然后再糊一层布条，晒干了，就是一大张硬硬的“夹纸”。然后按样子剪裁，做鞋帮；然后是纳鞋底子，一层一层地纳，最后外面包一层新的布——大多是条绒布，一双新鞋子就成了。那时每家主妇都有一个小包袱，里面鞋样子、布头啊、针线啊、顶针啊，应有尽有。现在，北方农村很少见到这种包袱了。

女主人的针线活说起来还是件很严肃的事。按照周代的观念，每家年终都要祭祀祖先，男主人自然是主祭者，按照古代祭祖礼仪，祭祀祖先不是在那里呼吁：祖宗啊，给我这个吧，给我那个吧！像今天我们到了观音庙里似的，弄了一瓶香油放在那，什么都要。古人祭祖，要想获得祖先的护佑，不能喊叫，当你把献祭的粮食贡献给祖宗时，祖宗会看，你拿出的粮食是你亲自下地劳动种来的吗？是，表示你遵循周家的祖德，认真耕种。还有，你就是周王，你身上穿的衣服，是王后亲自养蚕缫丝织布裁剪做出来的吗？是，祖先就认为你家庭主妇不错，有妇功、妇德。这样才给你护佑。祖先是要看的。所以，看周代周王祭祀的文献，强调遵循男耕女织的生活规矩，是其中的重要内容。男耕女织的家庭生活规模，延续了数千年之久，一直到我母亲那一辈，如果回娘家待一阵子，就得背着大量手工针线活回娘家，做不完，回来就不好交代。主妇的操持，还不仅这些。北魏的崔浩写了一个很短的文章，看了很让我感动。文章写母亲的腌菜，有自己的独特方子。崔浩做了很大的官了，还常想起母亲腌菜的味道。男耕女织的社会，女性的社会作用是很重要的，真是半边天。

这都是需要教养的，平时就得学。又据文献记载，在周代，女子出嫁前之前三个月，要对将出嫁的女人进行专门的婚前教育。地点就在祖庙，请一些有过结婚经验的女性，可能是离异的，或者是丈夫去世的，由她们专门对未婚女孩子进行婚前教育。从姑娘到新妇的过渡，有好多新事要面对和处理，是需要事先调教的。《诗经》风诗中，就有关于这方面的篇章。打开《诗经》第二篇就是《葛覃》。我们来看看这首诗：

葛之覃兮，施于中谷，维叶萋萋。黄鸟于飞，集于灌木，其鸣喈喈。

葛之覃兮，施于中谷，维叶莫莫。是刈是濩，为絺为绤，服之无斁。

言告师氏，言告言归。薄污我私，薄浣我衣。害浣害否，归宁父母。

“葛”是一种植物，根块富含淀粉、即葛粉，可以食用，有扩张血管的药用价值。另一个重要的用处，在古代就是用葛来抽麻纺布。这首诗就是以采葛、制衣乃至浣洗衣服，来比喻女子顺利度过新婚这一重要阶段。不过，诗篇可没有单刀直入，而是先从葛的生长说起：“葛之覃兮。”其中的“覃”（tán），就是一节节地累积生长，长着长着，弯弯曲曲已经蔓延——句中“施”（yì）字，就是蔓延的意思——到院外的山谷，也就是说，从庭院或园子爬到外边去了。这就有象征意味了：女儿大了，就像葛的藤蔓，一天天往外长，最后离开家远嫁出去了。女儿大了不中留啊，女儿是人家的人。老观念就是这样看待的。紧接而来的是“黄鸟于飞，集于灌木，其鸣喈喈”几句。“黄鸟”是什么鸟呢？《诗经》里名为黄鸟的鸟出现了几次，不过不一定都是一种鸟。按照古代注解，本诗的鸟就是黄鹂，又叫黄栗留，就是杜甫诗“两个黄鹂鸣翠柳”的黄鹂。这种鸟一般到北方的时间是收割小麦之前，也就是端午前后，那时正是暮春初夏时节。黄鹂的颜色非常漂亮，身体黄色为主，夹杂有黑、白，嘴有的还很红，叫声很流利，一串一串的，民间形容它的叫声是：“黄栗留，看我麦黄葚熟不？”诗篇形容黄鸟的叫声是“喈喈”，照说“喈喈”就是喳喳。不过在这里似乎是突出黄鹂叫声在听者感觉上的片段性；也就是说，尽管黄鹂叫声成串，可是诗中女主人听它的叫，却不专心，要出嫁的人儿，心事多，所以听到鸟叫，也不专心，有一声、没一声的。诗篇写葛的蔓延，形容它的茂密，已经构造出一幅暮春图景的大部分了；现在加上“喈喈”的叫声，绿色的春光中加了声响，更把一片春光点染得春意盎然，引人惆怅。

《诗经》的比兴手法，往往是凭一两个写景物的句子，引发下文。这样句子的使用，一般是很吝啬的。可是，《葛覃》的景物描写，却是用了一整章的篇幅，营造了一个很有气氛的春日光景，是很有“境界”意味的。人们读诗，一进入第一章，不但感受了春日的光景，还很真切地感受到流淌在诗句中的一股子莫名惆怅。女儿大了，该嫁人了。想想未来生活怎么样，她的心跳就加快，就血管发胀，情绪就在内心高速旋转，这样的情绪，表现在字里行间，就是那股特有的惆怅。这都是第一章经由景物描述传达的。含蓄而丰盈。

第二章：“葛之覃兮，施于中谷，维叶莫莫。”“莫莫”也是茂盛的意思。前一章说到葛，说到灌木上的黄鸟及其鸣叫，是营造情境，暗传惆怅。到了中间这一段，在表过葛的叶子之后，马上就是“是刈是濩”。用葛制麻布，首先要取其皮，步骤是先把有刀伤的部分削去，之后用清水浸泡，吸水充分后再放入冷水锅里煮，一直到水沸腾为止，这样煮过后，取皮就很容易了。“刈”、“濩”（huò）的句子，就是写这一过程。接下来就是制衣的事：“为絺为绤，服之无斁。”句中的“絺”（chī）、“绤”（xì），一个是细麻布，一个是粗麻布，是说，葛经过割取、浸泡、蒸煮后，就可以制作成麻；然后，就可以织出细布和粗布；然后，裁剪成衣服，就“服之无斁”了。这一段，最后落在了“服之”这一句上。谁“服之”？在诗篇，就是指将要做新人的女儿。“无斁”（yì）就是不厌倦的意思。衣服是她自己亲自割取葛，再抽麻，再裁剪成衣，经过了劳作，穿在身上也就永远珍惜，因为是自己的劳动啊。春秋时期的一位贵妇人，名叫敬姜的说：“劳作则善心生。”就是这个意思。

读诗至此可以发现，原来诗是由虚灵而渐入实在的。开始写葛藤蔓延、枝叶繁茂，还是虚灵的笔法，好像是在那里用笔奢侈地写景，到下面写采葛织麻、制成衣服，逐渐在意思上就变得实在，由“葛”引出的是实用的布料和衣服。还要注意的是，诗篇这样写，含着两条线索：一条是葛的变化，这是明的；另一条则是暗的，那就是女孩子的婚前教育。采葛制衣的过程，象征的是女子婚前教育的深入过程。后一条线，是要联系下面的段落，才会看得清楚的。

下面接着“言告师氏，言告言归。薄污我私，薄浣我衣。害浣害否，归宁父母”这一段，跳跃性是蛮大的。刚才还写在家做衣服的事，这一章马上就写到“归宁”，这样的跳跃还不大吗？这里要注意的是“言告师氏”的“师氏”，就是新娘子的老师，又叫作保姆。周代贵族家庭，有条件的家庭，女孩子出嫁时要陪送一位保姆，身份较高，年纪比较长、人品又好，有过婚姻经验的，由她陪伴着女儿到新的家里去。诗篇以女子的口吻说“言告师氏”，正因为“师氏”的出现，交代除了诗篇的作意，前面写葛，写织麻作衣，虚表了半天，原来是写姑娘变新娘这一重要过渡中的婚前教育的。

周朝的婚前教育很严格，也很有效果。鲁国有个姑奶奶叫作共姬，嫁到宋国做夫人。突然有一天房子着火了，大家都往外跑，可就是共姬不跑。为什么？她的理由是女子离了保姆的护持、陪伴，不能一个人自己出庭院。结果就被烧死了。这样的守礼法守得实在残酷，也可以看出礼教教化在当时的人，还是很当真的。

“言告师氏，言告言归”两句，两个“言告”，说的都是“体己话”。女孩子跟自己的师氏怎么讲的，读者也不需要知道，告诉读者，更不是诗（人）的家法。诗篇只是说该告诉师氏我要“归”了——之子于归的“归”即“嫁”了。写得非常简单。如何嫁也不说，忽然就是“薄污我私，薄浣我衣”。“薄”字是词头，没有实在意思。“污”，我们今天说污染了，就是弄脏的意思。可是，古代汉语的词，有一个很特别的现象叫作“反训”，就是一个字意兼有两个完全相反的意思。“污”，一面的意思是“脏”，可是，它还有另一个相反的意思：“去污”。也就是治脏、去脏。今天这个意思我们不用了。类似的字还有一个“乱”。乱了，乱套了。这只是它的一个意思，还有一个意思就是“治理”。甲骨文的“乱”字，字形是两只手拿着一团乱麻，中间是一套乱东西。要是把注意力放到这个“乱东西”上，字的意思就是“乱”；若是放在两只手上，意思就是调理乱东西，意思就是“治理”了。这样的例子还不少。

明白这一点，“薄污我私”的“污”做“去污”讲，就好理解了。句中的

“私”就是内衣，古代内衣称私。大概是取内衣一般不示人的意思吧？下一句“薄浣我衣”。“浣”跟“污”一样，都是洗涤的意思。诗篇在表过女子“归”即嫁到婆家之后，马上就写洗内衣、洗外衣的事，是女子在婆婆家要做的诸多家务事之一。不过，“洗衣服”在这里，还有其象征的意味：内衣怎么洗，外衣怎么洗，是有规矩的；“害浣害否”即什么衣服该洗，什么衣服不该洗，更见女子在婆家做事分寸拿捏得恰如其分。这其实是在暗示女子是否掌握了做新娘子的要领，把握了新身份做事的要领，就意味着她在做新娘子这件事情上，获得了初步的成功。诗篇巧不巧？从葛藤蔓延一路说来，处处不离衣服的事，最后说道女孩子成功转身而为新娘子、男家的新妇，还是不离衣服、洗衣服的事！

还应注意的是诗篇的跳跃，是很有姿态的。前一句说“言归”，接着就是“归宁父母”，在这跳跃之间则是“害（何）浣害（何）否”的洗衣之事，仿佛跳跃之前的一纵身，很是灵动。所谓的“归宁”，用现在的话说就是“回门儿”。照《葛覃》句子，新婚回门儿看来是古礼。新婚女子经过一段时间后，可以回家看望父母，其实是向自己的父母回报：我在新的家庭站住脚啦！这是一个欢庆的事情。有的文献说，若是丈夫的父母去世，新娘子要经过三个月才能进婆家的祖庙的。这是因为婆家要考验新娘，看看新娘子有没有什么毛病，有没有妇德的教养，等等。这表明，周代婚姻新娘子在婆家站住脚，得到承认，是个艰苦过程，因而能顺利地“归宁父母”，是成功的标志，是心理压力的解除，自然就会欢快了。所以，最后一段的跳跃，是在传达这种欢喜的心情。

《葛覃》表现婚前教育，表现女孩子身份转变之际。那么日常状态的贤妻又如何呢？《诗经·国风》这方面内容也不少。而且，家庭生活中男人在许多方面，往往不如女性。男人总像小闹钟，隔一段时间就得要由夫人上上发条，不然就待在原地不动。《国风》中起码有两首“鸡鸣”有关的诗，就反映了这一点。

按《诗》的编排顺序，第一首诗见于《郑风》，叫《女曰鸡鸣》。是这样写的：

女曰鸡鸣，士曰昧旦。子兴视夜，明星有烂。将翱将翔，弋凫与雁。

弋言加之，与子宜之。宜言饮酒，与子偕老。琴瑟在御，莫不静好。

知子之来之，杂佩以赠之。知子之顺之，杂佩以问之。知子之好之，杂佩以报之。

女的说鸡鸣，鸡叫了。看这一句就知道，诗采取了对话的体式。说鸡叫了，言外之意是该起床了。这就有中国的老观念：生活要勤奋，闻鸡则起，不能恋床。男的又怎么说呢？“昧旦”，有两种解释：一种是“昧旦”就是天亮了；男的也说，是，天亮了。还一种解释，“昧旦”就是天色还早的意思，是男子的口吻，口说昧旦，其实就是不愿意起床，是赖床的漫应之语。我觉得后一种理解较好。这就有了戏剧冲突：女的说该起了，男的说，哎呀，还早呢。这是家庭生活的常态，到今天也有。有点家庭经验的人都知道，叫早，往往都是女的叫男的。这似乎还是一个民族特征。女的，论起勤奋来，总是胜过男人一筹！

接着又是女子的话：“子兴视夜，明星有烂。”“子”就是你，“兴”就是起、起床，句子是说你去看看夜。男的抬头一看，噢，天上有明星，就是启明星，也就是太白星，这颗星星出现，天就快亮了。男子看见其他繁星都隐落了，就剩一颗启明星星光灿灿的。诗篇接着说："将翱将翔，弋凫与雁。"还是女子口吻，是催丈夫赶趁早去打雁。"凫"跟"雁"是两种潜水鸟，也都是候鸟，脚都长着蹼，雁比凫个头要稍大一些。就是在现在，秋天、春天都看到排成行的大雁，不是南飞，就是北翔。古代射猎，是生活必要的补充部分。为改善生活，调调口味，就经常去打猎。有时是打野猪、野兔之类；有时就是射击天上的大雁。

诗篇说到了射雁的方式，就是"弋"。这种射法很难。射雁可以用弓箭，可用一般的箭射，打小鸟可以，打大鸟就不合适。为什么？它飞得很高，体型大，力气也大，被射中后扑扑棱棱一飞，就不知道飞出多少里，那样找回来就不易。所以古人就发明了一种叫作"弋"的打雁方式，也叫弋射。什么是弋射呢？古代文献有记载，不过不是很详细。大体知道是用细细的丝绳子拴在箭头的尾部，然后把丝绳的另一端拴系在线轴上，并且固定在地面上。这是以前的了解，现在就不同，要详细得多了。因为考古发现了弋射的工具，而且有学者专门研究，写了文章。据研究，弋射大体是这样的，射击的箭头不是尖的，而是平头的，古代叫作矰。因为不是用箭头刺穿飞鸟，而是用箭头撞击迎头飞来的鸟，即，当鸟正面飞过来时，算计好了速度角度，把矰射上去，使其与飞鸟发生碰撞。箭头一碰撞，就会下坠，它后面拖着的丝绳就会给雁的脖子绕上，这样连撞带拖，就可以把飞鸟打下来了。这就是诗篇说"弋凫与雁"的"弋"。

古人靠打雁补充生活。打雁为什么要早起？可能是早起人少吧。大雁实际很警觉，人多嘈杂，是会吓跑凫雁的。前面说射猎，下面就说了吃法："弋言加之，与子宜之。""弋言"的"言"字是一个虚词，是说男子打雁回家后，女子负责烹饪。这个"宜之"，本义不是指烹饪。"宜之"实际是讲配料。古代人吃饭绝对不像我们想象的那样很简单，而是非常讲究的。做什么肉，就得加什么佐料，吃什么肉跟什么饭相配，也有一套规矩，讲究搭配，搭配得好，就叫作"宜"。所以，"宜"在这里可以解释为烹饪，又不是烹饪，而是烹饪的法则。所以，"宜之"，准确说是用恰当的方式给你烹饪。中国是美食大国，这可不是浪得虚名的，源远流长，积累深厚啊！

然后就是"宜言饮酒"。菜做好了，我跟你一起饮酒。哦？女子还饮酒吗？看起来古代是饮的。夫唱妇随，举案齐眉，如果男的喝点酒，女的也稍微喝一点。当然不是酗酒，这是一种情趣。一人不喝酒，二人不耍钱，在家喝酒，也还是妻子陪一陪好。这也就带出了下一句："与子偕老。"夫唱妇随，过这种日子，就可以白头到老。以上都是对话的意味。不过，诗人在这段结尾地方，加了一句："琴瑟在御，莫不静好。"不是男的说的，也不是女子说的，是诗人禁不住加的一句话，其实是对和谐夫妻的赞美，赞美他们像琴瑟。在艺术手法上这叫作点染。

实际上诗到了第二段，就是以女子勉励的内容为主了。第三章更是发展了女子鼓励。"知子之来之，杂佩以赠之。""知子"一词中的这"知"字，在解释上是很令人困惑的。现代学者有人把这首诗解释成男女偷情的作品，就是因为这"知子之来之"句中的"知子"。照该学者的理解，诗句是说：你来我这儿，我就回报你。言外之意是你不来，我没法回报你。两口子不这样说话，于是就成了偷情者的言辞了。可是，如这样解释，下文的“与子偕老”就没法解释了。在古代的学者，解释这个“知子”也多是瞎解释。到了北宋的大文豪欧阳修，对“知子”有一个新说，他说“知子”是一个名词，就是了解你的人、你的知己，女子说你的知己来了，我就用杂佩——古代人身上喜欢佩玉，喜欢佩戴美石美玉，还有一些小件工具之类，叫“杂佩”，用丝绳串上的——送给他们，既然是丈夫的知己，做妻子的也不怠慢，尽量帮助维系友好。这是贤内助的表现。

欧阳修的说法在现有的解释中应该是最顺畅的。按照他的解释，下面的“知子之顺之，杂佩以问之”也都好理解了。不过，还需要加一点解释的是“问”字，你们好朋友关系和顺，我就用杂佩问，这个“问”，不是话问，是赠送，与前后的赠、报一样。下面的“知子之好之，杂佩以报之”，意思虽有点重复，但也使得诗篇气韵充足。男人外边总要有朋友，一个男人上炕认识老婆，下炕认识两双鞋，小中农的形象，没大出息。诗中的女子实际是鼓励丈夫交友，“有朋自远方来”的那点美意，看来在孔夫子之前，就有人提倡过了。这就是见于《郑风》的《女曰鸡鸣》篇。

还有一首诗叫《鸡鸣》，见于《齐风》亦即齐国地界的篇章，格调上要更滑稽一点。是这样的：

鸡既鸣矣，朝既盈矣。匪鸡则鸣，苍蝇之声。

东方明矣，朝既昌矣。匪东方则明，月出之光。

虫飞薨薨，甘与子同梦。会且归矣，无庶予子憎。

这也是对话体，女子说得多，男子说得少。也是女子提醒丈夫鸡已经叫了，而且朝廷上人都到齐了。看来这个家庭地位不低，丈夫不是大臣就是君主。女子说鸡叫了，诗篇读到这里还没什么，到了男子回答，一出口，就把诗篇弄成了喜剧的格调。男子答了一声：不是鸡鸣，是苍蝇的叫声。真有他的！懒人有懒法，总能弄出各种的理由、借口，《西游记》的猪悟能，不就是这样？取经队伍里要是没了他，少了多少噱头！汉代人解释这句说：有时候苍蝇嗡嗡的叫声，与远方的鸡鸣很像。经生与诗篇中的男主人听到一处去了！可是女子，觉得这个理由不行，就又接着说："东方明矣，朝既昌矣。"男的也不含糊，说，不是东方天亮，是月亮在闪光。反正还是找借口，就是舍不得那床。看男子这样敷衍，女人就有点语重心长了，说："虫飞薨薨，甘与子同梦。会且归矣，无庶予子憎。"开始动之以情，说你看，各种昆虫都起了，薨薨薨薨地叫成一片——这透露出诗写的可能是夏天的光景——朝廷上的人不仅多，而且是人都要散会了；我很愿意跟你一块儿睡觉，可是你耽误了朝会，大家会恨你，还弄得我也受连累，人们当然要说我没有催促你啊！诗意大体如此。

不难看出，诗人采用了一种漫画式手法，重点突出懒惰男子的狡黠、耍赖。这是与《郑风·女曰鸡鸣》的差别。《女曰鸡鸣》重在突出女子的贤德，对丈夫的勉励；这首诗则重在突出男子的懒、猾。不过，对此也要妥善理解。诗人也只是采取了漫画手法、讽刺的调子而已。不是说诗对男人懒惰怀着仇恨态度，说不上。我们在生活中，要治一个人的酒后无德、喝高后胡说八道，最好是把他喝醉时的尊容录下来，等他清醒的时候让他自己看。其实诗篇也采取的是这样一种治懒惰手段，用一种喜剧的方式，把男人那点常犯的颟顸，为贪图片刻的小睡而搪塞甚至说瞎话，把这样的毛病，用漫画夸张地展示出来，目的是让男性们自己看看，以此来纠正男人爱犯的懒惰老毛病。这导致了这首诗与《女曰鸡鸣》在格调上的大相径庭，然而在劝诫男人勤快上，又是一样的。

从上面的两首诗看到了什么？看到了古代生活中的好妻子，在家中所起的积极作用。诗篇反映女子妇德，不是通过什么惊天动地的大事，而是表现日常生活中的起早这样一个细节，来显示一个家庭的和谐与上进。家庭要过得好，按照古来的理解，离不了一个“勤”字。那么，谁来在这个“勤”字上经常给男人上上发条呢？诗篇的回答：女性。这些观点，儒家不讲，法家不讲，一切思想家很少讲，但是诗人讲。所以说，要了解整个的中国古典思想，多读读诗篇是有益的。诗人与思想家不同的地方，是不像思想家那么把眼睛关注到什么原则、概念，他观察复杂而有趣的生活，发现生活中很多美好的东西。在这方面，诗人确实是很灵光的。

这就是我们讲的《诗经》里好家庭离不开的好妇德。当然，关于家庭，《诗经》还有反映。

第六集

最苦是离别

“十五国风”一般都认为是民歌，可实际上呢，这些所谓的民歌在表现社会生活上，绝不是东一榔头西一棒子，它有集中的题材，有关注的焦点。例如在十五国风中，家就是一个焦点，甚至可以说，在整个《诗经》中，家都是一个焦点。在大小《雅》中，在外面打仗的将士，想念家是其表现。同样，那些因丈夫外出而独守在家中的妇女，即所谓的思妇，她们期盼团圆的心声，也被写成诗篇，成为风诗中的一个篇章颇多的题材类别。

那么，“家”何以如此重要呢？简单说，西周建立的是宗法制社会，孝道最重要。因为宗法制是一个家国体制：家是国的缩小，国是家的放大。在这样的体制下，孝父母与尊君长是一个逻辑。在这样的家国一体的逻辑下，有些思妇的诗篇创作，是为了体现国家、社会对那些因国事而牺牲了家庭生活的人们的精神补偿；有的则是对于政府征夫役夫使用过度的控诉。前者表现的是追求社会和谐的努力；后者则显示的是一种关怀受害民众的人道情怀。

打开《诗经》,《周南》的第三篇就是《卷耳》，这首诗，就以夫妇对唱的方式，表现了社会对离别家庭男女双方痛苦的关注。诗是这样的：

采采卷耳，不盈顷筐。嗟我怀人，置彼周行。

陟彼崔嵬，我马虺隤。我姑酌彼金罍，维以不永怀。

陟彼高冈，我马玄黄。我姑酌彼兕觥，维以不永伤。

陟彼砠矣，我马瘏矣，我仆痡矣，云何吁矣。

诗一共四章。头一章“采采卷耳”，由“采采卷耳”的句子，很容易识别出这是女性的事情，也就是女子的歌唱。然而，后面的三章，内容上又是骑马，又是喝酒的，也很容易看出，是写男子的。这就出问题了，一首诗篇中竟然有两个主人、两个抒情主体。诗篇的歌唱，怎么一会儿是女的，一会儿又是男的？到底应该怎么解释？我们先来看诗篇的字句。

“采采”就是采了又采，“采”就是采集。农耕社会不但要收获各种粮食，还要采集野菜、野果、草药等，是耕种之外的必要补充，女性做得多。而且，在《诗经》中还有这样一个较普遍的现象，一说到“采”，总与思念人有关系。那么“卷耳”又是什么？比较流行的说法是“苍耳”。这种植物，长在马路旁、荒地里，到秋天结一种像枣核一般大小的籽，籽粒上满是小刺，粘在头发上很难摘下来。据说苍耳的种子就是粘在羊毛上进入中国的，所以又叫“羊带来”。古代有人说苍耳可以做酿酒的引子，就是酒糵。现在的北方，苍耳早已没有这种用处，嫩的苍耳叶可以剁碎了，沤一沤，做猪饲料。这种植物在过去的乡野路边到处都是，现在因为使用除草剂之类的农药，很难见到了。

“不盈”，就是不满，“顷筐”是一种斜筐，一头深，一头浅，这样的筐并不是很能盛东西的。问题就在这里，很容易装满的筐却总也装不满，一定有原因。其实诗篇也交代得很清楚，那是因为心不在焉，是因为采集卷耳时总是走神，总是想念在外的丈夫。“嗟我怀人”这一句就交代了顷筐不满的缘由。“嗟”就是感叹，“怀人”就是我所怀念的那个人，也就是下文的那个骑马、喝酒的“我”。“置彼周行”，“置”，放置；“周行”，大道。要注意的是，“置彼周行”有两种理解，一是说女子思念丈夫，不觉之间把手中的筐放在大路上；另一种说法，“置”不是指筐，而是指“怀人”的那个“人”，意思是说那被思念的丈夫，总在大路上奔忙国事，就像被扔在了大路上一样，总也不回家。按照后一种解释，“置”就是“扔”、“抛”的意思，可能更妙一些。这一段看下来，毫无问题，表现的是女子，她在那儿采卷耳，想念丈夫。

可是，从第二章开始到结束，诗篇换了人，篇内的抒情主体变成了男人。一上来就是一句“陟彼崔嵬”，“崔嵬”就是高山。“我马虺隤”的“虺隤”是疲惫的样态。这两句是说，爬高山，爬山干什么？想望远，也就是望家乡。家乡去路远啊，所以得爬得高点，高到马都累坏了，上不去。诗篇不明说男子想家想到何等程度，只说望家乡、爬高坡，把所骑的马都累坏了。很深情！望不到家乡，没办法，就只有借酒浇愁，“男人可怜虫”啊！接着就是“我姑酌彼金罍”，拿起金罍倒酒。金罍是一种酒器，20世纪七八十年代，在琉璃河西周燕国遗址中发掘出了金罍，青铜制造，圆圆的，外表刻有花纹，形状像个大坛子。能使用这样的酒器，身份可不低。而且从器物形体上说，携带不是很方便，可是考虑到有这样酒器的人有马有车，有随从，携带也就不成问题了。“酌金罍”，交代了诗篇中这位男子的地位，应该是国家使臣一流。“维以不永怀”，“永怀”就是长怀，喝喝酒，消解一下想家的苦闷。这第二章也很明显，所表为男子，远行在外地位颇高的男子。

第三章，“陟彼高冈，我马玄黄。”“玄黄”是变颜色，马疲惫至极，它的毛色都变了。也可以理解成出汗毛发湿透了，颜色看上去也变了。“我姑酌彼兕觥”，“兕觥”，大概是一种像犀牛角，或者是犀牛角做的饮酒器。“维以不永伤”，“伤”就是伤怀，也还是喝酒浇愁。

到第四章，诗篇的调子变了，每句结尾都用一个“矣”字，语感急迫而又消沉。“陟彼砠矣”的“砠”，就是山顶。这个“砠”有两种说法，一种是土山顶上有石头，另一种说法是石头山上顶着土，解释上有分歧。那么，“我”上了山冈以后又如何呢？我的“马瘏”即彻底累病了，“我”的仆人也都“痡矣”，累倒了。可是，“我”看到家乡了吗？没有。“云何吁矣”的“吁”是遥远的样子。这个字还有另外一种写法：“盱”。一个“目”字边，一个“于”，意思是睁大眼睛看远方，费了很大周折上了山顶，家乡还是在目力之外。结尾处落在一片黯然神伤中。

这首诗从汉代以来，都无法解释为什么在一首诗篇中有两个主人公在歌唱。到了20世纪末，开始有了转机。原因是一批战国楚地竹简文字的重新面世，其中有一篇被整理者定名为《孔子诗论》的文字，讲到了《卷耳》这首诗说道：“《卷耳》不知人。”其中的“不知人”是什么意思？“不知人”，一般理解就是不知道、不了解别人。可是在竹简文中，“不知人”应该读成“不知的人”，中心词是“人”，什么“人”？不知，也就是“不相知”的“人”。孔子那个时期有这样的句子吗？有。《论语》记载孔子的话有：“以不教民战，是为弃之。”“不教民”就是“不曾接受教导”的“民”。那么，这个“不知人”的“知”字，又是什么意思呢？实际上，在清代，一些学者解释《诗经》的“知”时，就说过，“知者，接也。”“接”即相交接，即相互沟通、交流。知为交接的意思，出自《墨子》里的一个说法。

《孔子诗论》关于“不知人”的说法，使人对《卷耳》的篇章恍然大悟，噢，原来诗篇是一场“背躬戏”。所谓“背躬戏”，就是同台演出的演员，各表各的想法，而同台的其他人物则听不见。例如现代戏《沙家浜》，其中有一场重头戏《智斗》。这场戏中阿庆嫂说、唱自己的心里话，同时在场的敌对者刁德一却一概不知。这就是背躬戏。不仅戏剧里有背躬戏，流行的歌唱中也有。若干年前有一首很著名的歌，家喻户晓，叫《十五的月亮》。女子唱思念前方打仗的丈夫，前方阵地上的丈夫也在思念家乡的妻子，两位演员在舞台上两人唱了半天，可最终谁也没见到谁。可以说，《诗经·卷耳》就是古典版的《十五的月亮》。原来《卷耳》的“采采卷耳”一章，是歌唱的舞台上女子的歌吟；同样，“陟彼崔嵬”以下的三章，则是舞台那一边思家男子的哀歌。问题又来了，一首“对唱”的歌曲，为什么女子只有一章，与男子唱词的三章比，何以如此悬殊呢？我想应该是这样的：“采采卷耳”章的歌唱，实际是要唱三遍的，以与下面男子的三章分别相对。

这就是战国竹简文字告诉我们以及我们由此推想而来的认识。还不止这些，今天读《诗经》篇章，与古代相比，失去了好多东西，如当时的曲调、演员的歌唱等。就是说诗篇在当初是歌唱的，甚至是表演的，是可以听和看的。孔子用一句“不知人”，形容的就是《卷耳》篇歌唱的情形。可是，一旦这些歌词之外的艺术因素及演出情境失去后，我们只有看那些“躺”在书写材料上的行行句句了。读诗篇毕竟与看、听诗篇的演唱要差出很多！这就是《孔子诗论》的新材料带给我们的新认识。一位学术界的老前辈就说过，做学问，不知道用出土的新材料，那样的学问就叫作不入流。《卷耳》若按照新材料的解释，则龃龉消失了，诗篇也活起来了。于是连带还出现了这样一个新问题：西周时期有歌唱演员么？特别是，有女演员吗？歌唱者是有的，常见于典礼，其作用就相当于后来的演员。至于当时是否有女演员，应该也是有的。不过问题复杂。在外国古时候，演出的女声，一般是由男子来扮演的，小男孩在变声期给他割势，从而可以始终保持童声，这样就可以扮作女演员了。在我国古代，一些宦官如西汉的李延年，就可以唱“北方有佳人”的柔美之歌。可是，我国古代除了阉割宦者之外，好像没有因歌唱而给人做去势手术的。在商代以及后来的春秋，是有“女乐”的，这从文献记载上可以确定。可是在西周，一些典礼的歌唱，像《卷耳》显示的有女声；而这女声的演出，也应该是“女乐”完成的。因为在西周墓葬里，有这样的现象发现：在一些金属的鼓乐遗物附近，同时埋有青年男女。学者推测，他们就是些陪葬的舞乐人员。

问题还没有完。新材料让我们认识到《卷耳》实际是表演一对相互思念的夫妇。诗篇的对唱，指向的是表演，是舞台。这就更有趣了。因为顺着这样的思路，我们会发现，这样演出的歌唱，还有一些呢！例如，《周颂》有一首《敬之》，上半段是："敬之敬之，天维显思。无日高高在上……"大意是你要恭敬天命啊，不要认为老天爷离你很远。这是前六句所说。接着就是后面六句："维予小子，敢不聪止……"意思是我小子敢不努力吗？你看，也是俩人在唱。懂了《卷耳》的唱法，很容易明白，这其实是王者登基典礼上的君臣对唱。

用歌唱的眼光看诗篇，可以解决一篇中俩人唱的问题。更重要的是，这可以帮助我们认识西周礼乐文明的一些重要内涵。大家知道，西周几百年缔造了对后来中国文化影响深远的礼乐文明，其一大特点就是重视典礼（典礼的场合就是我们上面说的舞台，那时不可能有专门表演艺术的舞台，但典礼因有歌唱而显示出强烈的艺术气息，也是自然的）歌唱。何以要典礼歌唱？其中重要原因之一，就是强化社会的和谐与凝聚。就以《卷耳》为例，它的歌唱，是可以起到这样的作用的。何以这样说？像西周王朝，地域那样辽阔，诸侯那样众多，就很需要一些人为国事而离开家，舍弃家庭生活，为公家奔忙，这一定是会给一些家庭带来牺牲和痛苦的。诗人将这样的现象写成歌曲，让歌唱者代表那些因国事分离的男女对唱，其社会学含义，就是表达社会对那些因国事而牺牲家庭生活的人们的礼敬，其实也就是一种精神的补偿，目的在于抚慰那些因公而不能过正常家庭生活的男女，其实也就是弥补家与国之间的矛盾冲突。做忠臣就不能做孝子，也不能做好丈夫。这固然需要物质的报酬，却也更需要社会的敬重。这又使人想到了古希腊的悲剧。古希腊的悲剧，特别喜欢表现矛盾冲突中导致的毁灭，以使人在观看毁灭中得到心灵的净化。所以，古希腊悲剧特别发达。但是，在西周的礼乐文明中，正如这里看到的，作为家庭成员的身份与作为王朝臣子身份两者之间有了冲突，但礼乐文明的歌唱，不是把冲突衍生为悲剧，相反，是要消除冲突、分歧，不使矛盾破局。也就是说，礼乐文明的典礼歌唱，追求的是和谐社会的效果。

《卷耳》篇为《周南》之作，如前所说，“周南”曲调是周王朝的“乡乐”，可以在典礼上用作抚慰的歌唱。其他《国风》的诗篇，就未必如此。写法上，就更不同。例如《王风》有一首诗叫《君子于役》，是这样唱的：

君子于役，不知其期。曷至哉？鸡栖于埘。日之夕矣，羊牛下来。君子于役，如之何勿思！

君子于役，不日不月。曷其有佸？鸡栖于桀。日之夕矣，羊牛下括。君子于役，苟无饥渴？

第一章，“君子”，周代称丈夫叫君子。丈夫嘛，家里的尊者、领导。《诗经》里“君子”有时称周王，有时称身份高级的贵族，有的时候，像这首诗，也称丈夫。“君子于役”，“于役”就是外出服劳役。要注意的是，诗篇中人想念“君子”的时刻，是傍晚，也就是鸡上窝、牛羊归圈的时候。这其实是诗人善于观察生活的结果。写傍晚时分的思念，有学者名之曰：“暝色起愁。”是的，农耕生活，日出而作，日入而息，天色黄昏，田野劳作的人都回来了。岂止是人，连鸡和牛羊，也都回来了。这样的时间，这样的光景，叫人如何不挂念服役在外的良人？诗篇思念、挂记等愁情的表达，是涂抹了一层黄昏色调的。

诗说“君子于役，不知其期”，语气中可能带点恼恨。君子去服徭役，包括任何人服徭役，按照王朝规矩，都要有日期。《左传》记载，春秋时齐国连称、管至父，君主让他们去守边，约好了种瓜时候去，摘瓜时候回，期限很明显。可是，在诗篇中的女子，丈夫出外服役，竟然是漫长而无约期。诗篇开始这两句，就把不满情绪暴露了出来。但是，诗的表达也只是到此为止，这就是怨而不怒，也叫温柔敦厚。这就是诗在表达上的含蓄。让人去体味，高人看高，低人看低，所以诗篇表现内涵，要讲究层次，讲究藏着点，掩着点。诗篇表现生活，内容简短，就像是在盖小花园，不讲究掩映，一进门就看到对面墙根，那还有什么意思啊？

接着就是“曷至哉”一句，“曷至”的“至”，一般的理解是“到哪里”了。也有人解释为“何时到头”，诗无达诂，这样的解释也很妙。前面说过，诗的语言常用一些有歧义的用语反而增加诗的意味。“鸡栖于埘”。鸡，就是常见的能生蛋的家禽。这种家禽与女性联系得很紧，歇后语不是有“老太太上鸡窝——奔（笨）蛋”吗？不过，在古诗里，鸡鸣狗吠，还表示太平生活。那“鸡栖于埘”的“埘”是什么呢？就是挖在墙上的洞，做鸡窝用的。这里写到鸡上窝，正是黄昏时分乡村特有的光景，有着浓郁的生活气息。

“鸡栖于埘”的时候，还有一个乡村光景，那就是“日之夕矣，羊牛下来。”傍晚了，鸡上窝的时候，羊、牛也从牧场回来了。这一句，有学者注意到，为何不说“牛羊”而说“羊牛”呢？该学者解释说，羊，归圈早，是因为它怕吃带露水的草。这事，我得请教大家，没放过羊，不懂是不是这样子；也许没有这意思，牛羊、羊牛，只是随口一说而已？也许吧。

本章的最后两句是“君子于役，如之何勿思”。后面一句，用“叫我如何不想他”来翻译，是最恰当不过了。诗中人面对一片黄昏景象，白天抑制了的思念，现在一下翻腾开了。前面写家禽家畜都回来了，君子却还回不来，“叫我如何不想他”？这一句，话里有话，本来自己平时劝自己，别想了，他反正也回不来，少想他，就少一点烦恼啊！自己劝自己，若放在白日还行，到了这黄昏时分，却是怎么也控制不住自己了，一句“如之何勿思”，把一位被思念情感折磨透了的思念形象活脱儿表现出来了！

这就是诗篇“暝色起愁”的艺术，极富生活气息。鸡上窝时“咯咯”的吵闹，牛羊归圈时的“哞哞”、“咩咩”的叫声，是多么热闹啊。可是，家中越是热闹，越是衬托得女主人凄凉寂寞，苍茫无主！读诗篇，我们仿佛看到一位勤劳的家庭主妇，黄昏时分独自操持着各种家务，一边忙着手里的事情，一边却在谛听、捕捉着丈夫回家的声音。结果却是再一次让她失望。有人说“最美是《诗经》”，看如此动人的黄昏光景，确是不错的啊！后来很多文人也写什么“暧暧远人村，依依墟里烟”，什么“狗吠深巷中，鸡鸣桑树颠”，都很富有农耕气息，应该是受了这首诗的影响。

第二章，“君子于役，不日不月”的“不日不月”就是没个到头，没个日子，没个月份，情绪与第一章一样。“曷其有佸”的“佸”，就是相会、聚首——夫妻什么时候能相会啊？“鸡栖于桀”的“桀”，就是木架子，高高的，防黄鼠狼的。“羊牛下括”的“下括”，就是进牢笼。最后一句，“君子于役，苟无饥渴？”“苟无饥渴”的“苟”，含祈望的语气。与第一章及结尾句不同，这一句的意思又发展了。诗不表达主人公的如何思念了，而是转为祝愿：在外的君子，你可不要冻着、饿着啊！思念，女主人已经变得很无奈，回来既然已经是空切切，那么，就祝愿丈夫在外能少受点罪吧！诗篇最后结束在一片失意之中。

说到这里，就应该谈一谈诗人了。《君子于役》你说它是一首民歌吧？从内容看，还有点道理，表现寻常百姓的情感；若从它的艺术形式看，民歌之说可就有点罩不住了。抓住古代乡村生活的一些细节，放在“日之夕矣”的黄昏这一特定时光下加以表现，以刻画人物的思念之苦，以突出反对政府劳役的沉重，这样的思路，这样的手法，都不是民歌的路数。当然作者也可能是个民间诗人；不论如何，当他（或者她）如此精湛地营造环境，如此动人地描摹人物痛楚的思念时，其实都表现了诗人对民瘼的同情。诗人所以有这样的诗篇，其实是在为那些服劳役的家庭说话，提醒世人（当然包括当政者），看看这些人是怎么过的吧！无形中也是在呼吁，还是少一点民力吧，或者用民力有点规矩吧。这也是一种控诉之声，而且不是正颜厉色，而是让人读完了诗篇后，自然地从骨髓里发出对无休止劳役虐政的厌恶。这正是诗篇的温柔敦厚，是表现上的高明之处。

所以，从《诗经》开始，中国可以繁衍成一个诗歌大国，是因为文学的遗传基因好。你看《诗经》，看它的《君子于役》等作品，精神的格调是多么高，体察生活是何等的细，表达手法又是如何的高！怨而不怒，含蓄丰厚，且生活气息浓郁，有这样的作品为中国伟大的史诗打头，还愁没有好的跟进吗？

《卷耳》是以对唱的形式表达思念，《君子于役》使用暝色起愁来表现主题，其实这还只是诗篇表达离别之苦的一两样而已。再举一种，则是秋声中的忧愁。这就是《召南·草虫》篇：

喓喓草虫，趯趯阜螽。未见君子，忧心忡忡。亦既见止，亦既觏止，我心则降。

陟彼南山，言采其蕨。未见君子，忧心惙惙。亦既见止，亦既觏止，我心则说。

陟彼南山，言采其薇。未见君子，我心伤悲。亦既见止，亦既觏止，我心则夷。

这首诗的特点就是它把怀人的惆怅放在秋声之中。一年的秋天，跟一天的黄昏差不多，俗语说："男子悲秋，女子怀春。"男子所以爱"悲秋"，而且古典的"悲秋之祖"作品即宋玉的《九辩》，写男子汉悲秋悲得稀里哗啦的，所以悲秋仿佛成了男子汉大丈夫的专职。其实，《草虫》证明，在宋玉之前，秋风落叶的时候，敏感的女子也会悲，而且悲得颇有水准。

诗篇一开始，就是"喓喓"，形容秋草间各种昆虫，应主要指蟋蟀鸣叫的混合音，拟声词造得颇讲究。"趯(tì)趯阜螽"的"趯趯"是跳跃，是指草间的蝗虫。实际蝗虫又有许多小类，有的身体较短，圆滚滚的，土黄色，跳得很快；也有的绿绿的，长着两条大腿，蹦得很快，只是腿不结实，一碰就掉了，等等。《草虫》用阜螽，指代的其实就是草间各种蝗虫。若按照词典里的解释，阜螽是蝗虫的幼子，尚未生翅。那还跳跃得起来么？不管是什么蝗虫，它们在草间跳啊、叫啊，很热闹，其实衬托的是诗篇女主人公内心的躁动。所以接着就是女子的内心描述："未见君子。"即见不到丈夫而"忧心忡忡"。这后四个字句，今天还在用，“忡忡”就是内心不安，下一章的“惙（chuò）惙”,意思上差不多。“亦既见止，亦既覯止”，是祈愿之语，马上就要见到君子了，那时候，我的心就平静了。“覯”（gòu）也是“见”的意思。“降”与下两章的“夷”是一个意思：平静。“说”在这里读作“悦”，高兴的意思。诗篇中的男女一定分别了很久，好像女子也得到了一些男子回来的消息，诗篇就刻画她将要见到自己丈夫之前的那份内心的焦急和悸动。草虫之物的衬托，是起到很好的烘托作用的。

这首诗还有一点应指出：它还作为一章出现在《小雅·出车》篇里。《小雅》那首诗是写王朝军队伐獯狁获胜班师的，篇中男声唱：“昔我往矣，黍稷方华，今我来思，雨雪载涂。”接下来就是这首“喓喓草虫”的句子，是女声的歌唱，与《卷耳》一样，作为表达女性思念的一章，它与篇中男性的歌唱构成一个“男女对唱”格局。巧的是它也是“二《南》”中《召南》的篇章，也属于周家的“乡乐”，其实也是典礼上的歌声。

离别痛苦，但是，若后人本着自己的社会观，把所有的丈夫除外，都视作被迫的、强征的，也不是很符合《诗经》的实际。生活是复杂的，思妇的苦恼，也是各有起因且各式各样的。《卫风·伯兮》这首诗中的女主人，一开始可很是以自己丈夫的“为王前驱”而自豪的。诗是这样的：

伯兮朅兮，邦之桀兮。伯也执殳，为王前驱。

自伯之东，首如飞蓬。岂无膏沐？谁适为容！

其雨其雨，杲杲出日。愿言思伯，甘心首疾。

焉得谖草？言树之背。愿言思伯。使我心痗。

你看“伯兮朅（qiè）兮，邦之桀兮”这两句，称自己的丈夫是“伯”，是大哥，赞大哥是邦国中杰出青年，之所以杰出，人家也交代得清楚：出征的队伍中，俺们家的“伯”，手执长长的殳（兵器名，一根长杆，顶部是尖锐枪头，枪头以后还装有带刺的铁箍，可以击打），为国君（诗中的“王”不是指周王，王国维老先生早就说过，在诸侯国里，也可以称本国君主为王）打前锋呢！语气多么自豪啊！可是，出发时的荣耀，终于抵不过离别的苦恼。于是这位以丈夫为荣的闺中人，在离别的煎熬下，头发变得像秋天的飞蓬，有沐浴露也不用，女为悦己者容，心爱的人不在，还给谁梳妆打扮？“谁适”的“适”在这里是“当，对着”。前面的自豪，或令人感觉有点虚荣，但“自伯之东”即东征出发以后不久，诗中女子的表现，则证明她终是真情的人儿。因此，她也越发可爱。

单是头不梳、脸不洗也就罢了，女子还有更见性格的表现。“其雨其雨，杲杲出日”，貌似在祈求老天下雨，实际是说连老天也跟自己作对，让它下雨，却每天都是“杲杲出日”，太阳每天照样冉冉升起。思念，使得她觉得百事不顺了！接着就是“愿言思伯，甘心首疾”。什么意思？放平了用散文讲就是，我呀，整天沉陷在思念丈夫中，害得我整天头疼。可是，诗却用了“甘愿”俩字，意思的表达就显得层层叠叠了。我甘心疾首，话这样说，就多了一层含义，虽然每天都想得我头疼，但我还是愿意去想。言外之意就出来了：自己已经不企望丈夫回来了，已经头疼得疼惯了；可是真要不头疼，我还受不了了。

你看，这就是《诗经·国风》表现人怀念人物的力度，力透纸背，人物是多么鲜活啊！

“甘心首疾”只是诗中人的心理，她为了拯救自己的沉陷，还想了许多的办法。其中之一即是“焉得谖草，言树之背”，女主人现在真有点无事忙，很可爱。为了消除思念痛苦，不去抓药治头痛，而是要种“谖草”，就是忘忧草。诗篇中写忘忧草，又是一个无厘头。前面跟老天爷过不去，是一个无厘头，现在又是一个。种“谖草”，种在哪里？种在屋子的后堂，隐蔽之处。太想丈夫，被人发现耻笑了可不好。

总之，后两章的事净是无厘头的动作，然而这正是文学的表现真情。越是无厘头，表现真情就越有力。因为女子种种想法，都是在表达她那难以摆脱的内心苦恼。诗篇正是因了一种颇为出奇的手段，把一个活泼泼的、可爱的、真诚而且痴情的女性形象展现给读者。

这是一派，可以称之为想丈夫头不梳、脸不洗的头疼派。

还有一派，受思念之苦到一定程度后，她就不思了，而是骂街，骂男人那点子虚头巴脑的虚荣，把男人的所谓建功立业的虚荣骂得穿了帮。这就是《邶风·雄雉》调子。诗曰：

雄雉于飞，泄泄其羽。我之怀矣，自诒伊阻。
雄雉于飞，下上其音。展矣君子，实劳我心。
瞻彼日月，悠悠我思。道之云远，曷云能来？
百尔君子，不知德行。不忮不求，何用不臧！

头两句以雄性的雉即野鸡比喻男人。野鸡的身上长满了五彩的羽毛，是比喻男人好虚荣，整天在外边找机会建立功名。“泄泄”形容翅膀扇来扇去。下一句，不同常态，不说自己思念在外的丈夫，却说我想念男人明摆着就是自寻烦恼，自讨苦吃。“自诒伊阻”一句，就是这样的意思。句中的“阻”，就是忧伤，今言堵心。后两句，其实是思念心情糟透了的语气，因念生愤，由愤而骂。这也是表现思念之深浓的一种手法。

接着第二章头两句的意思，雄雉高飞，它的叫声低一声、高一声的；在外的男人啊，你实在让我伤心啊！“展”，实在；“劳”，忧愁。第三章“瞻彼日月”，意思是算日子，整天算天数、算月数，思念之情越来越深长。在外的道路很遥远，你什么时候能回家？开始的“自诒伊阻”，是气话，此处“展矣”、“实劳”两句，则是真情呈现。如此，女子之情才是深厚的。

最后一章的格调又回到了第一章“自诒伊阻”的调门儿上——你们这些君子（“百尔君子”），你们这些男子汉傻爷们，实在不知道什么叫德行，成天张罗着建功业，都是为自己。“不忮不求，何用不臧”，现在本夫人告诉你们什么是“德行”吧，不嫉妒（“忮”），不奢求（“求”），这就是德行，有这样的德行，还有什么不好的呢？就是说，老老实实在家里，过好日常生活，一家团圆，而不是像现在的你们这样，成天在外面东寻西找，不着家，就一切都好了。又是痛斥的气话。

饱受思念煎熬的女子，在《诗经》中有各种的样态，此诗中女子的表现是骂街，骂那些为了功名不能踏踏实实过日子的男人，说他们像山间的野鸡，羽毛花花绿绿，实际所寻的都是些虚头荣誉，不懂得生活的真义。大家知道《红楼梦》里贾宝玉厌恶男人那点“国贼禄蠹”，其实，“水做的女儿”在《诗经》里就已经有了，男人那点子名利心，在《雄雉》篇的女主人公这里，也早就被她觑破了！

千姿百态的《诗经》！一个思念丈夫的主题，就变出这许多的样式。而且，每一种样式，在表现上都称得上力透纸背；人物的心境，也都是那样活灵活现！其实，《诗经》中男男女女的事情还多着呢！

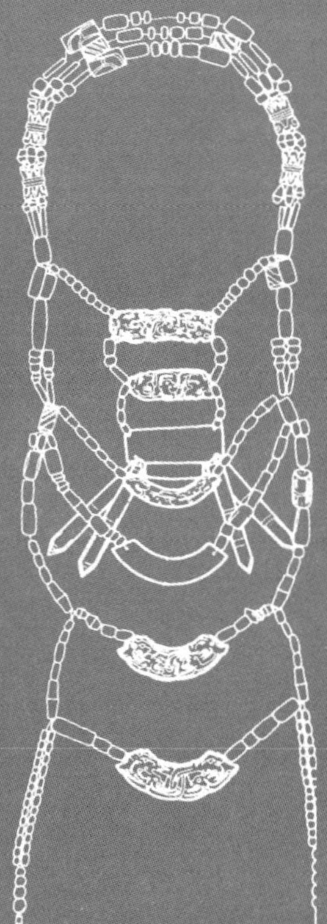

第七集

水畔的欢歌

《诗经·国风》反映的男女婚恋，有些被后代继承了，有些则被忘记或者说是被淘汰出局了。这也是《诗经》的可贵，阅读《国风》的篇章，可以看到一些上古时代异样的婚恋习俗。这就是这一集要讲的内容。

前面讲过“关关雎鸠”，是周礼意义上的婚礼歌唱。也讲过“葛之覃兮”，与周家女子出嫁之前的婚前教育有关。下面的作品，则完全是另外一回事，作为一种婚恋习俗，其流行的时间要比周礼所规范的婚姻现象早。为了与周礼的新婚俗区别，此处我们称将要讲到的远古婚俗为“野性”的。《诗经·国风》中表现野性婚俗的篇章颇有几篇。就先从《郑风》的《溱洧》说起吧。诗是这样的：

溱与洧，方涣涣兮。士与女，方秉蕑兮。女曰观乎？士曰既且。且往观乎？洧之外，洵訏且乐。维士与女，伊其相谑，赠之以勺药。

溱与洧，浏其清矣。士与女，殷其盈矣。女曰观乎？士曰既且。且往观乎？洧之外，洵訏且乐。维士与女，伊其将谑，赠之以勺药。

诗篇也是采取的对话体，表现的是在前往溱洧水畔路途中，一对男女的交谈。角度颇为特别，风格上又颇有点“以散文为诗”的味道。诗是涉及了两条河流，即“溱”与“洧”。这两条河一长一短，长的叫洧水，发源于河南郑州以西的登封县山地。顺着地势，洧水向东南流，其间又接纳了一条从西北来的水，就是溱水。溱水也发源于今郑州西北的山地。两条水合流后继续向东南流，流入颍水，最终入淮河归大海。两条水其实是淮河的支流。要注意的是这两条水在合流后不远处，正好经过春秋时期郑国都城的西南，而且，还在郑国都城外形成了一个深潭。《左传》就记载过曾发生在深潭中的“龙斗”的怪事。到底怎么回事，这里就且不管它了。

两条水虽然不大，却与《诗经》的创作有密切关联。《溱洧》篇一上来就是“溱与洧，方涣涣兮”。“方涣涣兮”写的是冰消雪化、春水荡漾的大光景。在这春水涣涣的时候，郑国的一种野性婚恋的风俗就开始演变了：“士与女，方秉蕑兮。”“士”，男人；“女”，未婚女子。请注意，那个时代，没结婚的男子称“士”，没结婚的女子称“女”，女子结婚后称“妇”。诗篇中的男女，都是青年人。“方秉蕑兮”，“方”就是正，“秉”，手拿着，秉持。“蕑”是什么呢？就是兰草。兰名称很多，有的叫水香，有的叫兰泽草，多年生草本。这种草有个特点，它的香在茎和叶，所以古人喜爱佩兰草消除身上的气味，后来就衍生为佩兰草辟邪了。诗篇中的兰与春兰不一样，春兰是花香，蕑却是茎香、叶香。在屈原的《离骚》中说“滋兰九畹”，也是指的蕑。

另外，在郑国，人们喜欢兰更是一种举国的风尚。《左传·宣公三年》记载了这样一个有趣的故事：郑文公有一位贱妾名叫燕姞，她有一次做梦，梦见一位自称燕姞祖先的人送给她兰草，说是帮助她生儿子。当时的郑国人“以兰有国香，人服媚之如是”，大家都喜欢佩带兰，视之为国色天香。所以，给燕姞兰草就表示她有好运——生儿子。能生儿子，她的地位也就提高了。

燕姞就把自己的梦告诉了郑文公。郑文公宫里有那么多夫人，原本对燕姞正眼看都不看。可是燕姞说了她的梦，郑文公一听，既然有这样的梦，我也闲着没事，就成全你吧，于是就跟他有了夫妻之事。恩泽既承，燕姞又想到了将来，说：贱妾不才，将来真的生了儿子，人家不信我可怎么好？请您允许我给儿子取名叫作兰吧？郑文公答应了。不久，燕姞果然生了儿子，取名为兰，就是后来的郑穆公。

从这个故事可以知道，兰不单有香气，还可以帮助女人生儿子。因而，诗篇说“士与女，方秉蕑兮”也就不奇怪了。兰一方面是男女交往的信物，也是一种祝愿，祝愿生儿育女，野性婚俗祈求生育的内涵原本也是颇为强烈的。但是，诗篇表达这样的意图，却是用了美丽的兰草，可谓美丽而含蓄。

接下来就开始对话了：“女曰观乎。”女的说，你去看了吗？男的回答，已经去过、看过了。看过什么，就是溱洧水畔男女乐事。说到这里，还需要交代一下水畔风俗的传说。水畔男女结合的风俗从什么时候开始？很难说，但文献记载，起码商代就已经有了。商朝贵族的始祖叫契（xiè）。他是怎么出生的呢？《史记》说，是他叫简狄的母亲，与两位女伴春天一起到水边“行浴”，就是洗一下身体，消除身上的晦气，可巧，几个女子一起行浴时，天上一只玄鸟正好飞过，落下来一颗玄鸟的卵来。简狄一看，天上没有掉馅饼，却掉下一颗鸟卵来，也不错，就吞下去当了早点了。不想吞下的这颗卵，没往胃里跑，却跑到另外一个地方了，于是简狄的肚子一天天大起来，咦？怀孕了。后来就生下了商朝贵族的始祖契。这在《诗经·商颂》的诗篇也是有表达的：“天命玄鸟，降而生商。”原来，商朝的始祖是玄鸟的后代。

实际上，这样的传说表现的是远古时代我国东部一些古老族群的宗教崇拜，他们崇拜飞鸟。这又是可以得到考古发现旁证的，在今浙江余姚一带的河姆渡文化，就发现过可称之为“双鸟朝阳”的图案，是刻画在牙板上的。在以浙江良渚为中心，远及今江苏、山东交界地带的良渚文化区域，也发现过刻在各种玉器上的人鸟合一图。在山东的大汶口文化，也有“三足乌负日飞翔”的图案，刻画在一些陶器上。在今天辽宁、内蒙古交界地带的红山文化遗址里，还发现过被称为凤凰的遗物。商代人群，今天的多数学者都认为就起源于东方。所以，玄鸟的崇拜应该与考古发现的东部飞鸟崇拜的现象有关。而女祖吞食鸟卵的传说，在古代又称为“感生”，就是“感天而生”的意思。其实，简狄的行浴就有到野外祈求生育的意思，春天燕子北归时，正是这样的祈求生育节日举行的时候。

古代很多节日都与辟邪、除灾、生育有关。如端午节要喝雄黄酒，要烧艾草去病。上面讲的与玄鸟有关的风俗，后来还演变成“三月三”、“上巳节”。有文献讲，在郑国这一代，到了三月三这一天，大家到溱洧河水岸边招魂续魄，祓除不详，其间也就包含着男女自由结合以生儿育女的内容。再到后来变成“踏青”节日了。如唐代，“三月三”的节日就很盛行，杜甫诗：“三月三日天气新，长安水边多丽人。”表现的就是当时这一节日的盛况。

回到诗篇，“溱与洧，方涣涣兮。”“女曰观乎？”女子问男子，男子回答：“士曰既且”，说我已经去过了。“且往观乎？”女子就劝，说再去看一会吧！女孩子很主动。这一点，宋代的老儒们就看出来了，他们气哼哼地说，郑国的女孩子真不知羞，这样主动勾引男子。他们还说，卫国风诗虽然也有男女风俗不好的地方，可是终究女子还不像郑国女子这样大胆！宋儒说话虽然气咻咻的，可也算他们观察仔细。的确，《郑风》一些篇章的女主人公，有明显的大胆而直率的辣妹特点。诗中的女子为了进一步相劝，还说溱洧之外“洵訏且乐”，是说溱水、洧水旁边很开阔。“洵”，实在；訏，阔大。在这开阔的地带，男女都欢乐，“维士与女”，那些男男女女们，大家互相戏谑，打情骂俏，互相传情，最后选中了意中人，就相互“赠之以勺药”。这里又出现了一种花：芍药。原来，大家不但手持兰草，还拿着芍药，最终的定情物就是芍药。芍药这种花，又名小牡丹，又叫留夷、辛夷，有数十种。我国的古人栽植培育芍药花历史悠久，有31品、39品之说，可谓洋洋大观了！芍药花大朵，有红、有白、有紫，还有一些是黄色的，美丽得很！另外，芍药俩字，从字面上说，“芍”与古代“媒妁之言”的那个“妁”读音接近，字形也有相似的一部分。“药”字，又与“约定”的“约”音近，字形也相近。所以，赠芍药的时候，男女之间已是好事已成。古诗用双关语表意，原来也是从《诗经》开始的。

让我们再回想一下这首诗吧。首先是在春天，春天的光景。然后，是在水边。然后是年轻的男男女女们，在一起“伊其相谑”，就是大家互相戏谑，你扔我点什么东西，我投你点什么东西，相互之间还不免互相揶揄。这样的情形，正所谓“有情才是冤家”，所以要相互斗嘴、斗气儿，打情骂俏。大家你看着我，我看着你，越看越对劲儿，对了眼，两人就都触了电、坠入爱河。该做的事也做了，最后互赠美丽的芍药花。诗表现的内容，可谓自由奔放。其底里，却是古人鼓励生育的一种办法。今天我们讲计划生育，是少生；在古代，繁殖人口才是社会的追求。《周礼》记载，政府为了促进生育，还专门设立媒氏之官，在仲春之月，也就是春二月，媒氏之官，就专门负责沟通那些适龄的即超龄大男大女，在特定的地方，如诗篇所言的溱洧水旁，最好有树林可以隐蔽的地方，把大男大女们召集在一起，让大家相会，各自寻找相好的。这样做，目的是繁殖人口。

不过，《溱洧》反映的溱洧之畔的自由结合，是否出于媒妁组织不得而知。一种古老婚俗在郑国这里还在延续，是可以确信的。另外，读这首诗，首先还要注意，从诗篇的“对话”形式看，首篇中隐藏着一个局外人的视角，就是说，它可能是诗人观察到郑国溱洧水畔的古老而野性的婚俗，才写作的篇章。其次，诗篇表现溱洧之畔的特殊风情，只写大光景，春光明媚，河水荡漾。再次，是选取一些特殊情形写，如春光中女子对男孩子积极主动告白，还有开阔的河畔之地，男女手持蕳草、互赠芍药的行为等，线条简括，却很能把眼中所见“伊其相谑”的欢快气氛传达出来。大景描写，正是诗人讲究的地方。男女相会的场合，近景写，赠芍药之前的好事，如何写？写了就要涉及不雅了。这正见出诗篇表现生活的审慎和巧妙。

《郑风》还有一首诗，也是同样风俗下的歌唱，诗篇的写法与前一首相比可就近多了。这首诗名为《山有扶苏》：

山有扶苏，隰有荷华。不见子都，乃见狂且。

山有乔松，隰有游龙。不见子充，乃见狡童。

大意是山上有高大的树木，下湿之地即靠近水的地方有荷华。“扶苏”是一种树木，或以为是形容树木高大的意思。这是说山上。“隰”，《诗经》常见，低洼湿润之地。“荷华”就是荷花。下一章的“游龙”，也是一种植物，又名荭草、石龙，北京地区俗称狗尾巴草。茎高可达三米多，大叶子，茎头、枝梢开淡红色、五瓣小花。诗是说山上有高树，水里边有荷花。先这样说，好像什么实际意思也没有表达，在《诗经》，这就是所谓“比兴”手法的“兴”。看上去没有实意，其实也有意味，那是以“有”衬“无”。山下、低地，该有什么有什么，可是“我”就不那么幸运，本该见到美男子——“子都”、“子充”都是美男子或白马王子的古称，却见到狂徒。此诗的句式，就是这样相反、对开，以景物上的“有”，反衬自己的“无”，即不幸、倒霉，颇有意趣。“狂且”，疯疯傻傻狂小子。“狡童”意思也一样。不过，读诗，可不要被这样的骂詈之语给诳了。看上去是不满，其实只是打情骂俏的特有口吻，是在向对方小伙子传情，这里也是“褒贬是买主”啊！只有对对方产生了兴趣，来了电，才会有这样的看上去像骂人的话。

这样的诗篇，按现代一般的分类，都把它当爱情诗。没问题，诗表现的是一种爱情。但诗篇的爱情是在一个特殊的节日、特殊的风俗下产生的。若是俩人家住邻居，从小青梅竹马；长大了你想着我，我惦着你，两边家长又不同意，俩人的思念愈发深切，于是，男方给女方写诗抒情，女的给男方递简表意，写出的作品，如《西厢记》的“待月西厢下”，才是典型的爱情诗。可是，《山有扶苏》毕竟不同。特殊的日子，俩人相见，一看对眼，就交往了，这叫作“邂逅相遇”；“邂逅”就有点一见钟情的意思，而传递情感的方式也往往就是打情骂俏，或者挑战性的歌唱。所以，与其说《山有扶苏》是一首爱情诗，不如说是野性婚俗下的风情诗，“风情”之“风”的意味，在这里与“风马牛不相及”的那个“风”差不多。总之需要调准读诗篇的角度。

《山有扶苏》只是野性婚俗下风情诗的一种样态，还有一篇“风情”之“风”的味道更浓，读起来也更可人，这就是《郑风·褰裳》篇：

子惠思我，褰裳涉溱。子不我思，岂无他人？狂童之狂也且！

子惠思我，褰裳涉洧。子不我思，岂无他士？狂童之狂也且！

“褰裳”的“裳”，有人读成“cháng”，古代上衣下裳（cháng），也有人照现在习惯读“裳”（shang），总之“裳”有两个读音。第一句是“子惠思我”。这个“惠”字，自古以来的解释一般都说是你“好心”想我吗？这样的理解感觉上总有点绕。甲骨文有一个“叀”字，与“惠”的上半部分一样，没有下边的“心”字。这个字在甲骨文中，有时用在表示疑问的句子里，起疑问语气助词的作用。所以，“惠”字在本诗也有可能读作“叀”，“子惠思我”就是你可思我？你可想本姑娘？若看上本姑娘，那好，“褰裳涉溱”，看上我，没问题，本姑娘撩起裙子来，凌波微步，就过来找你，水再深，深得像太平洋，本姑娘也不怕，唯一条件就是你小子有眼力看上我。“子不我思，岂无他人？”天下三条腿的蛤蟆不好找，两条腿的人，在今儿这日子口，可有的是！紧跟着就来了一句：“狂童之狂也且”：不懂事的家伙，真傻！“狂”就是犯傻；人一狂，一定傻。“且”在这里读“jū”，语尾词。这最后一句最出味儿。出什么味？本姑娘已经看了你半天了，你在那儿还装什么酷、卖什么呆？再这样拿乔，本姑娘扭头找别人！原来“子惠思我”的诗篇是一篇最后通牒，爱的最后通牒：今天这样的自由时光短暂，比黄金周还短，就这一两天好时光，今天见面，姑娘看上你不容易，是高看你，你到底行不行？给姑娘来个痛快的。行就行；不行，一拍两散！最后还饶上一句骂：“狂。”也就是说对方有眼不识金镶玉。诗篇情绪的表达，直白畅快，如竹筒倒豆子，燕子掠水面，毫无保留，意态矫健！而且，全诗除了“惠”字有点别扭，“且”字读音有点反常，可能读错了，其他真没有什么难的。也可以说，两千五六百年前一首源于生命需求的激情歌唱，它的火爆、热辣，在今日仍是扑面而来。

这正是那种野性而自由的婚姻风俗的可爱！自由的风俗造就活泼的性格。与后来中国人在男女情感表达上的含蓄——其实是囧、闷气——迥然不同！有人说，古代——实际包括我这个年龄，甚至包括比我们小十岁八岁——的中国人，在表达爱这一情感上，不论男女都像热水瓶，里热外凉！里面装的是百八十度的滚开水，外面摸上去，冰凉。许多本来有缘的男女，就因为包裹甚严的性格而耽误了事，变得有缘无分。这也难怪，《国风》时代结束后，漫长的时期里，礼教的约束早已让人们把公开自己的爱情，当成了一件羞愧的事。然而，在我们民族的早期，在那种婚恋还处在充满野性习惯的时代，红男绿女们在表现情感上却畅快得很！

在南北朝的北朝时期，民间流传着这样一首民歌：“驱羊入谷，白羊在前。老女不嫁，踏地呼天。”当然有点开玩笑了，说赶着羊入山谷，一只老白羊在前头——这两句是比兴句——老女因为没有嫁人，在那里呼天抢地。还有一首：“门前一株枣，岁岁不知老。阿婆不嫁女，哪得孙儿抱。”也是以姑娘口吻，埋怨自己的老娘不让自己出嫁；还说自己不嫁的坏结果反弹到老娘身上，就是你抱不上孙子。后一首，比前一首含蓄一点。但是，论含蓄有味，还比不上《诗经》中的《摽有梅》。这首诗见于《召南》，或许是采自南方的篇章。诗曰：

摽有梅！其实庶士，迨其吉兮！
摽有梅，其实三兮！求我庶士，迨其今兮！
摽有梅，顷筐塈之！求我庶士，迨其谓之！

“摽”就是打、击落，也有人说“抛”。说那梅子被打落了，梅子熟了自然有人打，噼里啪啦往下掉，还剩七成啦，求我的诸位（庶）男士啊，赶紧来吧！“迨其吉兮！”“吉”，吉日，好日子。接着下一章时间更紧：“摽有梅，其实三兮！求我庶士，迨其今兮！”梅子噼里啪啦掉落得还剩三成了，再不来，被人打没了；今天就是好日子，别再犹豫了。最后一章换了说法：“顷筐塈之。”“顷筐”就是筐，“塈”者“取”也；梅子全都取在筐里，也就似乎全落光了。事情也就更急，岂止急，简直是“太上老君急急如律令”！赶紧的吧，原先还可以选个吉日，还可以等上一天半天，现在可一会儿也等不得啦！如此心急口快，如此心口如一，在全部的文学史上也可以算是一个突出例子了。诗大概也是调侃那些出嫁心急女士的戏谑之作吧？

原始的自由邂逅的婚俗，也不是不出问题。毕竟只是在一个特殊的日子里男女相遇，因而一见钟情可以是庆幸的，也可以是令人后悔的。都说父母之命、媒妁之言不好，其实这种“不好”的要害在父母的包办，年轻男女选择一生厮守的人，可是要看准人的，在这方面，家长自然有优势。父母帮着看看，若他们又不专断，谁说就一定不好呢？一见钟情的自由日子，遇到善于伪装的，把狼尾巴变作旗杆，就该有上当后悔的了。不过，好在自由的风俗，也培植了果敢、有决断力的性格。《诗经·国风》中恰好就有表现这方面社会现象的篇章，这就是《召南·行露》篇：

厌浥行露，岂不夙夜，谓行多露。

谁谓雀无角？何以穿我屋？谁谓女无家？何以速我狱？虽速我狱，室家不足！

谁谓鼠无牙？何以穿我墉？谁谓女无家？何以速我讼？虽速我讼，亦不女从！

上来头一章只有三句，仿佛是一声语气迟重的感慨。“厌浥”，湿湿的、浓浓的，此处形容露水浓重。接着就是反问句“岂不夙夜”——谁不愿意起早走路呢？“谓行多露”——怕是路旁野草上的露水打湿（裤腿、鞋子）啊！说得很含蓄减省，意思却很警策：早起赶路固然是好，可是不小心被路旁野草露水打湿了鞋袜衣裤，那可就不美妙了。联系下文，其实这是告诫缺少社会经验的少女们，刚刚走上人生路，要注意自己的举止，警惕外在的环境，不要有半点的轻忽，不要因为急于做点什么而遭受污染。言辞简短，却有无尽的意味。其含蓄的调子，与下文正好形成对比，相映成趣。

第二章前四句全是反问句，诗篇的奇特就在其发问的特别。“谁谓雀无角？何以穿我屋？谁谓女无家？何以速我狱？虽速我狱，室家不足！”麻雀本来无角（犄角，有人释“角”为“鸟喙”，不合适），可在诗中人这里，她全然不信，为什么？因为她看到了麻雀也在玩穿越——穿屋而过。篇中人的性格、脾气全在这样的反问中呈现无遗。这句诗，也颇能道出麻雀的特点，住在人家的房檐里，叽叽喳喳，还偷食粮食，不论怎样用泥堵，都没用。所以在《诗经》时代更早一点的篇章《小雅·斯干》篇里，就用“鸟鼠攸去”赞美房子盖得好。句中的“鸟”就指的是麻雀。下一章就是“谁谓鼠无牙？何以穿我墉？”谁说老鼠没有大牙，不然它何以把高墙都咬穿了？这里的“牙”，指的是露在口唇之外的大牙，如象牙、野猪獠牙之类，“牙”、“齿”两个字在古代汉语还是有一点分别的。诗是说，照理说有大象、野猪那样的大牙，才可以洞穿高墙啊？可这只嘴里长满小齿的耗子，居然也可以穿墙而过，新鲜不？

说上面的这些，都是在为下面的几句攒力道：“谁谓女无家？何以速我讼？虽速我讼，亦不女从！”“女”，汝；“家”，家财；“速”，邀请，在此是胁迫；“讼”与上文的“狱”，都是打官司的意思。句子全是顺着“雀无角”、“鼠无牙”的大势冲下来的：谁说你无家了？不然，怎么有本事拉我打官司！就像麻雀无角可以穿屋，老鼠无牙可以穿墙，诗篇中被呼为“女”（汝）的这位对方，其实也是像无角麻雀专做穿屋勾当，无牙老鼠总干穿墙营生一样，本来没有什么家资，却也干起跟人打官司的行径来了！至此，前面的一连串反问的味道就全都露出来了，那是揶揄，那是挖苦。揶揄、挖苦对方人品上正面的东西没有，贼猾的伎俩满多！极尽揶揄、挖苦之后，则是断然的拒绝：“虽速我狱，室家不足！”饶你奸似鬼，姑娘我照样有法子对付你，不怕你；就你那点家财，想借着它打官司屈服我，办不到！

这是多么鲜明的性格！极尽揶揄挖苦的话，却是绕了弯儿说出来的。麻雀本来没有角，但诗中女主人却根据生活常见的麻雀穿越房檐的现象，以反问的语气强调它有角——无角能干有角的活计，就可以理解为有角。“鼠无牙”的反问也是这个意思。话是绕了好几个圈的，这又叫作平底起风波，其效果就是凸显了泼辣坚决的性情。这样的泼辣，与前一集谈到的《褰裳》的泼辣有所不同，那是活泼的泼辣，此诗中的女主人，是面对奸邪时的泼辣，其实就是性格强劲。在风诗婀娜多姿的女性中，别具一格。

那么，因为什么女子与她所称的“女”发生如此尖锐的冲突？从“虽速我狱，室家不足”看，应该是受了男子的欺骗，男子本来是个穷光蛋，却装成了“富二代”之类，一时间骗取了女孩子的信任乃至爱情。被识破后，还不依不饶声言要司法解决，或者已经是上了公堂。

这很让人觉得诗篇所表与古代的“阴讼”有关。前面我们讲过周人在仲春二月有“会男女”的习俗，同时，该文献还交代，若这样的日子有男女发生争执，就由媒氏负责为争执双方断案，这叫作阴讼。看来自由的野性婚俗，也不全然是光风霁月、侬情我意，也有欺诈行径。看这首诗，就很像是打“阴讼”官司的事。男女是自由结合，但也有条件。就这首诗篇而言，可以这样设想：男的介绍自己，把自己包括家庭条件在内的一切，都说得天花乱坠；可是女子没多久就发现全不是那么回事，所以要废除当初的俩人在自由日子所做的约定。不想，男子不仅是骗子，还是无赖，把女子告了。诗篇就是女子在法庭上的言辞，意在揭穿男子，比喻他是无角穿屋的麻雀，无牙穿墙的老鼠，并且明确告诉对方自己不受欺。人们常说，自由不仅意味着享有自由的一切，还意味着每个人要有对自己行为承担后果的能力。诗篇中女子在发觉被自己约定的婚姻对象欺诈后，能以坚强果断的性格来摆脱陷阱，正是她享有自由的表现。这正是自由风俗造就的可贵性格。

总之，风诗表现男女婚恋，有的大笔写，有的精心描；有打情骂俏的活泼，也有出现无良欺骗之事时人格力量的闪耀光芒。这就是风诗的魅力。

那么，风诗表现古老的婚恋现象，还有其他吗？回答是有。

第八集

情与理的纠结

对男女情感这种事，中国人一般是不愿意嘴上多说的。在过去，爱上谁，也羞于告诉对方，像外凉里热的暖水瓶。这也是自古而然。《论语》说“子不语怪力乱神”，“怪力乱神”孔夫子是不是真的就一点也不讲，不好说，不过有一个真不讲的话题就是男女之事，充其量也只是说“吾未见好德如好色者也”，强调男人好色比好德多，话也就作罢了。可是，你看看柏拉图写的《苏格拉底对话录》，可不是这样的。在著名的《理想国》里，苏格拉底到人家串门，在一场重要谈话之前，他到人家，看到朋友的老父亲躺在椅子上休息，苏格拉底上去就问：“嘿！老朋友，最近还能伺候阿佛洛狄忒吗？”阿佛洛狄忒是希腊神话中的美女，问人家能不能晚上伺候美神，意思很明白：这位老头子，那点事，还行吗？这若是搁在孔子，绝对是不说这种话的。这就是中国人。

笼统地说，这是教化的结果。可是具体怎么就教化出在这事上的“子不语”，其间的机理是什么，到今天我也没想明白。不过，在《诗经》的《国风》里，倒是可以清楚看出在礼与情之间，开始出现了前者对后者的约束。就让我们从一些句子谈起。

《齐风·南山》有这样几句：

析薪如之何？匪斧不克。取妻如之何？匪媒不得。

《豳风·伐柯》也有这样几句：

伐柯伐柯，匪斧不克，取妻如何，匪媒不得。

“析薪”就是“伐薪”、劈柴、砍柴。做这事，有一件东西不能缺，就是斧子。砍柴、劈柴要斧子，诗篇比喻娶妻没有媒人不可。其实强调的是婚姻要有礼法，合乎手续。“媒”就是媒氏，婚姻的中间人，沟通男女两边。婚礼“六礼”就是由媒氏负责操办的。

说到《伐柯》这首诗就更有意思。“伐柯伐柯”就是拿着斧子去伐一棵树的枝干做斧子柄，所以，诗篇还有“伐柯伐柯，其则不远”两句，是说枝干伐取多粗多长，标准就在手中握着的斧子，顺手比量一下就可以了，所以是“其则不远”。这当然是很有哲理的句子了，不过这样说不单是为了表达哲理，而是比喻，比喻什么？比喻娶妻子要选贤德的，选取的办法也是近在眼前：看她平日料理生活啊，女子在古代家庭日常最大职责是“主中馈”，按照《小雅·斯干》的话是“酒食是议”。既然如此,《伐柯》篇接着又说:“我觏之子,笾豆有践。”“我觏”,我看见,“看见”什么了?看见这位女子“笾豆”摆列得齐齐整整、秩序不乱。笾,如后世篮子一样的竹器;豆,是状如高脚杯的陶器,两者都是盛放食物的。诗句什么意思?意思是女子日常“主中馈”的活计做得漂亮啊!不是娶妻要娶贤吗?从她的“笾豆有践”,就可以看出一位女子的“妇德”如何了。这样看一位女子,就是“伐柯取则”的智慧。就是说,看将来女子是不是好媳妇,看她在娘家厨房的事做得好不好,就能预知个大概了。鲁迅先生不是也有一个类似的说法吗?他说要想知道太太将来的长相如何,就看现在的老丈母娘。这也是“伐柯取则”啊。古今差不多,老岳母的德行是要影响到太太的。

上面这些句子,倡导礼法合理的婚姻。正面提倡之外,还有反面的痛斥。《鄘风》中有一首《蝃蝀》,就表达了对那些不守婚礼法者的痛加指责。

> 蝃蝀在东,莫之敢指。女子有行,远父母兄弟。
>
> 朝隮于西,崇朝其雨。女子有行,远兄弟父母。
>
> 乃如之人也,怀昏姻也。大无信也,不知命也!

篇中的“蝃蝀”就是彩虹。两个字都从“虫”,是古人对彩虹的认识。后来人写诗说:“赤橙黄绿青蓝紫,谁持彩练当空舞?”看彩虹是漂亮的、炫的,古人可不是这么看的。古人认为,彩虹出现是淫气的象征。两字偏旁从“虫”,是说彩虹是天上的龙,是两条炫目的龙,一雌一雄在上面合体、搞欢喜哪!下一句的“莫之敢指”是说没有人敢拿手指头指它。诗这样说，倒让笔者想起来小时候，天空出现了虹，大人也是不让小孩子用手指，说是指了烂手指头，或者长六指儿，反正就是不许拿手指。后来读了《诗》才知道，大人吓唬小孩子的这种说法，在春秋时期的诗篇上就有了，真是很有典故呢！最近看一位台湾老先生，从大陆过去的，做了一本《诗经》注释，也说到北方这一习俗。在笔者小时候，“不许指”的还有一些事，比如各种瓜，刚刚长出小瓜纽的时候，也不许指。说一指就化了，就没有了。我们的这个手指头原来有那么大的魔力。当然了，这是碰到瓜，若是碰到彩虹，就只有手指头烂的份儿了。“不许指”就是一种禁忌，但古代注解给出的缘由是彩虹是淫气，丑陋。诗篇也不用“虹”来指称彩虹，而是说“蝃蝀”即两条虫子，公然就在天上合体。下面“女子有行，远父母兄弟”，“女子有行”的“行”，有人读成“háng”，“有行”指的就是女子嫁人。这是件大事，一辈子是要远离自己的父母兄弟，自己闯一片天下，在新家里确立自己的身份地位，对女子来讲是至关重要的，好像第二次投胎，是大事情。

第二章的“朝隮于西，崇朝其雨”，还是说彩虹。句意是早晨彩虹从西边升起，那一个早晨雨会下个不停。朱熹《诗集传》在解释这一句时说，彩虹是截雨的，一旦出现彩虹雨就止了。他的说法被后来另一位大儒顾炎武先生挑剔了。顾炎武在《日知录》就讲到，朱夫子讲错了，他引用谚语“东虹晴，西虹雨”证明，东方天空的虹出来，意味着天要晴了；西方彩虹出现就要下雨了，根本就不是截雨。总之，诗篇用彩虹作比兴手法，引起下文的抨击之词：“乃如之人也，怀昏姻也，大无信也，不知命也！”语气颇激烈。用古人理解的淫气来形容某些女子为了自己的私情，不顾礼法，偷偷摸摸，甚至跟人私奔。诗篇谴责的腔调是非常严重的，骂这样的人是“大无信”、“不知命”。句中的“怀昏姻”就是贪恋男女之事的意思，是忘掉了本分。从表达层面上说，要注意，这最后一章的“乃如之人也，怀昏姻也。大无信也，不知命也！”连用了几个也字，把声调扬起来。愤愤的情绪就在这连用的“也”字中传达出来了。所以这首诗篇是对女子和男子不守礼法规定的严词痛斥。

这样的态度激烈又让人感觉到孔子对“三百篇”的“思无邪”概括，只是一个概括而已。后来的儒家也说“诗教”的结果是“温柔敦厚”。这“温柔敦厚”在更后来的宋代，更是儒家解释《诗经》的“至尊宝”。这实在是需要妥善理解的。“三百篇”果然篇篇都如此吗？这首诗似乎就是反例。还有一首诗《相鼠》，相鼠，是用相鼠比喻一些无礼之人的，说：“相鼠有皮，人而无仪。人而无仪，不死何为！相鼠有齿，人而无止。人而无止，不死何俟！相鼠有体，人而无礼。人而无礼，胡不遄（快点）死！”句子中的“相”就是“看”，也有人说“相鼠”是一个名词。说看那老鼠都有一张皮，还有牙齿，人若是没点礼仪，还不如死了。这样的口吻，这样的态度，卫道士的气息是如何的强烈，没有礼法就不该活，这样的“温柔敦厚”实在既不“敦”也不“厚”，倒更像用“敦厚”的脚跟踩什么。

如此严厉地提倡礼法，在古代其实是整齐风俗，约束民众的一种教化。《国风》的时代风俗多种多样，正统的礼教也可以说是周礼这一套，它要想通行，要想吃得开，就必须要对其他的各种风俗厉行禁止，如此也就难免过激。而且，在《国风》中，像《蝃蝀》以及《相鼠》这样的作品也实在不多，不影响三百篇在表情达意上含蓄温和的总倾向。那么，礼教的提倡，在当时是否真的影响到人们的婚恋心理呢？答案是肯定的。有一首《将仲子》，来自《郑风》，就十分成功地表达了一位女子在爱恋与礼法之间的矛盾。诗篇是这样的：

将仲子兮，无逾我里，无折我树杞。岂敢爱之？畏我父母。仲可怀也，父母之言，亦可畏也。

将仲子兮，无逾我墙，无折我树桑。岂敢爱之？畏我诸兄。仲可怀也，诸兄之言，亦可畏也。

将仲子兮，无逾我园，无折我树檀。岂敢爱之？畏人之多言。仲可怀也，人之多言，亦可畏也。

很有意思的是这首《将仲子》也是郑国的篇章。前面讲过，在郑国的溱水、洧水，到了春天的时候，还有适龄的青年男女自由相会的节日，这一天或者几天，男女可以自由地本着自己的好恶选择配偶。可是在同一个国度、区域，时间上差不多，也有像《将仲子》中的女主人这样的“想吃怕烫”犹豫矛盾。“将”在这里读“qiāng”，请求、恳求的意思。“仲子”，就是排行第二的男孩子。有位老先生翻译“仲子”为“小二哥”。为什么不是“老大哥”，而是“小二哥”，大概也是来自生活经验吧，一般家庭中的男孩儿，老大老实，老二一般多调皮捣乱。所以，“将仲子”是什么呢？就是请“小二哥”不要翻越我家的高墙了。“逾我里”就是翻我家的墙头的意思。诗篇的她与他的爱情的处境就传达出来了。他们是自由恋爱的，事先没有得到家里父母兄长的同意。

“无折我树杞”的句子，就把小伙子那种不管不顾、愣头青的做派表现出来了。同时，墙和树，在本诗中又成为礼法的象征。有意思的是姑娘请求之语，有着明和暗两层意思：明着是拒绝，说因俩人暗地来往的事有被家里大人发觉的危险，所以要仲子以后不要再这样；暗的意思，也是其真实的意思则是提醒，提醒心上人以后再翻墙要讲究技巧，不要不管不顾“扑通”一家伙，那样会留下痕迹。语语都是拒绝，语语都是暗通款曲。诗篇中的“树杞”是柳树的一种，柳树有多种，有垂杨柳，有金枝柳，另外还有一种柳，就是杞柳，其枝条可以编筐。我们中国古代，早就会用这种东西编筐。树杞一般是丛生的，而且越伐越茂盛。种植在住宅周围，既可以防护院落，也可以编制器物，是小农经济的重要组成部分。《孟子》中说到“为民制产”，就有“五亩之宅，树之以桑”的话，还说要养小猪、小鸡什么的。一直到明朝建立，朱元璋都规定，全国老百姓每家要栽枣树多少棵，榆树多少棵，等等。榆树可以盖房子，枣树结的枣儿，青黄不接的时候可以做食粮。总之古代一个小农之家在各种赋税之下生活不易，要多种经营。所以，诗篇无意间也把春秋时期乡村闾里的光景表现出来了。

前面几句都是“无逾”、“无折”的拒绝语，接着就来一句“岂敢爱之”。我哪里是爱惜、舍不得这树木啊。很明显，姑娘说话，绝不是为家里的经济损失说话，小小树杞，砸坏就砸坏了，可是，问题的严重在于我俩的好事因此要暴露啊！父母早晨起来，发现昨晚还好端端树木被砸坏了，没下雨，也没冰雹，他老人家很容易就想到是有人翻墙头来着。咱们的事情已经太悬乎了！一句“仲可怀也”，这里“怀”就是爱恋，把前面两个“无”的禁绝语证伪了。

她不是不要仲子再翻墙来找自己，而是提醒对方以后翻墙要专业点，不要再落了痕迹。这样的意思，早在宋代的儒生解释《诗经》时就看出来了。看出来可并不代表宋儒就赞成诗篇中女孩子的心意，相反他们很生气，说郑国的女子比卫国的还要不守礼法，因为郑国女孩子在男女情爱上，比卫地的女子主动。古人不明白，郑地诗篇中的女子的活跃，与古老婚姻的延续有关。

下面两章的意思差不多。《国风》的篇章结构多是重章叠调的，一些篇章所以重复是为了乐章完满的需要。第二章“无折我树桑”。“桑”在《诗经》里边出现了好多次。桑与古代的养蚕有密切关系。桑蚕，可以说是古代中国对世界的一大贡献，全世界范围内，我们的老祖先最早知道用桑叶养蚕，让它吐丝，并且用蚕丝制作精美舒适的衣服。据说黄帝的妻子就是蚕桑的发明者，考古证明确实很古老。丝绸衣料据说传到西方罗马帝国时，那里的贵族十分追捧，甚至到了风靡的程度。古罗马人就把中国人称为“塞里斯”，就是丝绸的意思。而且，据说当时的西方人没见过中国人，把中国人想象得非常高大，德行非常完美。为什么？就是因为他们看到的丝绸太美好了，所以想象那个生产者，也一定是美好的。

最后一段的“无折我树檀”说到檀木。檀木这种东西，特点是坚硬。所以《诗经·魏风·伐檀》唱“坎坎伐檀兮”，特别强调“坎”，砍了又砍，就因为它坚硬。檀木还可以造车，学者研究檀木砍伐之后，不能直接用，需要泡到水里。古代造车就用坚硬的檀木。《诗经·大雅》中一首诗篇讲，周武王当年灭商时，前军主帅是姜太公，他所乘的战车就是用檀木制作的，诗人赞美他的战车是“檀车煌煌”，坚硬的木料闪耀着光芒。当代学者也有人说，周代造车的技术比商朝人进步，是战胜殷商的一个重要条件。

从《将仲子》可以看到这样一个有趣的现象，在男女之情与社会礼法也就是理之间，出现了明显的分歧。也可说，“礼”明显地对“情”要加以约束了，是诗篇所展现的社会学内涵。前面说过，爱情属于生命现象，青年男女，谁爱上谁，往往说不清、道不明，非理性，也不管不顾，越是阻拦越来劲。前面我们从诗篇中读到郑地存续的野性婚俗，它之所以是自由的，是因为它成全情爱当事人双方的自愿选择，谁看上谁一般而言都可以。而在《将仲子》篇中，我们却看到了另一番情形。首先是男女恋情的地点变了，水畔的男女转移到了有围墙的村落，家家的围墙，在保护着每个家庭的安全时，也隔绝了男女的自由交往。适龄青年的自由恋爱，成了社会舆论加以反对的东西。于是，在诗篇中，女孩子的真情，在情与理的对峙格局之下，就成了偷渡。爱情变成了走私的私货，必须得悄悄地在地下进行，更要把它掩藏好，如此才能瞒天过海。本来，爱是生活的秘密，也是心里的秘密，诗篇把这一点很好地表现出来了。更加重要的是，人们由这样一首诗篇看到的是这样一种情况：“周礼”已经严重地约束了人们的心灵，于是爱的表白，也不像“子惠思我，褰裳涉溱”那样的爽快直接了；也不像“山有扶苏，隰有荷华”那样的富于挑逗和风趣了，一切的单纯明朗没有了。艺术上《将仲子》这首诗变成了“只许佳人独自知”的曲折迂回，明暗两线，心口不一。因而诗篇表现人物多了层次，也多了“被文化”的质感。诗篇中的人物，特别是其中的女主人公，因此也获得了古代文学史上一个特别的地位：她可以说是后来《西厢记》《红楼梦》一类“暖水瓶”式爱情进行者的先驱，而且是一个永远年轻的先驱。

说到这里，关于这首诗，有一个有趣的古代说法应该提一下。古代有一个说法，说这首诗的写作意图根本就不是表达什么情感与礼法冲突的，而是一首“托言”之作。什么意思呢？当年在郑国不是发生了“郑伯克段于鄢”的故事吗？郑国诸侯家的兄弟俩，一位是郑庄公，大哥；一位是公叔段，弟弟。这两位，因母亲偏心溺爱段而冷淡庄公，于是自小不和。而且姜氏，两位的母亲，在老大继位以后，仍想着她的小儿子有朝一日可以夺了权做郑国君主。于是公叔段就在母亲的纵容下肆无忌惮，得陇望蜀地扩充自己的势力，最终被阴狠的郑庄公打败出逃。古代有人就将这件事与诗篇联系，说《将仲子》这首诗，其实是喜欢公叔段的郑国人对他肆无忌惮扩展自己实力的提醒，提醒他人家（指郑庄公）已经开始注意你了，你要小心了！这样说，看诗篇的言辞，倒也颇为对景儿。仲子不管不顾地翻墙越里，很像公叔段扩张私人势力的作为，他的一举一动，都在处心积虑要除掉他的大哥的掌握之中。这也与诗篇每一章后半段的提醒贴谱。可是，这样解释到底也难逃“比附”的嫌疑。而且，就算诗篇创作是为提醒公叔段，篇章自身的一切，也都显示着它是一首情爱的篇章。也就是说，即便真的如古人所说是提醒公叔段的作品，诗篇自身的表达，采取的也是偷渡爱情的表现方式，就是说，诗篇的文本性质还是属于爱情诗的。实际上，古代有这样一种别样的说法，也正是因为诗篇表意上明一层、暗一层的特点，其“卖山音”的表达含蓄，正给“提醒说”留下了缝隙。一句话，理解为爱情诗篇，还是最稳妥的。

《将种子》的“偷渡爱情”是卖山音儿，如同地下工作者的发暗号。《诗经·国风》中还有一首《野有死麇》的作品，则是将焦点对准“爱情进行时”

中的男女，刻画男女主要是女子在与男子缠绵时欲迎还拒、欲拒还迎的复杂表现的篇章。诗篇见于《召南》，或许是周人经由南方时遇见的现象并谱写成诗的吧。诗篇是这样的：

野有死麇，白茅包之。有女怀春，吉士诱之。
林有朴樕，野有死鹿，白茅纯束。有女如玉。
舒而脱脱兮，无感我帨兮，无使尨也吠。

这首作品，也是前两句所言为后两句的象征，其实就是比兴手法。野外有一只鹿被猎获了，用洁白的茅草包裹鹿的肉；比喻一位女孩子被一位男士追求到了。“野有死麇”的“麇”，是鹿的一种。“白茅”就是菅草，坚硬瘠薄的土地上生长的一种野草，叶子边沿有细小尖刺，也很坚硬，可是到了秋天的时候，成片的茅草，非常洁白，古人用它来包裹东西，也包括肉。所以，诗篇“白茅”用语营造出一种洁白干净的气息。接着说“有女怀春，吉士诱之”。“怀春”，就是被爱情俘获了。“吉士”的用词也很干净漂亮。是说女孩子春心萌动，是因为一位帅哥小伙的百般追求，“诱”字含义丰富，追求中不定含着多少的讨好啊。要不这样，哪位姑娘会动心？

接着下面就是“林有朴樕”。“朴樕”的解释不一样，有人说是小树木，也有人说是高大的树，反正是一种比兴之词。漂亮而令人喜爱的是“白茅纯束，有女如玉”的句子，一束白茅，雅致；女孩儿“如玉”，要有多好的气质才配得上这俩字！笔者相信，任是谁，看一眼这样的诗句，就会一辈子忘不掉，想忘记也难。这就是两千多年前诗人的遣词造句，就其锦心妙口而言，不比唐宋的诗人差点什么吧？所以，诗人是不分时代的；两千多年的大才，与今天的大才，都是老天爷送给人类的礼品。

这是前面两章，突出了什么呢？有些学者说，突出的是一种荒野，林子、鹿，未婚男女，可能表现了一种原始乡野之间的“野合”，即男女自由结合，是“爱情进行时”的高潮段落。但是，就是男女的自由结合，也不意味着人们没有任何的羞耻心。诗篇的高潮段落，就在“舒而脱脱兮”这一章。“脱（duì）脱”就是脱脱，慢一点的意思。“无感我帨兮”，“感”在这里读“撼”，拉、扯的意思。什么是“帨”？就是佩巾。古代男女身上要佩戴各种常用的小工具，包括配巾。请注意，这一章的几句，都是女孩子的口吻，“舒而脱脱兮，无感我帨兮”，你不要扯动我的配巾，话说得很含蓄，暗中交代出的是男子火急火燎的进攻态势。女孩子拒也不是，迎也不是，情急中就来了一句：“无使尨也吠。”你再这样没轻没重的，我的小狗就该朝你叫了！咬不咬你还在其次，狗叫会引来其他人的注意甚至发现啊！“尨”，是长毛狗，有点像今天的狮子狗。原来在这场“爱情进行时”中，还有一个小家伙在那里当灯泡儿！看来养宠物的历史也是非常悠久了。这是恐吓，也是提醒什么，提醒男子，手脚不要太粗鲁，让小狗看到，误解你在欺负我。它一叫，我俩的行为就要暴露了。女子羞怯的心理表现得十分传神。

这首诗的无穷风味意在女子的迎拒之际那一刻特有的羞怯，还在其中出现了一只小狗。在后来的汉乐府篇章中，也出现过狗。在那就是《有所思》一篇：“有所思，乃在大海南。”说女孩子心里想着一个人，这人在哪儿呢？

在大海南。下海南了，闯天下了。然后就写自己准备送他个礼品，送什么礼品？“双珠玳瑁簪”，“用玉绍缭之”。就是拿丝绳把“玳瑁簪”捆扎起来，一道一道的。可是突然之间变了：“闻君有他心，拉杂摧烧之。”请注意，是“闻君有他心”，到底对方变心了没有？没准消息，只是“闻”而已。可是，这一“闻”，女孩爱得切，恨得也深，一闻之下，就把刚才用丝绳捆扎的玳瑁簪给拽开了，不解气，还要拿火烧，还“当风扬其灰”。可是一系列的恶狠狠的动作结束之后，气消了，态度也开始转变了。到底跟那家伙断还是不断呢？犹豫了。诗篇却不说犹豫，而是想起当初自己跟男子来往时的情形，当时是“鸡鸣狗吠，兄嫂当知之”。当初自己不小心，不知道提醒男孩子，每一次来都弄得鸡飞狗跳，连兄嫂都知道了吧？如此，还怎么能说断就断呢？不说自己不想断，而是找借口，很有特点。诗篇向社会方面传达爱情的秘密，居然也有小狗的事。不过，与《将仲子》比，《有所思》中女孩子的心思，在提示不要让小狗叫这点上，就显得粗多了。

说到狗，魏晋南北朝时有一个作家叫贾岱宗，写过一篇《大狗赋》，说大狗有什么好处？好处是：“昼则无窥窬之客，夜则无奸淫之宾。”家里养一只好狗，白天那些钻洞子偷东西的人不敢来，晚上偷人的家伙也不敢上门。大狗在这篇文章里，成了维护治安、有助风化的角色，不如诗篇“尨也吠”的尨可爱。另外，法国有一个作家给一只狗写墓志铭，说这只狗好，通人性，要有盗贼来了，它汪汪汪叫，男主人喜欢；女主人的男朋友来了，这只狗就假装不知道，女主人喜欢。也是把通人性的狗与男女风情相连。总之，这首诗篇，尤其最后的一段，以女子的口吻展现害羞心理，与现代人的心理是非常接近的。

《诗经》一方面离我们很远，有些风俗我们没有了，读《风》可以广见闻；一方面离我们很近。这就是《诗经》的魅力，通过研读它，可以认识更多的爱情心理。

《国风》关于婚姻生活的记录，还不仅上述这些。周礼提倡一种有利于维护族亲联合的婚姻，但到春秋时期，婚姻联合异族异姓的功能不那么沉重了，贵族在婚姻男女上乱七八糟的事情也多了。这在《诗经》中也是有很多反映的。

第九集

性爱的决堤

周代的贵族婚姻，带有强烈的政治色彩。前边讲过，这样的婚姻强调“合二姓之好”，“二姓”而非“二性”，也就是说，周人婚姻的要点在两姓氏族群之“合”，而非男女“两性”之“合”。这种婚姻容易有不顾当事人的情感、喜好的问题，到了一定的时候，家庭就容易出问题，违背礼制的婚姻败道现象就会大量出现。

要说这重在联合族群的婚姻，在相当长的时间里是起到作用的。文献说，“周道亲亲而尊尊”，“亲亲”即强调亲情关联；尊尊，是在亲情基础上分出上下尊卑；实际上“亲亲”是“尊尊”的基础。例如在鲁国，当周人的“封建队伍”从陕西到这里后不久，应该就开始了与当地土著异姓上层联姻，建立起“儿女亲家”的关系，到春秋依然如此。这在当时的所有周朝封建邦国都是如此。以婚姻的联合促进王朝大一统的政治，是行之有效的。然而，时过境迁，到春秋时期，不同族姓的人群共同生活几百年，文化的统一性业已形成，从这方面说，实际已用不着以联姻方式联合人群了，老习惯下不管个人感受的婚姻，就过时了。同时，也是更要命的，老贵族享富贵很久了，日益奢侈浮华，精神上一萎靡，就更容易在男女生活上乱搞，于是在家庭生活中，在两性关系上，乱七八糟的事就日益多起来了，成为一代贵族衰朽的表现之一。

《诗经》“十五国风”中揭露贵族生活作风糜烂的篇章颇为不少。例如，在当时的卫国，有所谓“桑中之喜”、“中冓之言”；在陈国，则有“株林之讽”；在齐鲁，又有所谓齐襄公与妹妹的“鸟兽之行”。就让我们从卫地的“桑中之喜”说起吧。“桑中之喜”，顾名思义，与《鄘风·桑中》篇有关。诗曰：

爰采唐矣？沬之乡矣。云谁之思？美孟姜矣。期我乎桑中，要我乎上宫，送我乎淇之上矣。

爰采麦矣？沬之北矣。云谁之思？美孟弋矣。期我乎桑中，要我乎上宫，送我乎淇之上矣。

爰采葑矣？沬之东矣。云谁之思？美孟庸矣。期我乎桑中，要我乎上宫，送我乎淇之上矣。

这首诗，后三句是一样的，前两句是比兴手法，“爰采唐”、“采麦”、“采葑”，四起头，而且在韵脚上与下文的“孟姜”之“姜”、“孟弋”之“弋”和“孟庸”之“庸”相押。第一章的大意是说：到哪去采唐呢？到沬的北乡。心里想谁呢？想的是孟姜。美女孟姜与我相约在桑中，然后我俩又到上宫，最后她送我到淇水河畔。当然用白话一翻译味道差了好多，古人说翻译之事“不入文雅”就因如此。可是大意还是不差的，后两章除变换了一些词语、韵脚之外，意思相同。

诗篇涉及一些植物、地点和建筑。“爰采唐矣”的“爰”，哪里。什么叫“唐”呢？就是兔丝。杜甫《新婚别》：“兔丝附蓬麻，引蔓故不长。嫁女与征夫，不如弃路旁。”就说了兔丝。这种植物喜欢附在豆子、玉米，尤其豆子的秧上，看上去颜色鲜艳，很像过去女孩子扎头绳的玻璃丝，这就是“唐”。又叫女萝、金线草等。这种植物本来也长根儿，但长到一定程度以后，它就附着在其他植物上吸收营养液，自己的根儿则逐渐消失。越生越多，被附着的植物就算完了。诗篇说“采唐”到“沬（mèi）之乡”，“沬”就是殷商时期都城及其附近，也就是朝歌一带。

姜，是中国古代很古老的姓。记载说黄帝是姬姓，炎帝是姜姓。古代女子称姓，又常用“孟”、“叔”等表示其排行，孟姜就是排行老大的意思。在周代，姬姓男性贵族娶妻多为姜姓，同样姜姓贵族也多娶姬姓；姬、姜两姓为世婚。这样，诗篇说“孟姜”，就表示这里的男女都不是庶民小百姓。同时，在本诗，似乎“孟姜”还有“美女”的意思。这也难怪，有地位的女子打扮好，养得好，所以看上去就美。下边诗篇就交代了“我”与孟姜的所作所为：“期我乎桑中。”在桑中约会。这里的“桑中”，要多说几句。在古代文学，桑树不仅仅是一种有经济价值的树木，还有某种风情含义。有一出民间流传较广的戏叫《秋胡戏妻》，戏中秋胡调戏女子，不想那女子是自家老婆！男人伸咸猪手，伸到自己老婆这儿来，还自以为得计。要注意的是，这样的事就出在桑林边。汉乐府《陌上桑》，一位男士调戏女孩子，也是在桑树的大环境下。还有《卫风·氓》，一位养蚕女误嫁一位中山狼，也与桑林有关，诗篇中的女子是养蚕的，离桑树能有多远呢？所以，在中国古代文学中，一说到桑树，总与某种男女风情有关系。

另外“要我乎上宫”，要就是“邀”，“上宫”其实一个特定的建筑。据文献记载，商纣王在都城宫殿之北的沙丘之地建了一个高台，民间叫妲己台。妲己台上有宫殿，就是上宫。其实这上宫是不是给妲己建造的，颇可疑。诗篇说男女相会在上宫，这样的上宫，可能起源更加古老，而且与古代男女相会促进生育有关。远古时期在今天的辽宁、内蒙古交界地带有一个考古文化区域，叫作红山文化。今天辽宁省凌源县就属于这一文化区域。在凌源县有个叫牛河梁的地方，发现过一个红山文化遗址，在一个半山坡的高地上，发现距今五千年左右的一座古庙，长条形状，中间两侧有两个耳房。古庙里有体型硕大的女神像，两只眼睛是用绿宝石镶的，她就是庙的主神。在红山文化区的其他地点，还发现了许多大小不一的女性裸体像，胳膊、腿、肚子，女性特征非常明显。据专家说，庙里还有一些凶猛动物像的遗迹。这地方，有专家就认为，可能与后世文献中的“上宫”有关系。

在民间，一些北方的农村到了现代，还有奶奶庙和“奶奶”崇拜。奶奶庙是管什么的呢？据老人说是管生孩子的。这就是古人的做法了，生孩子不找妇产科，而是到庙里烧香许愿。红山文化的这座古庙，里面住着神秘女神，它可能与“上宫”有关，而“上宫”在古代还有一个另外称呼叫“高禖”庙，很有可能是远古版的奶奶庙，专门负责生孩子的。不过中国人到后来求神帮助生孩子，不再去找高禖庙里的神，而是去求观音菩萨，是受佛教影响了。诗篇说两个人一起到上宫，也就是高禖庙，不一定是为生孩子而去，而是在那个地方放松地做他们想做的事。

最后就是“送我乎淇之上矣”，好事办完，各自回家；之前，还有淇水旁边送别。诗篇重章叠调，翻来覆去的，不论是孟姜，还是孟弋，还是孟庸，都是些贵族女子。“姜”是贵族姓没问题。“孟弋”的“弋”，有学者说这个字就是“姒”（sì），是夏代贵族的姓。“孟庸”的“庸”就是“阎”，也有说是“雍”的；总之身份都不低。从他们的身份，可知此篇中的男女风情，可不像《郑风》溱洧水边手持香草、芍药的男女自由结合。用古人的话说，此诗的男女相会上宫，是一种“窃妻”勾当。这个字眼出自《左传》。《左传·成公二年》记载楚国大臣申公巫臣，携带当时天下皆知的大美女夏姬出逃，中途遇到另一个楚国人申叔跪，他见申公巫臣带美女逃离，家也不要了，就说：“夫子有三军之惧，而又有桑中之喜，宜将窃妻以逃者也。”说您老身上有军事使命，又有“桑中之喜”，很适宜“窃妻以逃”即偷带他人老婆逃走啊！这段话表明，春秋时期的人已经对《桑中》的诗篇很熟悉了，他的“桑中之喜，窃妻以逃”的话，更表明诗篇是有关当时上流社会偷情这一不良风尚的歌唱。诗篇可以正面读，也可以反面读。正面读，就是有些唐璜似的人对自己渔色行径的沾沾自喜；反面读，可以理解为当时人用模拟口吻，对当时贵族不良勾当的讽刺。

《桑中》的内容并不具体，揭示了当时的社会现象。下面这首也出自卫地的《新台》篇，就很具体地指责“老灰扒”的行径了。诗篇所涉男主人，文献记载说就是卫宣公。诗是这样唱的：

新台有泚，河水弥弥。燕婉之求，籧篨不鲜。

新台有洒，河水浼浼。燕婉之求，籧篨不殄。

鱼网之设，鸿则离之。燕婉之求，得此戚施。

“河台”就是新建的高台，在河边，所以诗接着说“河水弥弥”。“有泚”的“泚”（cǐ），鲜明貌；也有人说，经水冲刷台基清清楚楚的样子。“弥弥”就是漫漫，满了。这还是比兴，也可以说是写景吧，交代新台子地点在黄河旁边，其实暗示出新台子在卫国通向齐国大路上。砌个新台做什么？诗篇回答：“燕婉之求，籧篨不鲜。”“燕婉”就是年轻漂亮，指年轻漂亮的人，皮肤细润，身体柔软，身材美好，不是满脸褶子，这叫“燕婉之求”的“燕婉”。诗从这一句，就开始进入正题了。原来诗篇是以出嫁卫国的女子的口吻写的。诗篇模拟她的语气说，我本来嫁到卫国来是想找一个白马王子小帅哥的，不成想得到了一个“籧篨”！什么是“籧篨”？按照古代解释，就是那种因为身体臃肿不能俯身的老家伙。后来又有人说，就是癞蛤蟆。也有的说是个篓子。竹篓子，粗粗的，没脖子，还是比喻臃肿。本想找个年轻貌美小帅哥，结果碰上倒霉催的癞蛤蟆。这是多令人丧气的事！

照传统解释，这只“籧篨”，就是卫宣公。若真的是他，他在这方面的事真可谓“连环套”了！他老爸卫桓公死了，给他留了个小妈，名叫夷姜。他就跟这位小妈发生关系，古人把这种事叫作“蒸”。这在受到礼教感念教化的后来人看了特别难以接受，这不整个就是乱伦吗？可在当时，有学者说，可能是一种老东方婚俗，小妈不是亲妈，肥水不流外人田，儿子可以接爸班。古代北方匈奴就有这样的做法。宣公与老爸姨太太夷姜“蒸”了以后，生儿育女。若干年后，宣公的太子伋子到了结婚年龄，宣公就准备给伋子娶妻，新媳妇是来自齐国的公主。令人想不到的是，宣公见新人美丽，半路杀出个程咬金，“自有之”了。儿子的婚事抛在一旁，他自己且先“帽儿光光，做个新郎”了！被他“蒸”的夷姜一气之下上吊自杀。宣公为遮人耳目，须得“曲线救国”一下，没有把新人娶回国，而是在卫、齐来往的半路上修了一座高高的新台，俩人住上一阵。在这里盘桓一阵子，不仅可以从容地生米做成熟饭，连熟饭炒成了蛋炒饭的时光也有了。这个丢人的台子一直到魏晋南北朝还在，北魏郦道元写《水经注》就说了它。

但是，诗人的眼里不揉沙子。诗篇满是对老“蘧篨”的讽刺。诗篇也是模拟女子的口吻，先表她对出嫁的期待，然后用“蘧篨不鲜”、“不殄”、“得此戚施”来宣泄诗篇中“她”的失落不满。这里有理想与现实的对比和反差，所遇见的人越是丑陋，越令人厌恶，情绪的表达也是强烈。诗人很懂得这一点。所以，诗篇所选的语词，是很能有情感的表现力的。“新台有洒”，新台很漂亮；“河水弥弥”，河水漫漫，好像河水的情绪也很高。这样写是为反衬下面的糟糕。“燕婉之求”的结果是“蘧篨不鲜”。“不鲜”的“鲜”，可以解释新鲜可爱，也可以理解为另外的意思——“鲜”的另外一个意思就是“死”。如此，与下边的“不殄”之“殄”同义，都是骂宣公老不死。最后一章“鱼网之设，鸿则离之”。以反常之事，表失望之情。下网捕鱼，捞起网，捞不到鱼也正常，竟然捞出来的是一只大鸟（鸿），这不是离谱得吓死人吗！诗人表达失望，写反差，写不可思议的咄咄怪事。比正面写失望，还来得给力！最后一个词即“得此戚施”的“戚施”，也很有意思。前面“籧篨”是不能俯身，传统解释，“戚施”则是不能仰身。篇中被挖苦的男子，就很像周星驰版《唐伯虎点秋香》中那两位兄弟了。反正就是突出诗中男子的丑，这也就是说话不带脏字地骂街。总之，表现的是当时人对卫宣公半路抢劫儿子之妻的齿冷。

对卫国贵族私生活的上“蒸”下“扒”、乱七八糟，卫地的风诗中还有一首诗篇加以痛斥，那就是《墙有茨》一篇。诗曰：

墙有茨，不可扫也。中冓之言，不可道也。所可道也，言之丑也。

墙有茨，不可襄也。中冓之言，不可详也。所可详也，言之长也。

墙有茨，不可束也。中冓之言，不可读也。所可读也，言之辱也。

“墙有茨”的“茨”，就是蒺藜、俗称蒺藜狗子。“不可扫”是说不可用手掌径自刮取；“不可襄”的“襄”就是徒手去除；“不可束”就是不可用手去捆扎。那么“中冓之言”又指的是什么呢？有很多解释，简单说就是“房内话”、“屋里的话”，亦即男女之间“那点事儿”。要注意的是诗篇表达的得力处。“墙有茨，不可扫也”是打比喻，比喻“中冓之言，不可道也”，为什么？“所可道也，言之丑也。”这样的语言，是很有力度的。宫里乱七八糟的丑事，他们可以做得出，那是因为他们已经不像个人；但凡做人讲点体面的，对宫廷的“中冓”之事，说一下，都觉得丢人，都觉得寒碜。诗篇不是指责做出那样的丑事的人，而是告诫其他人对宫廷的丑事不宜说；说那样的事，会给自己带来耻辱。不去直接指责，指责的力度才越发强劲。这就是诗篇的善于表达。这首诗明显表达了诗人，其实也可以是社会舆论的代表，对上流社会私生活糜烂的厌恶。从这个意义上，诗篇就是那个时代生活状况一个侧面的“报告文学”。

贵族私生活上的不像话，不仅卫国，陈国的那帮老贵族也是不遑多让的。而且，他们还是自有做派。《陈风》中有一首诗，叫《株林》，就是讽刺陈国君臣“组团”与一位美女淫乱的。《株林》是这样写的：

胡为乎株林？从夏南！匪适株林，从夏南！

驾我乘马，说于株野。乘我乘驹，朝食于株！

诗篇很简单。如果没有其他相关文献记载，今人对此诗可能会不知所云。诗篇字面只是说到株林那个地方找一个叫夏南的，在那吃了早饭。没有相关记载，仅靠字面意思，岂不莫名其妙？好在《左传》对这首诗的本事有记载，而且很清楚。作品大概在公元前600年左右。这个时候，是春秋五霸的楚庄王在历史舞台上活跃，他曾趁着与这首诗相关的陈国之变，一度灭了陈国。到底怎么回事呢？《左传》记载，陈国有一位大夫叫御叔的，娶了一位太太名叫夏姬的，来自郑国，是郑穆公的女儿。御叔娶美女的代价，是死得早，而美女呢，又不怕死丈夫，因为当时想跟她好的人有的是。丈夫死了，陈国君主陈灵公就跟夏姬好上了。不过，孟老夫子说得好：“目之于色也，有同美焉。”那时候，陈国“君不君，臣不臣”，陈灵公往夏姬家跑的时候，还有两位公卿级别的大臣，一个叫仪行父，一个叫孔宁，也往夏姬家跑。他们倒是很“君臣同心”，在这等事上都当仁不让，各出招数获取夏姬欢心。夏姬也很博爱，来者不拒，四角恋爱如火如荼。君臣三人都中了邪，在朝堂上公然“宣淫”，把夏姬分别送给他们的内衣拿出来斗宝，比谁的最好。当时夏姬的年龄其实不小了，儿子夏南已经可以搭弓射箭杀死人了，据此推测，年龄当然也不小了。这也正是她的奇特，年纪大而不失要命的美丽与魅力，岂不是异数！一天，陈灵公流氓君臣一起在夏姬家饮酒，看着夏南，几个人就相互逗哏，这个说“夏南长得像你”，那个也不示弱，说“夏南长得像你”。结果，夏南听了，心里很生气，谁的龟儿子他也不做，等他们喝得醉醺醺要离开时，夏南开弓搭箭，把陈灵公和一位大臣射死，另一位落荒而逃了。这引来楚庄王的干涉以至一时间的灭陈。

三位君臣合伙与同一位大夫遗孀私通，是不是“绝后”，不敢说，其谓盛况应该“空前”了。君臣总是往大臣家而且只有寡妇的大臣家跑，肯定自觉心虚，为了掩盖自己的勾当，他们也编了不少瞎话。诗篇就从这个角度，对君臣的团伙淫荡行径加以讽刺。“胡为乎株林？”到株林去干什么？诗设想有人这样问。回答是：去找夏南。诗篇又加了一句回答“匪适株林，从夏南”，我不是去株林，我真的是去找夏南！此地无银三百两，邻居阿二未曾偷。诗篇中人欲盖弥彰、越抹越黑的丑态尽显无遗。

编几句谎话，就以为可以欺瞒世人，再去就可以大摇大摆了。所以，诗篇在前一章突出诗中人欲盖弥彰的丑态之后，第二章就改用叙述手法，以显示诗中人谎话之后的心安理得。“驾我乘马”，驾起我四匹马拉的车到株林歇会儿，

“说于株野”的“说”就是稍事休息的意思。又说，还不单是休息，“乘我乘驹，朝食于株！”“朝食”，就是吃早饭。在这里就是一个隐语了。古语说：食色，性也。“食”与“色”都是人生最基本的需求，联系得很紧，所以，古代文学里，也常用“食”（动词）隐喻另外一件事。另外，还有所谓“秀色可餐”的说法，美丽甚至是可以“吃”了。诗篇说在株林“朝食”，其实是影射陈灵公君臣与夏姬之间的苟且事。这是《陈风》讽刺的贵族丑事。

当时的老贵族淫乱，真可谓争先恐后。卫、陈之外，齐、鲁也怕落了后。见诸《诗经》的风诗，就是《齐风》中的《南山》《敝笱》和《载驱》三篇。而且，苟且之事的男女，说起他们的关系来，更是令人觉得牙碜。这里重点说说《南山》篇。诗是这样的：

> 南山崔崔，雄狐绥绥。鲁道有荡，齐子由归。既曰归止，曷又怀止？
>
> 葛屦五两，冠緌双止。鲁道有荡，齐子庸止。既曰庸止，曷又从止？
>
> 蓺麻如之何？衡从其亩。取妻如之何？必告父母。既曰告止，曷又鞠止？
>
> 析薪如之何？匪斧不克。取妻如之何？匪媒不得。既曰得止，曷又极止？

这首诗的本事，历来多认为与鲁桓公的婚姻有关。鲁桓公从齐国娶了一房太太，死了以后谥号是文姜。这位太太与齐桓公同辈，出嫁鲁国之前，就与兄长齐襄公有不正当关系，古人称之为“鸟兽行”，意思是不分亲疏辈分，如鸟兽一样乱交。单有这样的不正当关系也就罢了，鲁桓公十八年，鲁君与夫人文姜去齐国访问，出发的时候，有鲁国大臣站出来，对文姜的随行表示反对，认为桓公与夫人一起出访，破坏男女之间的规矩。鲁桓公不听。结果，一到齐国，文姜和齐襄公的旧情就复发了。更糟糕的是，该着丢人不出高粱地，俩人苟且的保密措施没跟上，让鲁桓公知道了。俗话说：钱难挣，屎难吃，乌龟好当气难生。鲁桓公生气了。齐襄公一看，不采取措施，自己的心肝妹妹回国要吃亏，就派了一位大力士，在扶持鲁桓公上下车时，双膀多用了点力气，就把鲁桓公给弄死了。这引起了齐鲁的纠纷，而文姜也因此事被钉在历史的耻辱柱上了。不过，这样的事情出在齐国，也有其深远的文化原因。

据说当年姜太公被周王朝封到山东北部地区建立齐国时，三下五除二，几个月，他就把国家建成了。王朝当时主政的周公，就问他建一个国家怎么这样快啊？姜太公回答：齐国靠近渤海，我就采盐、打鱼，发展工商业；另外尊贤尚功，选举贤人帮我治国；至于当地的风俗，我是因其俗，顺其礼，不去管它，这样国家很快就建成了。齐建国与鲁不一样，鲁国开创者是花了大力气改造当地的风俗习惯的，而齐国的姜太公，没有这方面的情趣，也就把当时很多古老的习俗保存下来了。就说婚姻习俗吧，按周人的礼法是同姓男女百代不婚，可是这也是一种社会的约定，就古代以来的传说，伏羲、女娲结合，不就是兄妹吗？在国外，荷马史诗中，一位老国王的六个兄弟不是娶了六位姐妹吗？在我们周边国家，叔叔娶侄女为妻的事情也是有的。远古时期有一种族内婚，好像殷商人的婚姻就是族内婚，娶亲戚的习俗颇浓重。总之，婚姻上谁可以跟谁结婚，是一个文化问题。既然是一个文化问题，就有一个能不能“克己复礼”的问题，是跟着身体下半截子的欲望走，还是跟着社会规范走，就需要意志力来决断，需要羞耻心做堤坝。齐国在姜太公建国时就不注意新文化建设，到后来，出了襄公、文姜那样的兄妹关系，闹出事端来，也是可以理解的。

现在来看诗篇，前两句："南山崔崔，雄狐绥绥。"是比兴之词，引起全篇。狐狸在这首诗里出现，算它倒霉，以后就容易让人把它与淫荡联系起来了。"绥绥"一说是毛茸茸的样子，一说是行动缓慢的样子。"南山"应该就是泰沂山地的山峰，从齐国的角度看是南山。"鲁道有荡，齐子由归。"是说一条通往鲁国的平坦大路，当年文姜就由此嫁到了鲁国当夫人。这是叙说，态度还平静。下面的句子："既曰归止，曷又怀止？"则是谴责的语态了——既然已经嫁人，为什么还想着自己的私情！

第二章开始："葛屦五两，冠緌双止。""葛屦"就是草鞋。中国人说到男女作风问题时，经常用破鞋子作比喻，不知道是否与这里的"葛屦五两"有关。"五两"，有不同的解释，有说"五"即"伍"，在此是成对的意思；还有一种说法，"五"是五双的意思。鞋子成双成对，不论几双，都是象征夫妻配偶。另外，据汉代刘向《说苑》记载，国君娶媳妇，送给对方二双（一说为五双）鞋子，外加一只玉琮。"冠緌"就是礼帽两端下垂的丝绸穗子。也是取其成双成对的意思。诗篇写这些不外是说，夫妻已经成双成对，成为合法夫妻，为下文的其责做铺垫。"鲁道有荡，齐子庸止。""庸"就是行，就是前往鲁国的意思。"既曰庸止，曷又从止？""从"一说是指齐襄公，有记载说他曾经送文姜出嫁到离鲁国很近的地方。也可以解释为"顺从"，指文姜后来回娘家顺从齐襄公的私情，害了自己的丈夫。这样还是谴责文姜行为不端。后面的两章也是痛责之意。"蓺麻如之何？"和"析薪如之何"都是正面讲道理，堂堂正正，反衬出他们的做法的可恶。其中的"鞠"和"极"，都是把事情做绝的意思。

《齐风》中还有《敝笱》篇，写文姜出嫁时从者如云的光景。其头一句以“敝笱在梁”起兴，“敝笱”，有漏洞的捕鱼竹篓，暗示文姜婚后的不检点。诗篇可能也是后来追溯的。《齐风》中的另一首《载驱》则是写文姜在通往齐国的大路上游荡，暗示其在丈夫去世后与齐襄公的私通。两首诗篇都很含蓄，厌恶之情都溢于言表。

《国风》中表现婚姻出问题的篇章都来自东方国度，卫、陈、齐三国都是如此。这或许与当地深厚的古老传统有关。诗篇表现这样的事情，无一不显示出不屑与齿冷，代表的是一种正统观念。如此，这些现象若真的与当地风俗有关，看来也延续不了多久了。不过，诗篇表现败道的婚姻现象，还不仅限于社会最上流阶层，一般的贵族之家婚姻也出了不少的问题，其中受害最大的当然是女性。风诗表现这些受害者痛苦的呼喊，也有十分成功的篇章。

第十集

面对生活的废墟

婚姻这件事，有时就像《孙子兵法》说战争：“死生之地，不可不察。”一个人遇上一个什么样的夫人，遇上一个什么样的丈夫，对人生来说，就是“生死”一样的大事。这点道理在伟大的史学家、思想家司马迁那里就悟透了，所以他在写《史记·外戚世家》时就以他龙门笔法写了如下的文字：

“夫妇之际，人道之大伦也。礼之用，唯婚姻为兢兢。”夫妇之间的关系是人的大伦常。说到礼，婚姻之礼最重要，大家都很认真，严严肃肃地对待。“夫乐调而四时和，阴阳之变，万物之统也，可不慎与？”古人认为音乐与天地四时相通，音乐协调了，阴阳也就和顺了，风调雨顺，阴阳变化正常，万物都是有赖于此而生长的。家庭夫妻的关系，像乐器一样和谐弹奏，家庭和谐；特别是帝王之家，家庭和谐天下兴旺。所以，司马迁说：“可不慎与？”可以不慎重吗？

可是，接着就来了一句：“人能弘道，无如命何!”话说得真绝！儒家讲“人能弘道，非道弘人。”是，有远大理想可以去执行。但是，再怎么努力，有时却难逃一个“命”字的束缚。有再大的志向，命不好，“咣当”一下，出了车祸了，或者得了什么不治之症，就什么也罔谈了！这就是“无如命何”!司马迁以此形容婚姻生活中的命；婚姻也是人的命运。真是令人感慨啊！结婚结对了人，一生幸福；遇人不淑，半辈子倒霉。司马迁又说：“甚哉，妃匹之爱！君不能得之于臣，臣不能得之于子，况卑下乎？”婚姻之爱，大臣有，你君主不一定有，大臣们家庭欢乐，就是贵为天子也借不得的，这就是命的厉害。是帝王又怎么样？照样有的是婚姻悲剧。古代帝王讨老婆，不顺心的人有的是，权力再大也是“无如命何”。“既驩合矣，或不能成子姓；能成子姓矣，或不要其终：岂非命也哉？孔子罕称命，盖难言之也。非通幽明之变，恶能识乎性命哉？”结了婚了，两口子也不错，能不能生出好孩子来？有人连儿子也没有。有了孩子，将来这孩子怎么样？这也都是命。孔夫子为什么很少言“命”啊？因为每个人的命实在说不清、道不明。对婚姻，司马迁的感慨深刻而动人。

实际早在司马迁之前许久，就有人对一些婚姻悲剧中的遭遇，表现出深厚的同情与感慨。这就是《诗经·国风》的一些叙述婚姻破败的篇章。在春秋时期，家庭出问题的有贵族上层，也有中层下层乃至郊野庶民。满怀期待的婚姻破裂了，其中有“得志便猖狂”的中山狼，也有面对婚姻生活废墟的呻吟者。有一个倾向是明显的，那就是表现这类题材的风诗篇章，无一例外地同情失败婚姻中的弱者，用了大量的笔墨展现她们饱受伤害的内心世界。

先让我们看看出自卫地的《鄘风》中的两首诗篇，是写卫国贵族家庭的，这里的家庭关系闹雾霾闹得很厉害。一首是《日月》，一首是《终风》。

《日月》诗中的女主人公把夫妻关系比喻成日和月，说："日居月诸，照临下土，乃如之人兮，逝不古处。胡能有定，宁不我顾？""日居月诸"，翻译一下就是"日啊、月啊"，"居"和"诸"都是语气词。男比日，女比月，一阴一阳。"乃如之人兮，逝不古处？"意思是那个人啊，可不像过去那样对我了。"古"在这里就是"故"。"乃如之人"，称呼那人，充满埋怨。"胡能有定？宁不我顾。"这样的日子什么时候算个完啊，他现在完全不顾我的感受。很明显，家庭生活对女的来说，已经是一种难耐又不得不耐的煎熬了。

《终风》篇按照传统解释，作品与一个人有关，谁呢？就是那位在《硕人》篇中出现的美女庄姜。传统的说法可靠吗？不一定。但可以介绍给大家听。

庄姜特别漂亮："巧笑倩兮，美目盼兮。"当初嫁到卫国来时，她的美丽迷倒众生。可是，这位美丽的人命苦，红颜薄命。"薄命""薄"在哪儿呢？薄在不能生育。长这么漂亮，不能生育，在古代就算白瞎了。不生育，若得丈夫喜爱，也过得去。不幸的是卫庄公，就是美人的丈夫，对她没有感觉，不喜欢。这么漂亮的太太，天下男的都喜欢，可偏偏他卫庄公不喜欢。这就是命。这个，也不是不可理解。老婆是别人的好，你看后来的王昭君，在皇帝眼里美成那样子，可是，要不是她成了单于的老婆，汉元帝也不会那么舍不得。家花不如野花香，这心理实际是男人的人性弱点。

不过，《终风》的诗篇并没有交代丈夫为什么不喜欢自己。诗只是说："终风且暴，顾我则笑。谑浪笑敖，中心是悼。""终风且暴"，就是既风又暴，是"既什么又什么"的结构，在《诗经》里这样的结构还有。意思是不但刮风，而且刮的是沙尘暴。“顾我则笑”，每次见了我都“谑浪笑敖”。就是态度不端，骂骂咧咧，挖苦讽刺、嬉皮笑脸，没个正行。这使得女子内心充满了悲伤，“悼”在这里作悲伤讲。

诗篇接着交代：“终风且霾，惠然肯来。莫往莫来，悠悠我思。”很清楚，他们家有严重的雾霾，不过不是PM2.5超标，而是夫妻关系天昏地暗。“惠然肯来”，是说对方来，盼着他来，他来的结果就是大风起烟尘，即所谓“终风且霾”。“谑浪笑敖”是说他高兴来见自己时候的情形，其实呢，他通常是隔好久都狗吃麸子——不见面的，这又弄得女子心里边七上八下的。诗篇其实是在暗示，男子有其他地方可去，也就是有了外遇，甚至是第二个家室了。今天有权势男子不着调地包二奶，甚至罔顾法律娶几房老婆，看来也是于古有之的了！

接着，“终风且曀，不日有曀，寤言不寐，愿言则嚏。”还是从刮风说起，说那风刮得老天暗淡无光。“曀”就是暗淡无光的意思。“不日有曀”是隔一阵就“曀”，就刮得天地无光。这样的光景，哪里是人过的日子！所以诗篇就是女子“寤言不寐”，长期失眠睡不着觉；长期都是“愿言则嚏”，想到这样的家庭生活就愤怒。不过这一句，尤其是那个“嚏”字，是我们今天的解释。古代有学者解释这个字，却与一个民间说法连在一起了。今天在民间还有这样的事：若谁打了一个喷嚏，就说：谁在背后说我的闲话啊？在汉代的老儒，就把此诗的“嚏”，解释为打喷嚏是因为有人背后说坏话了。其实，这个“嚏”字在这里不读嚏，读“zhì”，其实是“愤懥”的“懥”的借字。《大学》不是有“身有所愤嚏，则不得其正”一句吗？这个“嚏”就是“愤懥”的“懥”。“愤懥”就是恼怒，《大学》的意思是说，我们评价人，得把那个心摆正了；怀着愤怒之心，对一个人的评价就不能公正了。

然后，“曀曀其阴，虺虺其雷，寤言不寐，愿言则怀。”是说我这个日子过得整天闹阴天，整天打雷，为此寝食难安，内心忍受百般折磨。前面我们说过，家庭是“死生之地”，在这首诗篇中该是有了一个应验。试想，过着这样的日子，谁能长命百岁？雾霾固然杀人，家庭氛围的毒化，要起人命来，比雾霾更煞气啊。诗篇在表现家庭关系恶劣上，也真是高手，用阴风、尘霾的肆虐，把家庭气氛的严重恶化表现出来；而一句“谑浪笑敖”，则活画出无良男子的嘴脸。

前面说过，风诗中表现家庭变故的篇章多，这些篇章，就其中人物的表现、性格，可以分为三个大的类型；一种是高傲不屈型；一种是无以自拔型，苦苦申诉是其意态上的特点；还有一种态度决断型，她们能从生活废墟中发现某种真理，从而显出某种睿智，所以在痛苦中能显得身姿挺拔。先让我们从第一种形态开始吧。

这类的诗篇，以《邶风·柏舟》为最。诗篇如下：

> 泛彼柏舟，亦泛其流。耿耿不寐，如有隐忧。微我无酒，以敖以游。
> 我心匪鉴，不可以茹。亦有兄弟，不可以据。薄言往愬，逢彼之怒。
> 我心匪石，不可转也。我心匪席，不可卷也。威仪棣棣，不可选也。
> 忧心悄悄，愠于群小。觏闵既多，受侮不少。静言思之，寤辟有摽。
> 日居月诸，胡迭而微？心之忧矣，如匪浣衣。静言思之，不能奋飞。

诗篇五章，比较长。第一章：“泛彼柏舟，亦泛其流。”上来就是柏木舟的物象。句子提供的意象是柏舟在水里漂荡，一副无所依傍的凄惶样子。“亦泛其流”犹言“泛泛其流”。心无所定，一片苍茫。头两句营造整体氛围，确定了诗篇忧郁的调子。“耿耿不寐，如有隐忧。”“耿耿”就是内心中有火、有心事。与白居易“耿耿星河欲曙天”意思差不多，都是失眠。“如有隐忧”就是“而有隐忧”：因为我有内心的隐痛。“微我无酒”，不是我没有酒可借以消消愁；“以敖以游”，出去走一走排遣郁闷。排解烦闷的两种办法自己都有，但都不起作用，用了也无济于事。

第二章和第三章是诗篇艺术上的驼峰。“我心匪鉴，不可以茹”，两句大意是：我的心不是鉴，不是什么东西都可以吞含容纳。“鉴”就是镜子。古代有一种青铜容器，形状像大盆，可以装水，用平静的水面照镜子用。后来又有了铜镜。诗说我心不是镜子。请注意，镜子有个特点，拿什么来照，它都照样显现。诗用鉴来打比喻，用意不同凡常。一般拿镜子作比喻，总是取其明亮，但此诗不是。诗篇取譬很特别，不是从光亮、莹澈着眼，却从镜子照物不加选择一边立意。“我心匪鉴，不可以茹”，“茹”就是吞、吃入。说镜子的什么都照，就像无原则的人什么都能接受，甚至藏污纳垢。以此反衬自己性格的坚定，不能无原则地对待生活。应该说，这样的比喻很新鲜，很出人意表。这是诗人才气的显示。

“亦有兄弟，不可以据。”我也有兄弟，但不能依靠。要说明的是，“兄弟”这个词，在解释上多年来都有误会，人们总以为这里的“兄弟”就是自己娘家兄弟，说他们“不可以据”，不给自己撑腰。实则不然。在《周礼》谈到大司徒教民众十二项内容，其中就有“联兄弟”，联合兄弟。“兄弟”意思很明白，指的是有婚姻关系的人。古人“婚姻称兄弟”。在诗篇，其实就是指自己的丈夫。这在今天有点不可思议。今天觉得两口子关系总比兄弟要亲密，但在古代，认为好夫妻应该像兄弟。先民重血胤，认为兄弟血亲，如手足；夫妻，古语不是有“人尽可夫”吗？男女与谁都可以缔结婚姻关系。所以，后来有“妻子如衣服”的说法。所以，“亦有兄弟，不可以据”这两句，透露的消息是：我的丈夫，过去亲如兄弟一样的丈夫，现在不站在我这一边了！

至此，我们就摸到诗篇主题的边了。摸到什么边？看下边会交代：“忧心悄悄，愠于群小。”原来是正妻被诸妾欺负了。就是说，诗篇暴露的是一夫多妻贵族家庭的争宠。妾，一般年轻，正妻没争过她们。由此可以想见，诗篇女主人公的那位“兄弟”（即丈夫），拉脓带血——老痢（例），也是一个“男人爱少艾”的主儿。自然也就不能指望他主持公道了。

刚才说“亦有兄弟”的“兄弟”是指代丈夫，为《诗经》风诗中的特有语言现象。但是，娘家“兄弟”解释，虽然是误解，却歪打正着，带来一个文学的现象，成为后来写被抛弃的女子不幸遭遇的一个思路。著名的《孔雀东南飞》写刘兰芝被婆婆嫌弃遣送回家，诗人就特别写了娘家兄弟“不可以据”的糟糕情形。他们不是安慰受伤的妹妹（或姐姐），而是怨她回来了，而且赶紧给她找新人家嫁出去。可怜的舍不得原配丈夫的刘兰芝，在婆婆家遇到的是不硬气的丈夫；回家，又遇到太硬气的兄弟，两下夹击，她就只有死路一条了！笔者以为，《孔雀东南飞》的写刘兰芝娘家兄弟的做派，是受了《柏舟》“亦有兄弟”的启发。误解，有时也衍生一些不错的东西。

回到诗篇，女主人公既然是受了“群小”的气，当然得向丈夫诉说，这就是“薄言往愬，逢彼之怒”所交代的。可是结果，那位“兄弟”也就是丈夫，又如何对待她呢？跟他申诉，遭遇的是他的发怒。当然是一种含蓄说法，换一种说法就是：我每次见到他，他都长气，他看着我就有气。关于这两句，《世说新语》里还有一则有趣味的记载，东汉大儒生郑玄编注群经，很有学问。他是山东高密人，当时那地方闹土匪，闹到郑玄所在的村庄，一听说郑玄在这里住，就不敢骚扰了。在有学问大儒的家里，一些下人也耳濡目染变得张口闭口“子曰诗云”了。有一个小丫鬟不知因为什么事被主人罚了，在泥地里跪着，另一个小丫鬟见了，就问她，“胡为乎泥中？”这句话，是《诗经·式微》里的一句。被罚跪的小丫鬟一听，哎哟，跟本姑娘吊开了书袋了！也不示弱，回答：“薄言往愬，逢彼之怒。”就用到《柏舟》的句子了。这个文雅的故事，就被后人记载在《世说新语》里了。

总结一下，这第二章女主人公表达坚定的态度，也交代了自己失败的因由。

到了第三章，承接着上一章的打比喻，连用了如下两个比喻：“我心匪石，不可转也。我心匪席，不可卷也。威仪棣棣，不可选也。”我心不是石头，不可以随便转动；我心不是席子，不可随意卷曲。像“我心匪鉴”一样，两个比喻都很别致——用石头打比喻没什么别致的，别致之处在比喻的取喻，不是取石头的坚硬，而是取它的转动，反衬自己心意的坚定。下一句的席子也是，不取其宽大或平展，而反取其可以卷曲。连续的两个比喻，都是在强化下面两句的意思：“威仪棣棣，不可选也。”“棣棣”，威仪整饬、整齐的样子；“不可选”，“选”就是或然。威仪整饬“不可选”，就是坚持威严没商量，态度坚定。

读到这里，诗篇的格调已经显示出来了。什么样的格调？沉郁顿挫。这样的格调的造成，就在于诗篇上述的几个比喻，匪鉴、匪石、匪席三个比喻，把人物性格的坚毅表现出来了。“威仪棣棣，不可选也”的句子更是铿锵有力。我们说，诗篇表现的人物是高傲不屈型的，理由就在这里。生活可以变成废墟，屋倒了，房架却不塌。应该说，这是令人尊重的。诗篇读到这儿，读者已经很深切体悟到诗中人的性格了。

另外，从艺术就是语言的锻造上说，诗篇是博喻的。善不善于打比喻是衡量作家才华的一个尺寸。美妙的比喻可以传之久远的，很多诗篇或者文章就是由于打了一个漂亮的比喻而流传甚广。这首诗，有这几个比喻就可以不朽了，何况还有其他的呢！不要以为那个时代的诗篇在语言上全是天籁的，其实也是精心锻造的，也是很注意遣词造句的。就此篇的语言水准而言，说那个时代有专业诗人，也是可以的。这就很令人怀疑，诗篇到底是诗人所为，还是那个家庭生活中的失意者所为？失意的妇女，恰又有如此高的诗才，不是很稀罕的吗？这是第三章，用了几个比喻，人物性格就非常分明了。

接下来的一章：“忧心悄悄，愠于群小。觏闵既多，受侮不少。静言思之，寤辟有摽。”“悄悄”就是忧心貌。“愠于群小”，是因为得罪了群小。原因交代出来了，两方面的原因：一是群小，应该就是那些妾；还有一方面，就是群小的盟友，就是“我”那位“兄弟”。两下联手，女主人公就被排挤了。“觏闵”，“闵”就是悲伤，“觏”指遭遇，遭遇的悲伤很多，受到侮辱也不少。“觏闵”与“受侮”两句，颇有点对偶句的意思，只是不甚高明，这有待将来的发展了。“静言思之，寤辟有摽。”夜深人静的时候，痛定思痛，内心的忧伤翻上来了，瞪着眼睛睡不着，自己拍打胸膛发出来啪啪的声音。后来到了南宋辛弃疾写自己的孤独：“把吴钩看了，栏杆拍遍，无人会，登临意。”辛弃疾拍栏杆，本诗是拍胸膛。表现一位无助女子身处幽暗无以排解的糟糕情态。这是第四章。

最后一章说“日居月诸，胡迭而微”，又一个“日居月诸”的句子，表明此诗与前面的《日月》时间离得不远。“胡迭而微”的“迭而微”，就是闹日食、月食。日食、月食不是天体互相遮挡造成的吗？两者一叠，就“微”了，月光微弱，阳光也微弱。两口子本来你照白天，我照晚上，应该各有轨道，各司其职，大家合作，现在居然是闹开了日食、月食了！“心之忧矣，如匪浣衣。静言思之，不能奋飞。”这里表示内心忧伤，又打了两个精彩的比喻：“如匪浣衣”。“匪”可以解释为“非”，“匪”是“非”的古文写法。今天看到的《诗经》本子是汉代人写定的。有所谓“古文家”，用六国时期文字书写经典文本。本来是“非”字，非要加半个框，这就是古文家的写法。这样“匪”就可以读作“非”，“匪浣衣”就是不洗的衣服，对好干净的人来说，不洗的衣服令人闹心，放在那怎么都感觉别扭，不舒服。这可以说得通。但是，“匪”也可以读成“彼”，就是“那”的意思，句子的意思是：就像那被揉搓洗涤的衣服。比喻的意象和味道就变了。以揉搓衣服，比喻自己心情的痛楚，很有力度。也与诗篇总体风格相符。当然，在这里，倒是可以讲一点“诗无达诂”，只要自己觉得好，可以有不同解释。“静言思之”，静心思考一下将来怎么办。得出的结果是“不能奋飞”，最后用了一个昂扬的语词，表示绝望的情绪。奋飞，飞走；最终却是一个不能。女人在那个时代终是无奈的，遇人不淑，忍无可忍，也得忍。

这首诗篇最成功之处在于写出了人格的特征。语言顿挫，格调沉重，可谓“一掴一掌血，一砸一个坑”，语言风格与人格特征是非常统一的。

接下来说另外一种意态，即表现那些痛苦不已、申诉不已的婚姻生活失意者的篇章。这样的代表作，是《邶风·谷风》篇：

习习谷风，以阴以雨。黾勉同心，不宜有怒。采葑采菲，无以下体？德音莫违，及尔同死。

行道迟迟，中心有违。不远伊迩，薄送我畿。谁谓荼苦，其甘如荠。宴尔新昏，如兄如弟。

泾以渭浊，湜湜其沚。宴尔新昏，不我屑以。毋逝我梁，毋发我笱。我躬不阅，遑恤我后。

就其深矣，方之舟之。就其浅矣，泳之游之。何有何亡，黾勉求之。凡民有丧，匍匐救之。

不我能慉，反以我为雠。既阻我德，贾用不售。昔育恐育鞫，及尔颠覆。既生既育，比予于毒。

我有旨蓄，亦以御冬。宴尔新昏，以我御穷。有洸有溃，既诒我肄。不念昔者，伊余来塈。

“谷风”就是东风，东风带来的是湿气，是阴天。阴风徐徐、连绵不断，还夹杂着无尽的雨。《日月》篇的特点是闹霾，《柏舟》的“泛彼柏舟，亦泛其流”营造的是沉郁，此篇开头这几句渲染出的是阴郁，偏于优柔。“黾勉同心”的“黾勉”是联绵词，不能拆开来解释。“黾勉同心，不宜有怒”，讲的是两口子间应该遵循的道理，同心协力，不该动不动就生气。道理说得很平凡，做到这一点，就着实是好家庭了。托尔斯泰讲，好的家庭都是一样的，不幸的家庭各有各的不幸。好家庭一定俩人不吵架，还同心。俩人同床异梦，就是不吵架，那也一定是糟到一定程度了。

“采葑采菲，无以下体”，涉及两样植物：“葑”和“菲”。“葑”和“菲”大体是蔓菁一类，蔓菁的根块，即俗话说的蔓菁疙瘩，可以腌制做菜，口感上比较良，嚼起来有劲，所以自古到今都喜欢用蔓菁腌制咸菜。“采葑采菲，无以下体。”后一句是说什么呢？这句要解释，先要问这一句是问句，还是判断句呢？语气不同，解释上就不同。

先说问句的解释。人们“采葑采菲”，可实际取的是哪个部分呢？采蔓菁，是要缨子，还是要下边的根块？缨子好看，不顶用；根块不好看，埋在土里，但它有用。这样的话，诗句就含着娶妻娶贤的意思。“丑妻近地家中宝”啊。如果是问句，这两句诗是在追问，娶妻究竟要的是什么？是侧面忠告男人。若是以叙述句看，“采葑采菲，无以下体”的重点就在“下体”俩字。女人不坏，男人不爱，男人爱风骚。“无以下体”，就是娶妻不应该看重那些事儿啊。这样讲“下体”就是一个含蓄的字眼。

“德音莫违，及尔同死”，“德音”这个词《诗经》出现了好多次，所指大致是做人做事的人风，相当于现在说做事有点德行，有点好名声的意思，简单说“德音”就大体相当于德行吧。“莫违”就是不违背。不违背常道，就是前面讲的“黾勉同心”，不吵架。这是对男子说：你如果不变心，我就跟你过到死。到这里，诗篇女子人格特征也出来了。她很善良，“只要对我好，我铁了心跟你一辈子”的逻辑，表明该女子是十分明显的依附型人格特征。这样的人遇人不淑，多半就只有惨惨地被人欺负了。

下面就是挨欺负的状况了：“行道迟迟，中心有违。不远伊迩，薄送我畿。谁谓荼苦，其甘如荠。宴尔新昏，如兄如弟。”“行道迟迟”走在路上，一步三回头，腿、脚跟灌了铅一样走不动。病了吗？不是。是心中有“违”。“违”，不用通假来解释，是违背，人往前走，心老往后想，这叫“有违”。还可以把“违”解释为“愇”，怨恨的意思。似乎更妥当。接着下边“不远伊迩，薄送我畿。”女子离开多年经营的家，那个男人，也送了她一下，可是送到哪儿呢？“不远伊迩”，“不远”就是“伊迩”，造句有点重复。那么“迩”又“迩”到什么程度？“薄送我畿。”“畿”，北京周围地区叫京畿，就是京城周围的一大片。可是，诗篇的“畿”可不是这个意思。好家伙，要是能送这老远，也就不至把人赶出家门了。这个“畿”，就是古代门轴触地的地方。古代一扇门的门轴，下边放一块石头作垫，叫作“畿”。原来男的送女子，只是“咣当”一下，关门了事！这就是女子期望“黾勉同心”的那位，好薄情！“谁谓荼苦，其甘如荠”，“荼”是一种苦菜。谁说苦菜苦？跟我的苦比，苦菜也甘甜如荠呢！“荠”就是甜菜，可以用来榨糖。

荼这一植物在《诗经》还出现过一次，就是《大雅》描写周原大地肥沃的“堇荼如饴”句，意思是说周原生的苦菜吃起来也像糖一样甜。那可是赞美土地肥沃的。这里却是写自己苦不堪言的心情。“宴尔新昏，如兄如弟。”交代了自己被扫地出门的原因：喜新厌旧的男人有了新欢了。冷着脸把旧人赶走，嬉皮笑脸地与新欢热乎。

要说到这里，女子该绝望，该清醒了吧？该认识到男人喜新厌旧的伪劣根性了吧？没有。“泾以渭浊，湜湜其沚，宴尔新昏，不我屑以。”大意是说泾水本来很清，渭水流进来，清澈的泾水就被搞浑了。很明显，是把矛头指向了那位新欢。同时还想，被弄浑了泾水，给它时间，让它静止下来，还是会变清澈的。诗中人这样想，可以从两方面解释：一是还想有一天破镜重圆；一是说早晚男子会想到自己的好处。不论如何，都是藕断丝连。女子不是性格决断的人。

这里，还有一点很有意思。“泾以渭浊”这句的注释，从唐代以来人们就认为诗的意思是渭水是清的，泾水较渭水浊，但也不是很浊，可是，让渭水一比，泾渭分明，泾水就显得浑浊不堪了。后来清乾隆皇帝有一次作诗，用到了泾渭的典故，就觉得不对劲：既然诗说“泾以渭浊”，泾应该本来是清，是因为渭水才浊了。于是派大臣去实地踏查。大臣考察之后，把情况报告了皇帝，乾隆皇帝就把勘察结果写到他的《御制文集》里。原来是泾水清，渭水浊。泾水的河底是石子底，而渭水是沙底。当年苏东坡写《石钟山记》，写自己的实地考察，显示出一种重实际的良好学风。清朝皇帝疑所当疑，只是他不自己去踏查。这是一点插曲。

“毋逝我梁，毋发我笱。我躬不阅，遑恤我后。”是紧接着“泾渭”的句子来的。前两句，是发狠的言语，对的不是负心丈夫，而是他的新欢；警告她不要碰自己在家时安置的鱼篓——实际代表她所经营的一切。恍惚之间，她还以为那个家是她的呢！前面的“泾渭”云云，是女子还在幻想，现在这两句，就变成怨怒。可接下来，一转眼又回到了残酷的现状，就是“我躬”两句所表：连自己都不能在家了，还管得了其他吗？马上又泄气了。诗篇表现弃妇千回百转的心绪，看似不用力，却是力透纸背！

一想到那位鸠占鹊巢的新欢，气就不打一处来。可是，最让女主人公枉凝眉、意难平的，还是自己的妇德无缺。“就其深矣，方之舟之。就其浅矣，泳之游之。何有何亡，黾勉求之。凡民有丧，匍匐救之。”多么大方的句子！所表现的，又是多么大方的家庭主妇！前四句重在形容自己做事知深浅，讲方式；中间两句形容自己持家，极勤勉；后两句表现乐于扶助乡里亲人，很热忱。里里外外一把手，妇道完美。“方”是小筏子；“匍匐”表示急切，奋不顾身。周代特别强调邻里相互救助，若是贵族阶层，稍大一点的贵族对自己的宗族成员，还有扶危济困的责任。诗篇正是从这样的角度，写她不但自家操持得好，邻里、宗族的关系处得也很成功。

可是，越是这样写，女子对婚姻失败理解存在的偏差问题就越严重。负心男子抛弃你，是因为你妇道有亏吗？总在妇道一线上说自己的作为，实际是没找准问题的实质，就陷入无谓的无尽唠叨了。看诗篇，“宴尔新昏，如兄如弟”，女子遭受抛弃是因为年老色衰。不是因为做主妇不好，只是因为他有了新欢。男人就这点德行，女子没找到要点。我们不知道诗篇这样写一位可怜的弃妇，是否有意如此，以此来向大家展示一种人生样态，以引起大家的借鉴。然而生活中，就是现在，一些遭遇了负心汉的可怜之人，喜欢说自己行为的种种不差，不也很常见吗？诗篇或许就是将生活中的常态如实加以表现而已。这是《诗经》艺术现实精神的一个体现。

诗篇的最后说："不我能慉，反以我为雠。既阻我德，贾用不售。昔育恐育鞫，及尔颠覆。既生既育，比予于毒。"大意是：现在不能对我好（慉：善待；雠，仇视），反而仇视我；我的所有德行，你都不能接受了；过去成天害怕你陷于穷困（两个"育"连用是结构词；鞫：困穷），担心你有什么闪失；现在生业有了，养儿育女了，你却把我当成坏人看待了。其中"既阻我德"两句，应多注意一下。句子表现的是这样的困惑：我有这么好的妇德，为什么你就不接受呢？诗篇到此，诗中人对自己的被抛弃，还是找不到答案。站在生活废墟上的人，还是迷惑不解，她也因此而越发显得可怜了。诗篇最后一章，先说"我有旨蓄，亦以御冬"，还是自许对家的贡献，为家储备了许多抗御困境的好东西。可获得的回报是什么呢？是"宴尔新昏，如兄如弟"（这里又一次出现以"兄弟"亲密比喻夫妻之好），是丈夫的另觅新欢，而且用自己的储蓄款待新欢。心理上百爪挠心，此外还有身体上的被虐待："有洸有溃"：洸，暴怒；溃：糊涂；合起来就是糊里糊涂地生气、打老婆。原来，自婚变以来，女子在家总是挨打。总是挨打，还那样地恋恋不舍，那样地指望对方！诗篇这样写，把女子挨打在最后交代，前面一味突出女子自述妇德，突出其对负心汉难以割舍的期待，这些，难道是无意为之吗？女子曾受到家暴，诗篇却在最后轻描淡写作一交代，应该是顺着女子性格作这样的安排的。在女子看来，只要男子心回意转，过去受到的虐待，又有什么呢？可最终，她还是在千辛万苦之后被无情地"来塈"，即被扫地出门打发了。世上还有比这个更可怜的吗？诗篇有意突出了这一点。至于是否在“哀其不幸”之外，还有“怒其不争”的用意，那就可以仁者见仁、智者见智了。

以上所讲，是婚姻生活的失意者“三态”中的前两态。那么还有一态，又如何呢？

第十一集

蚕娘的觉悟

前面一讲，讲到《诗经》国风中表现婚变的篇章，讲到了婚姻生活失败者的两种常态。现在讲最后一种即“觉悟型”的。选取的诗篇是《卫风·氓》:

氓之蚩蚩，抱布贸丝。匪来贸丝，来即我谋。送子涉淇，至于顿丘。匪我愆期，子无良媒。将子无怒，秋以为期。

乘彼垝垣，以望复关。不见复关，泣涕涟涟。既见复关，载笑载言。尔卜尔筮，体无咎言。以尔车来，以我贿迁。

桑之未落，其叶沃若。于嗟鸠兮！无食桑葚。于嗟女兮！无与士耽。士之耽兮，犹可说也。女之耽兮，不可说也。

桑之落矣，其黄而陨。自我徂尔，三岁食贫。淇水汤汤，渐车帷裳。女也不爽，士贰其行。士也罔极，二三其德。

三岁为妇，靡室劳矣。夙兴夜寐，靡有朝矣。言既遂矣，至于暴矣。兄弟不知，咥其笑矣。静言思之，躬自悼矣。

及尔偕老，老使我怨。淇则有岸，隰则有泮。总角之宴，言笑晏晏，信誓旦旦，不思其反。反是不思，亦已焉哉！

诗叙述一位女子与一个男子的结合，三年（或若干年）以后被遗弃了。首先要注意的是，他们的身份很低。前面所涉及的诗篇中的男女或为较高级贵族，或为一般贵族（古代贵族内部也有高低，一般的贵族之家不一定很富贵，只是他们有基本的社会权益，使其与非贵族的庶民有分别），但《氓》这首诗所表现的人物很可能是“野”中男女。

诗篇也比较长。先看第一章。“氓之蚩蚩”的“氓”，《诗经》中，这个称呼与君子、士很不一样。“氓”就是民。什么人称为“氓”？按照《周礼》记载，居住于“野”这个范围之内的人称民。这涉及西周社会的国、野划分。我们知道，西周战胜殷商王朝，很大程度上说，是一群来自陕西的人群战胜了东部人群并获得政权。而且，西周建国时，周人的人数很少，据说总数在十万左右。可是，接手一个王朝，其地域，东到大海之滨，西到陕甘一带，南达江汉附近，北至燕山南北。这样大的地方，如此少的人如何治理？不得已，西周明智地采取大规模封建的政治体制。具体说，周人化整为零，分散到各地去占领军事和经济的要地，以确保周家政治，一下子分封了七十多个诸侯，其中姬姓有五十五。算一算吧，十万人被七十整除，一个诸侯邦家能合多少人？一两千而已！那么，比如鲁国，一位周贵族首领率领他为数很少的人群来到泰山以南这样一个自古以来文化发达、人口稠密的地方，如何能站住脚跟？没别的办法，只能选择一个可攻可守、土地又肥美的地方，建起高高的城垣驻守。这种由城垣捍卫的生存空间，就是所谓的“国”，其周围可以防御、控制的地区，就是“郊”；“国”和“郊”都住的是从外地来做当地统治者的周人及其从属。那么，城垣、郊区之外呢，就是自古以来的当地土著，其实也就是被征服者。他们的居住地区，就是“野”，周代政治是以“国”统“野”。住在“野”的土著，就被称作“民”或“氓”。所以，诗篇一上来就交代了所要写的人物，是周人群体之外的“野人”男女。

上面说的是“氓”，那“蚩蚩”的意思呢？有不同解释。今存最早的一部解释《诗经》的书称《毛传》，就是一个姓毛的给《诗经》作“传”即解说。《毛传》说“蚩蚩”是“敦厚貌”。后来许多学者觉得“敦厚”用在这儿不对劲，就说是“嬉皮笑脸”的样子。实际上也可以理解为“敦厚貌”，一开始这位氓来找诗中女孩子，显得很敦厚，是很符合人物心理的，不过，“敦厚貌”也只是一开始而已。

“氓”来干什么呢？“抱布贸丝”，抱着布来换丝。“抱”字没问题，“布”是什么呢？有两种解释，有人说就是布，还有人说是钱，就是贝，古代用贝壳做货币。可能是装在篓子里抱着来的吧。不管“布”是什么，氓抱着它来的目的很清楚，是来换“丝”的。男女的职业出来了。女子这里有丝，男的拿布来换，很清楚，女子是养蚕制丝的，是蚕娘；男子则可能是小业主，纺织的，也可能是小贩子，倒卖蚕丝的，总之身份都不高。有趣的是接下来补充的一句：“匪来贸丝，来即我谋”，他不是（匪即非）来交换丝的，他是来跟我亲近、进而与我“谋”的。这个“谋”字，字面上是谋划，实际不是，就是亲近、增进感情的意思，用现在话说就是“套近乎”。

这就跟“敦厚貌”对景了。“氓”一开始，一脸的敦厚，抱着许多的“布”来换丝，换之余，还经常整一些用不着的。细心的蚕娘，马上就接到了“来电”：噢，这家伙是来接近自己的！蚕娘的敏感固不在话下，而“氓”的假象，现在已经是有两重了：一重是“敦厚”，这一层，要到很晚才会被蚕娘识破；第二重就是假装“贸丝”，做买卖的意图不是没有，却远不如接近蚕娘的心思大。接下来的发展，是氓的第一重假象起了作用，女孩子被他的“敦厚貌”打动了。女子一开始不糊涂，心里明镜似的，知道氓老往自己这里跑想做什么。一开始，蚕娘还沉得住气。这是男女差别决定的，两情关系上，男的不都是一开始主动、女的被动吗？可这仅仅是开始，以后就很快全变了。

诗篇叙说故事是跳跃的，不是一五一十的，如氓套了几次近乎女子才答应的？女子是如何答应的？这些，一概不讲。一下子就跨越到女子的痴迷：“送子涉淇，至于顿丘。”句中出现了一条河名：淇水。淇水在哪儿呢？在今天河南省淇县。从县境的西北发源，弯弯曲曲向东流，最后入黄河。此地在过去是殷商故地，商朝末年的首都朝歌就在这条河的南岸。那么，另一个地名顿丘又在哪儿？由朝歌向东北走，一直到今天的河南丰清县（旧称临河县），老前辈谭其骧先生主编《中国历史地图集》第一册，有春秋时期卫国的地图，用尺子量一量，好家伙，从朝歌到顿丘，怎么也得50公里左右！女子一答应跟男子交往，就来了个“送子涉淇，至于顿丘”，送这位氓回家，一送送出一百多华里！当然，读诗读到这地方，不要死参，要活参。诗篇夸张一点是为了显示真情：我送你很远，差不多快到顿丘了！是说自己当时很真诚，很拿氓当回事。同时，诗还顺手指出了氓的家在顿丘一带。

这一“送”表明，女孩子已经坠入氓精心编制的罗网了。诗篇还是跳跃地叙述，说：“匪我愆期，子无良媒。”蚕娘说，不是我老是耽误时间，不答应婚期；是你，到现在也没有派个正经的媒人来。听话听音，蚕娘这样解释，很清楚交代出这样的事实：男子在蚕娘面前已经不再“蚩蚩”然“敦厚貌”了，他已经开始得志，开始在女孩子面前闹脾气了！蚕娘中了爱情的招，不仅堕入爱河，而且不可救药了。老话说得好：“男子痴，痴一时，女子痴，无药救。”面对氓的脾气，这位蚕娘还没嫁给他，却在精神上早成俘虏，不能在人格尊严上有任何积极的抵制，只是一味低声下气地解释，同时要求一种基本层次的保证：婚姻缔结的合法手续。“子无良媒”是说：咱两个私下好了，可要结婚，总得像其他男女一样，有一个合法手续吧？女子说这样话的时候，她倒是还有一根弦。在古代，今天其实也一样，没有经过法律认定的婚姻，不安全。古代的婚姻要合法，就得有媒妁之言。戏剧里的王宝钏不就唱“谁是那三媒六证的人”吗？诗篇的女子是有这个弦的，麻烦的是，她并没有坚持己意，反而急切于让氓消气，因而急迫地说：“将子无怒，秋以为期。”别发怒了，熄熄火吧，我答应你；没媒人，我也答应你。咱们秋天就结婚！

这就是第一章，把男子、女子两条线展开了。男子那条线是一开始假装，“抱布贸丝”，巴巴结结，奴才一样，可是转眼间“从奴隶到将军”，一旦女子被他“敦厚貌”打动了，马上开始耍老爷脾气。诗篇后来说男子“言既遂矣，至于暴矣”，看来他也是对妻子拳脚相加全武行。然而，从现在的“怒”到最后的“暴”，实际是“有一就有二，有二就有三”的冰冻三尺的变坏过程。痴迷的傻蚕娘陷入爱情，也有自己的过程：可能在氓的主动进攻下，没有矜持多久，就开始被爱情俘获了。于是，在氓开始摘下“敦厚貌”的面具，露出“怒”的嘴脸时就没有顶住，非但不顶，反而一味退让。这就埋下了中山狼猖狂的根子。诗的作者很懂得生活，极擅长观察生活中的各色人等，否则怎能如此精准把捉人物呢？而且在表现上，又那样懂得精炼用笔，写得少，含义却多。同时，我想，诗人这样为一场婚变的故事开篇，一定暗含着对世人的警示。女孩子，陷入爱情，昏头了，一点立场也不坚持，太随对方的意，将来可就要吃苦啦！

汉代古诗有一首《枯鱼过河泣》，一条干鱼被拎着过河时，对着河水里的鱼哭泣：告诉河里同伴，要吸收自己的教训。这首诗在叙述手法上采取的是第一人称自述形态，其实在诗人，也应该是有“枯鱼过河泣”立意。没有媒妁之言，没有自己的坚持，以至于生活变得一团糟，该是诗人让蚕女对同伴哭泣的内容吧。

诗篇从第二章开始就进入了第一个高潮：热切的期待。“乘彼垝垣，以望复关。不见复关，泣涕涟涟。既见复关，载笑载言。尔卜尔筮，体无咎言。以尔车来，以我贿迁。”文字不多，却很热闹。“乘彼垝垣”就爬上垝垣，“垝”就是高，墙一高，爬上去就危险。这个字有不同的读法，有人读成huǐ，有人读成wēi，也有的就是按本字读 guǐ，反正是高的意思，垝垣就是高墙。女孩子顾不得体面，爬上高墙“望复关”。“复关”也有不同解释，有人说“复关”是那个女子住的地方。据古代有一部地理典籍《太平寰宇记》记载，复关就在顿丘附近，叫复关堤。还有一种解释讲“复关”就是回来的车，“关”指车厢板，用车厢板代车。还有一种解释不太可取了，说复关是重重关卡。总之“复关”有几种解释，采取哪一种都可以，因为没有定论。诗的要点不在这里，要点在“乘彼垝垣”的张望，在“不见复关，泣涕涟涟；既见复关，载笑载言”的强烈对比，一会儿哭，一会儿笑，正是待嫁蚕娘特有的情绪热烈，不稳定，跟着了魔似的。其中的“泣涕”就是流眼泪；“涟涟”是眼泪哗啦啦。看到氓来了，高兴得又说又笑，蹦蹦跳跳。活脱脱的“痴”态啊。

都说陷入爱情的人智商会变低，诗篇也证明了这一点。不好好照料自己的蚕桑，在约定的秋天到来之前的时光里，蚕娘整天“尔卜尔筮，体无咎言”，为着心中越想越爱的氓，又是占卜又是打卦。古代预测未来的办法大致有两种：一种是打卦，就是用八卦算，用50枚蓍草算。还有一种烧龟壳或者烧牛的肩胛骨，就是占卜。诗人写女子闹相思、无事忙，用了当时各种算卦的办法预测婚事的前景，拿蓍草算算，用甲骨算算，“尔卜尔筮”，“尔”第二人称，指的是迷住她的氓，算他是不是会如期来，卜他会不会变卦，反正心里一不踏实，就算卦占卜。“体无咎言”，卦体，就是算卦得到的卦体，没有不吉利的征兆；到底是卦体吉利，还是算卦算到吉利为止，大家去想吧。诗篇此处的热闹而热烈的情形，其实着墨并不是很多，只是用了连续的动作如卜、筮，用了“不见”的“泣涕涟涟”，与“既见”的“载笑载言”的强烈对比，就把热恋中人的期盼情态传达得很火爆了。最后，蚕娘心想事成，终于跳进了婚姻的火坑：“以尔车来，以我贿迁”。人家来了大车，把她的全部值钱的东西——“贿”在此做财产讲——一股脑拉走了。

婚后的情况如何，读者是期待的。诗人知道这一点，却故意要吊一下读者的胃口，插入了一段抒情色彩浓郁的感叹：“桑之未落，其叶沃若。于嗟鸠兮，无食桑葚！于嗟女兮，无与士耽！士之耽兮，犹可说也。女之耽兮，不可说也。”用了强烈的抒情调子把婚后的变故交代出来了，也把女主人公即婚变的受害人的体悟道出来了。同时，还对世人发出了善意的警告。诗篇毕竟是蚕娘的自述，使用的比喻也是三句不离本行。桑叶的“沃若”的形容，也是有近距离观察作底码的。“于嗟鸠兮”的“于嗟”就是“吁嗟”，感叹词；“鸠”是一种鸟，喜欢吃桑葚。桑葚熟在春夏之交，果子熟了颜色油亮发黑，十分甜美。据说鸠吃了桑葚会醉。《诗经·鲁颂》也说，鸟吃了桑葚就变音：“翩彼飞鸮，集于泮林。食我桑葚，怀我好音。”这是《鲁颂》中可喜的句子。说哪怕是枭、又称鸱枭，就是夜猫子一类的鸟——只要它来到我们的泮林（鲁国的一个地方，那儿长有很多桑树），吃了我们甜美的桑葚，再朝我们叫的时候，也得发出好听的叫声。诗篇是说我们的好东西可以改善他人，甚至是一种很凶的鸱枭。吃人家嘴软啊！不过，在本诗，写鸠食桑葚要醉，是比兴、象征，以此引出的是下一句：“于嗟女兮，无与士耽！”“耽”就是沉溺，诗中人是说提醒其他的女子，千万不要陷溺于男人的花言巧语，因为爱，就傻乎乎死心塌地顺从他，失去自己的立场。“士之耽兮，犹可说（脱）也。女之耽兮，不可说也。”这四句交代了原因：男的痴不痴情？也痴情，但男子痴情是一时的，插曲般的，像发烧一样，热一阵子，就会退热；女子呢，爱起来，则像火药捻，点燃就难灭，不成灰烬不算完。

这几句，是这一首诗，不，也可以说是整部《诗经》中最有洞察力、最睿智的句子。这首诗里的女主人公所以不同于前面的唠叨型、不屈不挠型，就在这几句所表现出的见识和性情。她从自己失败的婚姻中悟出了一个基本道理：在婚姻情感上，男女是不平等的，是态度有别的。说这样的话是睿智的，就在今天，也未失去其价值，因为两性之间的不平等，就是在今天，也还是人类社会一个基本的现实。汉代《诗经》解释的大家郑玄，对诗篇这几句有如下解说："士有百行，可以功过相除。至于妇女无外事，唯以贞信为洁。"是说，男的除了家庭之外，可以去争名夺利，可以交游，可以干很多的事。但在女子，成天关在家里的小天地，爱情就容易成为她们生活的全部。汉代儒生解《诗》，经常往礼教上拉，给人枯燥的感觉，郑玄这里讲的，却能看到男女在对待情感上的不平等，与社会对男女角色的规范有关，颇为难得。人类两性的差别，从人类还处在"高级动物"阶段就有，但男女不平等，在进入文明社会后，变得突出，更是毫无疑问的。文明社会对男女生活角色的规范，强化了男女在两性生活情感、态度上的差别；男子在两性情感上的善变、不贞，是一个痼疾，很难解决。古代有，现代有，将来还会有。这是需要加以对治的，是需要男性自觉的。当代女权主义应该就有这方面的思考吧？在此要注意的是，古代两千多年前的诗人，就识到了这一点，是很智慧的，其实诗篇高调地歌唱"于嗟女兮"时，也未尝不是在提出一副药剂。因为它可以提醒男性的弱点是什么，女性的弱点是什么。这可以促进一种觉悟，是诗篇有补人心的地方，也是诗智慧的闪光点。

诗篇接下来才回到对女子生活的叙说："桑之落矣，其黄而陨。"还是沿着桑叶的比喻往下走。"自我徂尔，三岁食贫。淇水汤汤，渐车帷裳。女也不爽，士贰其行。士也罔极，二三其德。”看得出，诗对蚕娘婚后生活的叙说是尽力简洁的。这实际显示的是古典诗歌的艺术取向：从诗歌的开山时代，哪怕是叙事的诗篇，也不走故事讲述的路，只是略陈梗概，将事情的叙说涵容在抒情的总体格局之下。这一章是交代，自从蚕娘到（“徂”，往）了氓的家庭之后，“三岁食贫”，“三岁”不一定就是三年，古代喜欢用“三”表示多，“三岁食贫”就是多年在你们家吃苦受累的意思。“淇水汤汤，渐车帷裳”两句看上去像是说蚕娘坐车回家，其实是形容氓对自己态度的日益恶劣。人在水边走，久而久之浪花把车子的帷幄打湿，是形容事情在渐变，婚姻生活在慢慢起变化。但是，变化的原因不在女方，“女也不爽，士贰其行”，是男子在改变原来的行为。句中的“爽”，差错的意思。所以“士也罔极，二三其德”，男子没有牢固的品格，三心二意。这是一句带有谴责意味的话，显示着蚕娘特有的性格，与上文的“于嗟”句是连着的。这固然是诗中主人公的声讨，其实也是诗篇的声讨。

下一章，还是简短叙说，补足蚕娘“三岁”的表现及其最后的遭遇，是诗篇必有的内容。“三岁为妇，靡室劳矣；夙兴夜寐，靡有朝矣。言既遂矣，至于暴矣。兄弟不知，咥其笑矣。静言思之，躬自悼矣。”全章都用一个“矣”字结尾，是一组排比句。前面四句，写蚕娘为妇“靡室劳”，家里的所有事都操心；写“靡有朝”，辛劳吃苦不是一两天，排比的句式，强调了事事如此，时时如此；用语言的相似性，强调蚕娘为人妻子辛劳操持的一贯性。“言既遂矣”，“言”是助词，无实义，“遂”就是顺心。男子万事顺心了，就“至于暴矣”，对妻子暴怒，是不是像《邶风·谷风》篇那样“有洸有溃”即动手打人，没有明说，相信也不会好多少。“兄弟不知，咥其笑矣。”“兄弟”，在前一集说过，古人用“兄弟”比喻好夫妻。“咥其笑”就“谑浪笑敖”的大笑。在《诗经》这样的笑是不庄重、虐待妻子的表现（见前一集《终风》篇）。“静言思之，躬自悼矣。”“静言”，静而，静心思考一下，只有自己伤感自己。静心伤悼的结论，在前面的“于嗟鸠兮”的句子中表达过了。

结尾一章，表示态度的决断。先说：“及尔偕老，老使我怨。”“及尔偕老”，是当年氓对自己说的，俩人一起活到老。诗中人说：现在我明白了，你所谓老，就是“使我怨”。想清楚这一层，蚕娘又说：“淇则有岸，隰则有泮。总角之宴，言笑晏晏。信誓旦旦，不思其反。反是不思，亦已焉哉！”淇水再宽，也总有个岸；湿地再大，也有一个边。“总角之宴，言笑晏晏”，是回想初婚时的光景。“总角”就是结发，女子婚前婚后的发式不一样。现在这样的风俗不流行了，实际离我们不远的以前，女子出嫁时也是要开脸——就是用线把脸上的汗毛绞掉——并改变发式的。“言笑晏晏”，有说有笑，非常安乐。也是当初的情形，而且当时氓“信誓旦旦”地发誓要对自己永远好。结果呢？当初没有想到，是你今天全变了。好，既然你变了，那我也就不去留恋。“亦已焉哉”的结尾，真是果断。这样的决断的结尾，与蚕娘的性格是统一的。因为面对生活的废墟，蚕娘参透了生活的真实，看透了男子中山狼得志便猖狂的品性，也就在悲伤之余痛斩孽缘了。

上面讲了一下全诗，下面做一点总结。这是一首叙事性很强的篇章。但总体上看，诗篇却是抒情大于叙事的体式。很多的故事情节都被省略了。对这些省略，前面也说到了一些，此外还有，如对氓在婚后恶待自己的表现，叙说的是很笼统的，只一句“言既遂矣，至于暴矣”，至于在哪些方面“遂”，又如何“暴”，都不交代。还有，从诗篇的“桑之未落，其叶沃若”及“桑之落矣，其黄而陨”诸句看，女子的被抛弃是因为色衰爱弛，但诗篇甚至连氓是否有新欢都没有给出交代。述说事情的原委如此简略，真正的叙事诗是不会这样省略的。诗篇是有故事梗概的：一位蚕女，在氓的追求下，嫁给了氓；结果若干年后色衰爱弛被抛弃。如果诗篇没有什么别的内涵，粗陈这样的一个故事梗概，实在没意思。对了，这恰是不能以叙事诗视之的理由。陈述故事所以要停留在“梗概”程度上，就是为了彰显点“别的内涵”。那么这“别的内涵”是什么呢？就是篇中第二章高调表达的蚕娘在经历婚姻痛苦后的觉悟，以此提醒世间的同性，不要一味地轻信男子婚前的追求、许诺。还有一点，也许是诗人特别想提出来警告世人的：没有媒妁之言的婚姻，是极其不保险的。“子无良媒”的句子显示，蚕娘是在没有合法程序下嫁到男子家中去的。前面说过，诗篇所写，可能是野人男女的“自由恋爱”，惟其是“自由”的，没有法律保障的，所以维系婚姻的就只有那个“桑叶沃若”的女子美貌了。然而，不幸的是，家庭的“靡室”之“劳”，又最容易使女子的美貌，像桑叶由“沃若”变得“黄陨”那样迅速衰老。“自由恋爱”又如何？婚姻照样难保。有个“三媒六证”男子可能还会有所忌惮，没有，男子就完全可以大撒把、为所欲为了。这或许是诗人最想告诉世人的。当然，诗人的主观目的，往往与作品所具有的实际启发意义是不同的。如前所说，诗篇真正的价值，在于对两性关系上男女不平等的洞察。也正因诗篇巧妙地用比兴手法，十分感人地传达了这样的洞察，才越发显得像是一首抒情之作。

这首诗，还使我们看到了这样一个很了不起的事实：早在春秋时期，也就是距今两千六七百年前，我们祖先的文学，就已经把表现生活的触觉，伸向一位地位颇为基层的蚕妇，伸向蚕娘婚姻生活所遭受的悲苦。从我们已经讲过的国风作品，可知风诗中女性生活，各种身份地位的女子的悲欢离合，是当时诗篇特别留意加以表现的对象。这大概与古人重视家庭，特别强调“家有贤妻好三代”有关吧。尽管如此，《氓》这首诗还是让我们感到当时文学触觉的广阔。前面说过，《氓》篇中的男女可能都是周人群体之外的小民，然而，诗篇不仅表现了他们，而且对女子的不幸表现出满腔的同情，表现出高度的人道精神。但就文学触觉的广阔而言，把《诗经》的风诗放到当时的世界文学范围去比较，也是独一无二的。

那么，这样的广阔触觉有无文化上的成因呢？答案当然是肯定的。风诗中婚姻变故的失意女性多，而且表现这些女性的诗篇如《柏舟》《谷风》还有这首《氓》，艺术上都是十分成功的篇章。失意女性多，是当时整个社会风尚变化，特别是贵族男子在男女之事上不道德的结果，这一点是好理解的。可是，表现婚姻生活失意的好诗篇如此之多，就是不好理解的了。而且，过去大家都以“民歌”看风诗、解风诗，可是《柏舟》《谷风》及《氓》的艺术，实在不像民歌那样质朴。要解决这样的困惑，有必要跟大家介绍一个古老的说法：王官采诗说。

据《汉书·艺文志》《汉书·食杂志》及《公羊传》何休注等文献记载，西周王朝为了解民生疾苦、政治美恶，就有派遣一些专业人员到民间去采集民间歌唱的做法，这些专业人员身份不高，“男年六十，女年五十无子者，官衣食之”，是一些无依无靠的中老年，政府提供他们衣食，专门去到地方采集民歌。采集之后，“乡移于邑，邑移于国”，一层一层向上转交，最后，经由太师加工配乐，“以闻于天子”。就是以歌唱的方式，表现给周天子听，为的是让周天子了解民生现状，知道自己政治的成败并加以改善。这就是所谓“采诗观风”。

这样，上面说到的几首表现婚姻失意者的诗篇在艺术上的成功就可以理解了。诗篇的触觉可以伸向基层小民，是因为采集民风的人员都是些身份不高的社会成员，对民间的一些不幸能够感同身受，他们虽然身份不高，却未必没有诗才，而且采诗既然是王朝的制度，那么这些人员其实就是一些专业人员，有专业技能。更重要的是，最后给采集的素材做艺术加工的是太师，他们可都是一些特别擅长音乐的高级专业人员。采诗人员可以保证诗篇的素材来自真正的民间，能表现真实生活；太师的最后加工，又可以保证诗篇在艺术上的成功。就是说，周代王官采诗的制度，是国风中婚恋失意诗篇成功的原因。实际上，风诗中所有表现民间生活的篇章的成功，都是出于同样的原因。

那么，真有这样一个王官采诗的制度吗？过去，人们对此半信半疑。在今天，有更多的理由相信这样的制度应该是有过的。20世纪末，上海博物馆从香港买回来一批战国时期的竹简，其中有上百枚竹简记载的是一部被称为“孔子诗论”的文献，也说到“采诗”的事。如其中有“举贱民而蠲之”之句，说选一些身份不高的小民，蠲免他们对政府的经济负担，让他们专门到民间采诗。竹简的文字就与前引“男年六十，女年五十无子者，官衣食之”的说法颇为相符。另外，竹简文还说到“邦风（即国风——引者注）其纳物也，溥观人俗焉，大敛材焉。其言文，其声善。”说国风的内容广泛，可以考察人民风俗，并特别说“风”“大敛材”所获。这起码证明“采诗观风”说先秦时期就有。另外，在前面我们讲到的《谷风》中，有“泾以渭浊”的句子，那首诗是表现古代卫地、今河南北部的弃妇的情感的。一位河南的弃妇，如何能了解今天陕西境内的河流的清浊？若是理解为采诗而成的篇章就通顺了。故事是河南的，采集故事素材和加工素材为优美诗篇的，却是来自（今陕西）王朝的采诗者和王朝音乐高级人员。

这样说来，像《柏舟》《谷风》和本篇《氓》，最初只有婚姻失败者和被抛弃者的悲惨故事，是采诗人员和朝廷的乐官将其加工为可以歌唱的诗篇艺术。这样的情况现代也有，很多人喜欢西部歌王王洛宾的《在那遥远的地方》，称之为青海一带的“民歌”。可实际上，歌王当初在当地采风时，只是捕捉到一个优美的旋律，然后才加工成现在流行于天下的歌曲的。这样说来，其实《诗经》中许多表现民间生活的歌曲，它们的采集、加工过程，还颇有点像当代文学中的一种形式——报告文学呢！

《诗经》中还有许多这样有趣的东西，今天就讲到这儿。

第十二集

巾帼胜须眉

“十五国风”中，女性题材是个大宗。这涉及当时女性的社会地位。一般都认为古代男尊女卑，到汉代更提出来“夫为妻纲”，妇女的地位是越来越下降的。实际上先秦时期，女性地位相对来说要比秦汉以后高一些。在商代，有一位女子叫妇好，是武丁的妻子，有证据显示她可以带兵打仗。那时候女子地位还是蛮高的。在春秋时期，记载中有许多妇女在列国政治当中也是起了很大作用的。

举一个例子，公元前645年，即《左传》鲁僖公十五年，晋与秦打仗，晋国战败，连君主都被秦国人抓到了秦国。按照秦国男人的意思，是想把俘获的晋君带到城里示众，以显耀胜利。这时，一位女性站出来阻止了。这人就是穆姬，秦穆公的夫人，来自晋国的公主、姑奶奶。一听说母邦君主被抓到秦，她就把四个孩子，两男两女，携在身边，站在干柴堆上，对秦国男人说：“你们早晨把晋君带进城门，晚上我就烧死；晚上进门，我就早晨烧死。我母邦的君主被抓，你们想侮辱他，你们试试看！”秦国君主大夫们一看这情形，好家伙，君夫人要泼命，而且还要把公子、公主也连根拔！赶紧作罢。

无独有偶，十八年以后，春秋鲁僖公三十三年，秦晋再次打仗，这回是晋国大胜，把秦军主帅抓了，也是想带到城里，游街示众，进行审判，搞一次献俘礼。古代战争献俘，抓获的俘虏，五花大绑；杀死的，人头用大杆子上挑。另外还要审问，有一套仪式。晋国人想搞献俘典礼时，也有一位女子站出来。她也是一位夫人，叫文嬴，秦国公主，晋文公的遗孀，是她站出来了。她倒没有像当年的穆姬站柴堆那样极端，而是以嫡母身份对新继位的晋君说：这三位秦军将帅没事老挑唆秦晋关系，现在打败被抓了，晋国恨他们，可秦国君主更恨他们，恨不得吃他们的肉才解气。你呀，应该放他们回去，让秦国的君主收拾他们。她这样一说，晋国新君也不好违逆嫡母，可能也有不想把晋秦两国关系弄得更糟的原因吧，居然把秦国三位主帅放了。

从这两个故事可以看到，君夫人说话，不论好说、歹说，还是管用的。有学者研究，春秋时期，女性结了婚，在丈夫家有了儿子以后，地位是相当尊贵的。另外，在春秋时期，家就是国，国就是家，忠臣出孝子之门。所以，特别重视门风，重视教育，而教育子女的大事，主要是由女性来做的。周文王、武王为何那样英雄？《诗经·大雅·思齐》交代得很清楚，那是因为有大任、大姒这样的好母亲。所以，作为周人的诗篇，《诗经》也是把献歌唱给贤德母亲的。这一点，宋元的儒生就有点受不了，他们说，文王的母亲大任好，那是因为她丈夫王季能修身齐家。这样说，就把贤德母亲教子的功劳推到父亲那一边了，真好像他们就没有受到过母亲的照料和爱护似的。

另外，从上面两个故事还可以从中看出一点：列国之间政治联姻，是有其特定作用的，而嫁出去女儿的母邦之情正是作用的关键所在。这就与我们下面要讲的诗篇有关了。这首诗见于《鄘风·载驰》，表现的是在卫国遭受灭顶之灾时，卫国嫁到许国的公主即许穆夫人忧虑母邦，想归国探望。由此，她与许国男人发生了严重的礼法冲突。诗篇是这样的：

载驰载驱，归唁卫侯。驱马悠悠，言至于漕。大夫跋涉，我心则忧。既不我嘉，不能旋反。视尔不臧，我思不远。

既不我嘉，不能旋济？视尔不臧，我思不閟？陟彼阿丘，言采其蝱。女子善怀，亦各有行。许人尤之，众稚且狂。

我行其野，芃芃其麦。控于大邦，谁因谁极？大夫君子，无我有尤。百尔所思，不如我所之。

《载驰》篇的背景是北狄入侵，同时是齐桓公救卫存邢，成就霸业。当时，北狄入侵中原，把建于今天邢台的邢国击溃，是后来齐桓公出手相助，才迁居重建。击溃邢国之后，北狄迅速把矛头指向今天河南安阳一带的卫国。卫国君主平时不修战备，不积德，得罪本国那些有资格参军打仗的甲士，内部不团结，导致了国家的惨败。当时，卫国都城的老百姓在北狄的逼迫下，向黄河东南岸溃逃，北狄追杀，最后渡过黄河的人，据《左传》记载，只剩下七百多号人，加上两个没有受到战火冲击的邑，一共五千余众。当时，黄河以西以北的大片华夏文明区域都沦陷了，若没有齐桓公、宋桓公等诸侯组织其他诸侯，抵御北狄，真如孔子所说，“吾其披发左衽矣”！华夏文化坠落，变成蛮夷的天下。

这就是当时的大背景。在这样一个大背景下，在小小的许国，出现一位不凡的女子，她就是许穆夫人。

许穆夫人的身世《左传》有记载。她的母亲就是春秋史上那位声名昭著的美女宣姜。宣姜的婚事，我们在前面《性爱的决堤》讲过，看。可是宣姜这位乱世红颜的“薄命”还没有完。老不死宣公死了，她还年轻，要命的是依然貌美。她的娘家男人，可能是齐僖公，为了继续借她加强齐、卫关系，逼她再嫁，嫁给一位叫昭伯的人，也是卫国公子。这时候，她与宣公生的儿子即卫惠公，已经继位上台了。新君年岁小，昭伯在卫国说了算，于是宣姜不得已又“李二嫂改嫁”一回。这次婚姻，宣姜又生了一系列孩子。据《左传》讲，一位是齐子（嫁到齐国的女儿，可能就是齐桓公夫人卫姬），还有卫戴公、文公两位，相继为卫国君主，还有宋桓公的夫人，还有一位就是许穆夫人。这也许是老话所说“歹竹出好笋”，当然也许是宣姜和昭伯夫妻关系不错，好家庭出好子弟；除这里要重点说的许穆夫人之外，卫文公为君，也不含糊。孔子说得好：“犁牛之子骍且角。”英雄不问出身，人们也就不宜在许穆夫人家庭背景上说三道四了。总之，许穆夫人在母邦遭受灾难时的表现，符合列国关系的大原则，因为胜过身边男人多多，也与那个大时代的精神相符。

汉代的《列女传》记载：许穆夫人长大要出嫁了。老一辈就问她想嫁个什么样的人家啊？她回答说：当今世道不好，弱肉强食，要嫁就该嫁一个大国。

她很想嫁到齐国去，齐国强大，万一卫国将来有个什么意外，可以获得齐国帮助。不过，长辈没听她的，她被嫁到了许国。许国姓姜，大体位置是在今郑州以南的许昌一带。《列女传》的记载突出许穆夫人虽身为女子，在考虑个人生活时却能从国家方面考虑，有邦国意识，有担当。命里注定，她要因为一首诗而名垂青史。后来果然母邦不幸出事了，她想回国有所作为，于是与礼法，实际是与许国一帮没出息的男性当国者发生了冲突。郁闷之际，《左传》说："许穆夫人赋《载驰》。"

来看这首诗。开始句"载驰载驱"，就是驾驶马车，"载"，结构助词，用在两个动词之间，是《诗经》常见的句式。又驱又驰，打马回母邦，目的是"归唁卫侯"。回到母邦去，慰问卫侯。"唁"字，今天一般说谁死了发唁电，好像都指死人。在古代"唁"表示慰问，不一定指死人。这时，卫国新立的君主是戴公。卫国的都城已经没有了，戴公等残余的君臣，暂时在黄河南岸一个叫漕的地方安身。不过，戴公在位不久就去世了，接着是卫文公继位。诗篇所表的时间应在戴公、文公之间，亡国之后不久。"驱马悠悠，言至于漕。"驾驶马车，踏上漫漫征程，到漕地去。看来此时许穆夫人已经知道了，国家在经历大灾难后在漕地暂时安定了下来。

接下来的"大夫跋涉，我心则忧"，表明诗篇所说的"载驰载驱"、"驱马悠悠"都是想象之词。"跋涉"，今天还在说，那么什么叫"跋涉"？沿着大马路走，像今天沿着高速公路走，不叫跋涉。"跋涉"是走那些没有走过的近路，涉水又翻山。那么，这句"大夫跋涉"指谁？有不同的解释。传统的解释，说"大夫跋涉"是指来许国送信的，是大夫，把卫国遭战火的消息传给许国。跋涉是说信使经过了千难万险。这是一种。还有一种解释，以为是“我”即许穆夫人，准备要奔回母邦的时候，许国的大夫抄近路跋山涉水赶上来拦截。这使“我”内心非常忧伤。如果从全诗看，后者解释似乎更圆满一些。这也就是我们反复说的“诗无达诂”、“通既达诂”，能解释通、解释得好，就是达诂。

这是头一章的开始。讲大灾难发生以后，许穆夫人归心似箭。可是诗篇并没有按照事情的顺序写，先听消息心里焦急，再做决定，然后出发。诗篇一上来就是一句“载驰载驱”，给人的印象是眼前“哒、哒、哒”一辆马车快速驱驰。然后交代，车上的人要急着赶回母邦。可实际上，车马并未真的如愿在大路上奔驰，女主人公可能连门都未能出。这就是文学，虚虚实实，想制造一个想象的情形。不这么写，而是顺着写，恐怕就没味了。

下面两句说“既不我嘉，不能旋反”，就交代了不能走的原因：许国人不答应“我”的想法；“嘉”就是好，“我嘉”就是赞成我。他们反对，“我”要回国，门也没有。为什么？礼法不容许！这涉及女子嫁出去回家探亲的礼法规定。在这个问题上，历来的说法不一样。有人说，也是一种比较通行的意见：父母在时可以定期回家看望，叫做“归宁”、“省亲”。若父母去世，就再也不能回母邦。这一说法也有学者不同意，因为《左传》记载中，鲁国嫁出去的女子就有回鲁国的记载。究竟如何，材料短缺，一时间难下结论。不过，有一点应该可以肯定：当时对女子回家的权利的礼法限制非常严。另一点似乎也可以猜测：要阻拦许穆夫人，许国男人们可以搬出来的条例也很多。如此，许穆夫人也只能“既不我嘉，不能旋反”、“不能旋济”了。这实际上是权力的斗争，男权社会，一国的贵族男爷们想约束一位女子的自主行为，哪怕你是君夫人，也是张飞吃豆芽——小菜一碟！许穆夫人人单力薄，无可奈何。许穆夫人的不凡，也不在她是否胜出，而在她失败时的抗议，誓不低头的伟岸。“视而不臧，我思不远”等一系列反问，就表明了这点。你们可以不让我回家，但是，这就代表着你们是正确的吗？与你们的“不臧”比较，难道我的思虑不够远大吗？

这就有了言外之意了。好，卫国遭了灭国之灾，不让我回去，你们男人总得拿出个办法来吧？按照西周以来的封建体制，不论是同姓还是异姓，作为周王朝的封国，都有这样的义务：一邦有难，大家都应施以援手。在周王有权威的时候，哪一列国有困难，周王可以用简书征调其他列国军队去援救。这也是王朝列国之间的道义。当我们读诗读到“既不我嘉，不能旋反。视而不臧，我思不远”的时候，实际就看到了许穆夫人与一般许国当局之间的交锋。许国的男人们拿出礼法：你父母都不在世了，还回家干什么？不行！这是许国大夫君子的强悍理由。可是在许穆夫人，她也可以反唇相讥：那好啊，你们这些大夫君子，不让我回母邦，可以，可你们倒也拿出个主意啊？派兵去救，或者其他什么措施，总得有个主张、办法呀？没有。没有，就是“不臧”，只会拿礼法约束人，却不以礼法约束自己，即不能奉行“同恶相恤”的列国大原则。这就是许穆夫人与许国当国者们交锋的焦点，也是这首诗的焦点。现在，面对着卫国的毁伤大难，许国当局只有冷漠，没有列国之义，也就是没有远大见识。齐、许都是姜姓邦国，正是在卫、邢遭受异族侵害之时，齐国的管仲提出“诸夏亲昵”民族大义，齐桓公率诸侯存邢救卫。相比之下，许国的当局者除了干点阻止许穆夫人回母邦的事外，就再也不思作为了。所以，“视而不臧，我思不远”满含的是诗中女主人公对这些半死不活与时代精神背道而驰的老贵族的蔑视。

第二章的前几句仍是承前一章交锋而来的："既不我嘉，不能旋济。""旋济"与"旋反"一样，就是达到目的的意思。"济"，达到目的。"我思不闷"的"闷"是思虑周密的意思。那么许穆夫人究竟有什么思虑？看下面"控于大邦，谁因谁极"可知，她可能向当局者提出了向大邦求救的主张。当然也被无血性、无远见的许国大夫君子们冷漠以对了。连续的反问中，"问"出的是许穆夫人挺拔、高耸的性格。但是，越是有性格，在一群无血性的权贵面前，就越是苦闷。本章的下半段，就表现的是无以排解的苦闷。"陟彼阿丘，言采其蝱"，"阿丘"就是丘阿，即高地。这也是《诗经》常见手法。有了苦闷，登高排遣。"采蝱"，"蝱"这个字是一种草，名叫贝母。有人说这个字应该写作"莔"。贝母草可以治疗郁结、血气不通之病。那么诗中人是不是真的到高丘上去采贝母？还是那句话，读诗要活参，不要死于句。这不过是一种文学手法，强调人物遭受苦闷，想有所排遣而已。

接着"女子善怀，亦各有行"。"行"字，可以读成"háng"，也可以读成"xíng"。因为与前面的"蝱"字押韵，读成"行（xíng）"要好点。其实"行（xíng）"、"行（háng）"一字两音，是近几百年分化出来的，过去读音是一个。要注意的是，"女子善怀，亦各有行"这两句，实际交代了许国男人对许穆夫人一个很鄙陋的攻击，他们在拦阻并拒绝了她的行动和思想后，还拿出了"大丈夫"们特有的小心眼儿来攻击许穆夫人：哎呀，看见了吧，女子就是爱想家呀！"善怀"的"善"，不是"善恶"那个"善"，古语有所谓"岸善崩"，高岸容易崩塌，所以"善怀"就相当于说"女子爱流泪"，"善"就是偏好、偏爱、容易的意思。这在诗篇很有意思，难得地揭了一下大男子主义偏见的老疮痂。诗篇特表这一章的内容，根据的是生活的真实。当一般男人老贵族在智力和大义上斗不过一位弱女子时，他们还有一招，一个虽然滥却总能生效的一招，那就是用普遍的偏见压垮对方。诗篇到此，越发显得不凡，因为这样写，进一步把许穆夫人在男权盛行的特定时代维护邦国大义时，所面临的险恶不利的环境，昭示给诗篇的读者。她面对的是礼法约束、偏见的围攻等多重困难。然而，苦闷的许穆夫人并没有气馁。“女子善怀，亦各有行。”她先承认：女子是爱怀念家乡，但是，怀念的路数，却各有不同。这两句，貌似退避，其实是蓄势，为下面的句子积蓄势能：“许人尤之，众稚且狂。”你们说我女子容易想家，容易不理性，我却要告诉你们，女子的“善怀”，不一定都是出于私情，你们这些男人“尤之”，即责怪之，只显示你们幼稚得发狂。“狂”的痛斥，是说许国男人只会纠缠一点“归宁”的礼数，却忘记了列国应守的大义。邻邦有难，当国者却拿着小礼灭大义，这就是幼稚，就是幼稚得发狂。读诗至此，不由得赞一句：骂得痛快！千古以下，还可以清楚感到许穆夫人凛凛的雄风。

最后一章，除上面说到的痛斥之词，还写到了“我行其野，芃芃其麦”，表现野外蓬蓬的麦子，还是那句话，是不是许穆夫人就真的来到田野，有这个可能，却也不一定，这仍是诗篇的一种手法。写这样的景象，仍是在延伸着诗中女主人公难以排遣的愤懑心情。她可以痛责本国男性贵族的无出息，可是，母邦的灾难到底如何解决了？他们是否求助于大邦？到底“谁因谁极”、借助了哪些大邦？这些念头萦绕在诗中人心里无以释怀。描写几句小麦的长势，无非点染环境、烘托人物内心烦乱而已。

诗的大背景，如上所说，是异族严重入侵，“诸夏亲昵”民族意识觉醒且高涨的时代。诗也正是站在民族大义一线，展现诗中女主人公与一帮无血无泪的许国男性当国者的抗争。正因为许穆夫人有“控于大邦”的诸夏大义，因而她的不成功的抗争，被时代所关注。成为那时代“尊王攘夷”大戏的一个组曲。然而邦国之间“同恶相恤”的意识，在一个诸侯国家中，只在一位女子身上表现，那幕“尊王攘夷”的大戏能演成个什么样子，也颇值得为之忧虑了。有爱才有大义，这是诗篇告诉我们的很重要一点。许穆夫人的要“归唁卫侯”，无疑是因为遭难的国家是她母邦。也因此，她的“归唁”愿望，被视为“女子善怀”的私情。可是，当初王朝以婚姻的方式联合诸夏邦国，不就是借助这样的“私情”建立邦国间的“亲亲”之道吗？现在，懂得“亲亲”的，却被讥讽为“善怀”的“私情”了，如此，借婚姻关系强化的“亲亲”之道，也就到要完蛋的时候了。这是从诗篇可以读到的一点历史走向的消息。

还有一点，十五国风诗正面赞美女性，以此篇为最。其他风诗，或赞美女性美丽，或同情她们家庭生活的不幸等。此篇则不同。诗篇实际歌颂了在智力和情操上都胜过一些男人的女性。诗篇最后以两句对许国男子“百尔所思，不如我所之”的蔑视，特见豪杰气概；男权社会的诗篇，能在男性面前展现如此挺拔身姿，实属仅见。

最后，关于这首诗，还有一个问题提出来。那就是诗篇的作者问题。《左传》说是许穆夫人赋此诗。所以，在许多文学史著作中据此把许穆夫人称为历史上第一个有主名的女诗人。《左传》这样说，当然有可能，而且许穆夫人是高级贵族出身，应该受过良好教育。不过，是不是可以对此提出疑问？笔者以为是可以的。理由是，如果把《载驰》放到整个《诗》三百篇中，尤其放到一百五十首《国风》篇里看，这首诗与其他风诗篇章，不论在叙事方式、篇章结构，还是在一些语句、用词上，都太像了。笔者很怀疑，诗篇起码是经过加工的，甚至可以说，故事是许穆夫人的，诗篇却是采诗官、太师等专业人员创作的。《左传》成书，要比国风时代晚百余年左右，说法未必很准确。还有，许穆夫人如果当时创作了此诗，应该是在许国创作，可诗篇却见卫地之风（“鄘风”属于卫地三“风”之一），就是说诗篇的演唱，是用的卫地风调。如此，合理的推测是，许穆夫人“归唁卫侯”的意图被许国人阻拦之后，消息传到了卫地，卫地人传说着她的遭遇，且为之不平。这件事后来就被王朝采诗者采录并最终配乐传唱。正因为是在卫地采集到的素材，所以诗篇有意采用了卫地的曲调。

说这些，不是要标新立异。因为在卫地风诗中，还有一首内容上与《载驰》有相通之处的作品，即《邶风·泉水》篇。笔者以为，《泉水》很有可能是因为许穆夫人想“归唁”而不得的事，在当时引起了一种社会关注，即对“嫁出去的女儿”母邦情感要求的正视。这实际是触及了西周封建一开始就严重存在的妇女权益问题。《泉水》是这样唱的：

毖彼泉水，亦流于淇。有怀于卫，靡日不思。娈彼诸姬，聊与之谋。

出宿于泲，饮饯于祢。女子有行，远父母兄弟。问我诸姑，遂及伯姊。

出宿于干，饮饯于言。载脂载辖，还车言迈。遄臻于卫，不瑕有害？

我思肥泉，兹之永叹。思须与漕，我心悠悠。驾言出游，以写我忧。

诗篇的主题是“卫女思归”。那么，卫女的“思归”又在什么时候？回答在“斯须于曹”一句“漕”字，这个“漕”与《载驰》篇“言至于漕”之“漕”同，表明诗篇写在北狄侵卫、国都暂居漕地之时。第一句的“毖”是疾流貌，疾流的河水流入淇水，而淇水是卫国人熟悉的河流，因而这两句实际象征的是嫁出的卫女们的母国异乡之思，与“有怀”二句密切相连。“娈彼诸姬”尤值得玩味，女子要回卫国，要与丈夫家的“诸姬”商量，让她们帮着拿个主意。“娈”是美好貌。这句诗还无意间透露给读者这样的消息，诗篇女子夫家还有为数颇多的姬姓姑奶奶们，从下一章的“诸姑”、“伯姊”可知，她们有的是姑姑、有的是姐姐，都麇集在同一个异国他乡的贵族家里。诗篇这些句子，仿佛是一道电光，把那些为着维系邦国关系而被迫远嫁他乡的周王朝贵家女子，从暗影中亮出一下子。她们是静态的，刹那之间闪亮，连她们的面目都无法看得更清楚一点。与诗篇中这位想回家的卫女躁动不同，她们是安生的，可能早就安于礼法规范了，早就知道想回家是徒劳的了。

第二章和第三章的开始两句，都谈到了一些地理名称。其中的“泲”即济水，从卫国西南流向卫国东南的大野泽。“祢”（nǐ）又名冤水、大祢沟，在今山东菏泽西南。据这两个地理方位判断，女子出嫁的国度为卫以东的邦国。第三章的“干”，在今河南的清丰县南；“言”，有学者以为即“聂”，其地在今河南清丰县北。据此，女子所嫁应在卫国以北很明显，四个地理位置相去甚远，表明诗篇所言，未必是同一女子。诗篇其实是泛表卫国嫁出各地的女儿的母邦情怀。所以笔者说，许穆夫人的遭遇引起世人对嫁出去的女儿乡国之思的关注，因而有《泉水》的问世。也就是说，许穆夫人的遭遇，在当时引起了采诗者亦即诗人的注意。诗篇中第三章的“载脂载辖，还车言迈”，与《载驰》的“驱马悠悠”一样，都是卫女一厢情愿的想象；紧接着的“遄臻于卫，不瑕有害？”说快速到达卫国，不应该有害吧？语气这样的犹豫，连女子自己也不敢自信，其实只是想象而已。诗篇最后一章，与《载驰》也是高度相似，不许回国的禁止，使得诗中人只有在心里默念故乡的肥泉和须（卫邑，在今滑县东南十四公里处）、漕而徒增悲伤。无奈也只有在想象中“出游”、“写（抒发）忧”了。篇章结尾也是与《载驰》很像的。

另外在《卫风》中还有一首《竹竿》，也很可能是在同一背景、同一社会对妇女问题关注的作品。诗篇是：

> 籊籊竹竿，以钓于淇。岂不尔思？远莫致之。
>
> 泉源在左，淇水在右。女子有行，远兄弟父母。
>
> 淇水在右，泉源在左。巧笑之瑳，佩玉之傩。
>
> 淇水滺滺，桧楫松舟。驾言出游，以写我忧。

诗篇以长而纤细（籊）的竹竿起兴，“尔思”之“尔”可以解释成母邦卫国。“女子有行”两句，更表明她们是出嫁之人。第三章可能是想当初在娘家游戏于淇水、泉源之畔的光景。第四章则与《载驰》《泉水》一样，是想象中的排解思乡之情的出游了。在格调上，此诗要比《载驰》淡得多，更接近《泉水》，比《泉水》也淡。应该是离许穆夫人事件较远了吧。但女儿思家而不得归，总是令人怜惜的，所以诗篇突出了女子的美，“巧笑之瑳”，一笑露出洁白牙齿，是何等风致！美人之乡愁，更动人。但思考、揭示的意味也就淡了。

讲到这里，我想我们对一个由来已久的说法即“诗经是民歌”的说法，该有所怀疑了。许穆夫人的遭遇，可以引发《泉水》的创作，其实表现的是一种关注社会问题的文学意识，又是一种人道精神的表现。因为，很明显诗篇是为抒发那些远嫁之女的乡情而谱写的，就是说，诗篇的采集、加工者并没有做礼法的卫道士，而是为了女子——一般说她们是社会的弱者——一点情感的权力而歌呼。这是我们特别应该珍视的，因此《国风》实可在思想史上占一席之地。

当然，《诗经》里边还有很多值得珍视的内容。

第十三集

被误解的诗

《诗经·国风》涉及男男女女的篇章多，而且内涵丰富。有表现男女合乎礼法地缔结婚姻的，如《关雎》《葛覃》；有表现家庭好夫妻生活的如《卷耳》《女曰鸡鸣》；也有表现坏家庭夫妻关系的，如《柏舟》《谷风》《氓》；此外，还表现了一些野性婚俗下打情骂俏的歌唱，如《褰裳》《山有扶苏》等。后者，虽有特定的抒情场合，称之为爱情诗倒也可以；还有像《将仲子》，传达情意明修栈道、暗度陈仓的，也可以称之为爱情诗。但是，爱情诗在“十五国风”里有那么多吗？这就看怎么说了。若是像流行解释那样把《关雎》之类的诗篇也解释为爱情诗，那可就多了。若像古人把《将仲子》解释为对公叔段的讽喻，那可就少之又少了。这实际上就涉及如何理解《诗经》风诗里所涉男女篇章的问题了。笔者简单总结了一下，从汉代到宋代，再到今天，大致有三态：掩耳盗铃式、吹胡子瞪眼式和嬉皮笑脸式。

先说第一式，主要表现在汉代儒生解诗。如《将仲子》，成于汉代的《毛诗序》说她是“刺庄公”，就是把诗篇与《左传》“郑伯克段于鄢”连起来讲。根据也不是没有，诗篇的“仲子”排行第二，《左传》中的公叔段也是老二。可是诗篇怎么读，也读不出“刺”，那就是你读者的事，儒生就不管了。总之是不承认这是“爱”的表达。睁着俩眼就是不承认诗篇字句所表，硬给编排上其他的额外意思，这就是所谓“掩耳盗铃式”。到了宋儒，总算把眼睁开了，许多男女风情篇章的内容，他们承认，但说诗态度却吹胡子瞪眼，动不动就扣一顶“奔淫”帽子从而加以痛斥。在南宋，还有些老儒，如朱熹的后学王柏，看《诗经》周南、召南部分的一些男女情爱篇章，礼法上说不过去，干脆大笔一挥，删掉了。真有他的！

还有一种是现代人的惯态，就是“嬉皮笑脸式”。只要看《诗经》里有男女就：“嘿嘿，这是爱情诗！”于是，“窈窕淑女，君子好逑”的《关雎》，是爱情诗。这在一开始我们就说过了。凡诗篇出现鱼、钓鱼这样的字眼的，就一定是“性”的隐语，当然也是爱情的了。笔者曾见一位功底深厚的老先生注《诗经》，注到《小雅·何人斯》时，忽然突发奇想，置文本、旧解于不顾，说：“说的是一个女子在外曾与一个不相识的男子相爱发生了关系，但那人以后不敢见面”，因而诗篇是“女子深情盼望”又“失望”的歌唱。哇塞！大流的风气之下，真是“修女”——不，老头——“也疯狂”了！

三种式样，一个毛病，都是不尊重作品实际即作品本身。所以，有人说，汉代毕竟比我们离春秋时期近啊，他们说的自然不差啊。是的，袁世凯离“戊戌变法”近，可看他对自己在变法时都干了什么的解释，你信吗？须知人对事物的解释，受主观动机的影响是严重的，要了解一个时代的解释，先要检验他们具有何等的主观观念。经学观念盛行下一定会出现汉代儒生那样对待诗篇的态度。宋儒也是如此。今天，很关键的一点就是先要有学术史的健全知识，力戒观念上的先入为主。仅此，仍不会做得好——好，准确说是“较好”，因为我们也如前人，无论如何逃不出时代的局限。但是，有无解释经典之前的小心，还是有分别的。今天所以得出一点较前人“近真”的看法，除了主观态度的慎重之外，还因为我们有了前辈看不到的材料，这就是近世以来出土的甲骨文、青铜器铭文等新资料。这些新资料，朱熹开始用，但大量的出土，还是在近百年来。有了这个便利，才有条件进行新工作。

下面就用新材料，主要是铜器铭文，重新解释一些历来被误解的诗篇。

要从哪一首讲呢？就从《周南·汉广》这首常被当作“爱情诗”的诗讲起吧。诗曰：

南有乔木，不可休思。汉有游女，不可求思。汉之广矣，不可泳思。江之永矣，不可方思。

翘翘错薪，言刈其楚。之子于归，言秣其马。汉之广矣，不可泳思。江之永矣，不可方思。

翘翘错薪，言刈其蒌。之子于归，言秣其驹。汉之广矣，不可泳思。江之永矣，不可方思。

诗的大意不用解释，就可以看出一些：江汉一带女子“不可”追求。那么，诗的主题如何理解呢？汉代儒生的解释，《汉广》这样唱，是周“文王之德”化导的结果。什么意思？照儒家“内圣外王”由内而外的逻辑，周文王治家有方，首先就表现在《诗经》第一篇《关雎》，是歌唱文王家“后妃之德”的。这样的“德行”向外推广，先是中原各邦人民被“德化”，之后就是江汉一代的也被“德广所及也”。所以，这里的女子都贞洁了，不是很容易就追求到的。其实，这样的说法细看实在不着边际。江汉的女子，原来没受过“文王之德”教化，野蛮；现在受了“文王之德”教化，就“不可”追求了。照这样说，江汉一带的女子因为有了个“文王之德”，就得都老在家里不成？这就是典型的带着先入为主的观念解释作品荒唐不通的一例。当然啦，照着我们现代学者的说法，这又是一首爱情诗。

爱情诗说穿了只是汉儒说法的一个改头换面而已。汉儒说这里女子因思想品德进步而追不上，那追求的一方可不就陷入剃头挑子——一头热的单相思了？就说是很容易改换的，稍加变通，就可以变出“望洋兴叹的爱情”说了。然而，《汉广》果真是一首爱情诗吗？我们还是先看作品。

“南有乔木，不可休思”，南方有高大的乔木，可是乔木底下不可以停留歇息。“思”，就相当楚辞里的“兮”字。南方有乔木，不可以在下面休息。可能是当时北方人对南方的偏见。“汉有游女，不可求思。”“汉”就是汉水，发源于陕西汉中西部的山地，东南流经过湖北北部入江汉。古代这是一条很重要的水道，沟通南和北。“汉有游女”就是汉水附近有游女。要注意，“游女”，游荡的女子。这可不是一个好词。《关雎》里的女子是“淑女”，《静女》里有“静女”，此外还有“季女”，都是好词。这些都不用，偏偏用“游女”俩字，很容易让人想起《国语·周语》里记载：周恭王“游于泾上，密康公从，有三女奔之”，三位不明来路的泾上之女，直接导致了密国的灭亡。江汉一带的游荡女子，话说得很难听。于是下一句的“不可求”是什么意思，是难以追到的“不可”，还是不要去追求的“不可”？就得好好斟酌一下了。下一句“江之永矣，不可方思”的“永”就是长，“方”就是弄一块板做一只小船渡江，也是危险不可以的。

诗篇第一章言“不可”，接下来的两章不说“不可”了，而说“应该”：“翘翘错薪，言刈其楚。之子于归，言秣其马。”“楚”与下一章的“蒌”，都是薪柴的意思；“马”与“驹”也只是字眼变换而已，意思都一样。“之子于归”在这里的意思就是娶妻。这样意思就明白了：要伐取薪柴，就挑高的；要娶妻，就先喂好马。这是比喻的说法，意思就是娶媳妇要挑好的，要结婚就得有个合礼法的准备和程序。要说明一下的是，“错薪”这个词语，在《诗经》里重复出现，但有一点，就是这个词经常与婚姻之事相关。例如《豳风·伐柯》“伐柯如何？匪斧不克。取妻如何？匪媒不得”，是用伐柯喻娶妻；又如《齐风·南山》“析薪如之何？匪斧不克。取妻如之何？匪媒不得”，也是同样的比喻。伐薪、析薪与婚姻之事相关，可能有民俗上的来历，今天一些地方迎娶新人，礼物里还要放一捆柴，可能就是古来遗俗。结婚用马车迎亲是合礼法的，所以用“秣马”与“伐薪”表示合礼的婚姻是一样的。

后两章的伐薪、秣马的嘱告与前面的“不可”一章，正好是一正一反，先表示“不可”，继而说“应该”。所以，作品主要意思是说，你要错薪，你要伐薪，就伐大的。注意，这里的马车，是礼法的象征，所以，这个“言刈其楚”、

“言刈其蒌”，实际上跟下面“之子于归，言秣其马，言秣其驹”都是在讲，你要想正式结婚，就准备好相应的手续，经过合法、合理的手续。仔细审读篇章的用词及篇章结构，诗篇所言与现代“望洋兴叹”的“爱情”说，正好相反，这是一首警告人们不要去追求江汉游女的告诫诗。幸运的是，新近发现的竹简材料也很能佐证我们的说法。

在竹简文字《孔子诗论》中，就有几句是说《汉广》的。怎么说的呢？说《汉广》“知恒”，“恒”字或如一些学者说，读为“极”。“知恒”与“知极”意思差不多。《孔子诗论》又说“汉广之智”，意思是《汉广》有智慧。怎么有智慧呢？《诗论》又说《汉广》表达的意思是“不求不可得”，也就是不追求那些得不到的东西。《孔子诗论》这样说，印证了我们读这个诗的感受，它不是爱情诗，而是告诫诗。“不求不可得”的“不可”，不是追不到的“不可”，是不可以的“不可”。新材料的发现，还使人恍然明白：原来在新材料出现以前，人们熟知的一则旧材料，就已经向我们传达过诗篇的立意，可惜以前思路不对，没有注意。这条旧材料就是汉代《韩诗》里的一个说法：有一个叫郑交甫的，应该是个北方人，到南方江汉一带做买卖。可能是倒卖什么水果吧。回家时，在汉水旁，遇到两位当地女子，一定是很漂亮啦。于是，郑交甫见到美人忘乎所以，把很多钱财交给女子做定情之物，约好哪天迎娶。之后各自走开，走了几十步、十几步，郑交甫一回头，两位美女不见了！他遇到鬼了。这则郑交甫的故事，其暗示的意思与《孔子诗论》所谓“不求不可得”是“知恒”或“知极”，是有智慧，是一样的。

过去老前辈陈寅恪先生就讲，学术研究而不用新材料，那样的学术叫作

“不入流”。竹简文字《孔子诗论》对《汉广》的理解，就是新材料的作用。新材料证明，《汉广》真正表达的意思，与汉代儒生的理解不一样，也与今人的理解不一样。

事情还没有完。《汉广》主题的弄清，又引生出新问题：是什么样的历史背景导致了《汉广》的告诫？诗篇告诫的是谁？诗篇主题的确定，能不能解决诗篇的年代问题？我们知道，西周时华夏文明中心在黄河流域，当时的江汉一带，有点像南疆。诗篇告诫不要去追求江汉一代的“游女”，一定是当时出了这样的问题，有人因此吃了大亏。如此，诗篇的主题，自然会把读者考虑诗篇时代的眼光，投向西周历史上一件很重大的事件：从西周早期即周昭王时开始的对江汉地区大规模的军事经营。其目的是这里的物质资源，因为在西周晚期的铭文中，周王称江淮之地人为“帛畮臣”，即纳贡之臣。为了控制江汉，青铜器铭文显示，周朝是在这里驻扎军队的（实际殷商时期为了控制南方就有军队驻守，湖北盘龙城商代军事遗址的发现即是证明）。那么，一些军士为找刺激，当地女孩子遭人暗算的事，就很有可能发生了。《汉广》的歌唱，当以此为背景。具体的时间不是很好说，因为西周武力经营南方一直到西周崩溃。可是，从诗篇的风调等自身因素看，其时间不会太晚，所以，大约定在西周中期偏早的时期，还是很可能的。简单说，《汉广》不是什么爱情诗，而是教诲诗，其创作背景是西周对江汉一带武力经营，其训教的对象是周家驻扎在江汉一带的军士。

《江汉》与周王朝经营南方江汉一带有关，还有一首诗，就是《周南·兔罝》篇，也与军事有关，是一首赞美军士的军歌，但篇中的军士不属于周王，而属于诸侯，他们是从诸侯那里征调来参加王朝征战的。先让我们来看诗篇：

肃肃兔罝，椓之丁丁。赳赳武夫，公侯干城。

肃肃兔罝，施于中逵。赳赳武夫，公侯好仇。

肃肃兔罝，施于中林。赳赳武夫，公侯腹心。

诗篇的风调肃整，气格森森。所谓“兔罝”，就是狩猎用的牢笼，“兔”可以解释为兔子，更可能是老虎。古代老虎称“於菟”。套老虎的笼子需要木桩支撑，肃肃形容木桩的整饬有力。木桩一要牢固，也需要“椓”即击打，“丁丁”形容击打木桩的声响。每一章的开头两句，应该都是比兴之词，引起下面要说的“赳赳武夫”。“赳赳”，大家不陌生，“雄赳赳、气昂昂”，现在还在用，是形容英雄气概的。“公侯干城”，“公侯”就是诸侯；“干城”，犹言公侯的辅助、帮手。下一章的“施”，是布置的意思。“中逵”就是大道，有学者觉得兔罝怎么可以放置在道路上呢？猜测“逵”是“陆”假借或误写，有道理。“好仇”就是好配偶，灵活理解就是好帮手。“腹心”，公侯的心腹。

这篇作品也是历来不得其解。在汉代，把它解释成“后妃之化”。这也是从“文王之德”那里来的，文王的后妃有德，化及民众，于是国家就出好武士。现代人不相信诗篇与“后妃之德”有关，于是各立新说，如有人说这是一首猎人之歌，也有人说这是一首武士之歌，还有人说是讽刺武士的。怎么是讽刺武士的呢？他们说，你看诗怎么写？“肃肃兔罝”，好端端的兔罝，布置在哪儿啊？在大路中央，他们是照“逵”本字读的，他把老虎或兔子的笼子放在大路上，不是胡闹吗？这样说，也好像蛮有道理！

实际上青铜器铭文，可以帮助我们理解这首诗篇。北宋时期在湖北孝感发现了一些西周青铜器，称为“安州六器”，其中一件名“过伯簋”。簋就是古代贵族之家用来装食物的器物，煮肉用鼎，簋则盛米饭一类的食物。这件器物的主人姓过，“过伯簋”里刻有文字：“过伯从王伐反荆。”“反荆”就是指江汉一带不服从周朝的当地人群，铭文的意思很单纯，说过伯曾经跟随周王去讨伐江汉一代造反的人。器物是西周较早时期的。这件铭文的讨价值，就是交代了这样的事实：周王要征战，诸侯是要随从出征的。这在西周中后期金文中有更多记载。如一件名为“多友鼎”的器物，是周宣王时期的。该铭文载多友作为武公的大臣，受武公之命，参加王朝打击猃狁（西周后期来自北方的强敌）的战役。铭文显示得很清楚，多友的直接上司不是周王，而是一位名为武公的人，其实是诸侯一级的贵族。铭文说，多友打了胜仗杀死一些敌人，解救了一些被猃狁俘获的王朝老百姓。他回来了，注意，不是直接向周王报功，而是向武公报功，再由武公向周王报功。之后多友获得了奖励。请注意这里的关系，多友作为武公的臣属，直接受武公调遣，这种关系就是西周的封建关系，与西方中世纪一句谚语很像：封臣的封臣不是我的封臣。周王只能直接指令诸侯，不能指挥诸侯的下属。多友鼎之外，还有几件器物铭文都显示了这样的封建关系。而且，铭文显示，越是到了西周后期，周王的直属军队，越来越豆腐渣，不得不调遣诸侯武装去为周王打仗。

这还有晋侯苏钟为证。这是一套编钟，是晋国诸侯苏的器物。编钟上的铭文记载苏率领晋国将士参加周王军师行动。文中有这样的语句：“王亲远省师。”意思是周王亲自来到前线检阅诸侯将士。而且铭文还说：王亲自到晋侯苏率领的队伍前，下了车，背北朝南站立，接受晋侯苏的朝拜。这些金文启发我们，《兔罝》所谓的“赳赳武夫，公侯干城”究竟是写什么人。什么人呢？就是诸侯国来参加王朝征战的武士，诗篇之所以称他们是“公侯”的“干城”、“好仇”和“腹心”，就是因为他们不直接隶属周王。就是说，《兔罝》也是一首军歌，应该是唱给那些诸侯武士的乐歌。什么“后妃之化”，八竿子打不到的事！诗篇的年代，应该在西周中晚期，晚期的可能性大些。因为越到晚期，如上所说，周朝军队越像晚清的绿营、八旗。打家劫舍可以，打仗可就松得掉渣。不得已用诸侯军队，当然对他们要有礼乐上的表示。《兔罝》这篇风调雄壮的诗篇，它的问世，正以王朝军事腐败为背景。

还有一首诗，就是《周南·麟之趾》，又叫《麟趾》：

> 麟之趾，振振公子，于嗟麟兮。
>
> 麟之定，振振公姓，于嗟麟兮。
>
> 麟之角，振振公族，于嗟麟兮。

也是误解不浅的一篇。“麟”，就是所谓的麒麟，“趾”就是脚趾，“定”就是额头。“角”自然是麟的角。诗篇从头到脚夸赞麟，究竟表达什么意思？按传统说法又是“美文王之德”呗，“文王有德”，所以周家子弟多，如同一大群麒麟，个个有德。

现代学者又怎么说？《春秋》记载孔子晚年遇到一件糟心事。他晚年时，鲁国贵族到鲁西平原打猎，打到一只“四不像”的东西，像鹿又像马等，到底是什么谁也不认识，博学的孔子一看，说这就是传说中的麟啊！孔子由此知道，自己完了，麒麟降生，意味着有新圣人崛起，是一种吉祥物。不幸的是这样的稀世瑞兽，让他们这群贵族给射死了！孔子认为自己的圣贤大业没有希望了。于是，有一位现代学者，老前辈，就说，《麟趾》这首诗应该是孔子写的，诗篇名称这位老学者也想好了，叫做“获麟歌”。老学者这样说，敢相信的人倒也不多，太离谱。一般多认为是赞美贵族子孙众多的篇章，没多大意思。

实际上，此诗也是一首军歌，这还得从北宋“安州六器”的铭文说起。“六器”有一器物为“中觯”，“觯”也是一种酒器，主人叫“中”。“中觯”铭刻的文字很短，说：“王大省公族于庚，振旅。”意思是：王大举检阅公族，然后振旅于庚。其中“振旅”的“振”字，过去因为它的写法与其他金文写法有区别，很多学者不认识它。文字学家，也是一位老先生，名叫唐兰的，说这个字就是“振”，振旅古代出兵班师时要“振旅”，“振”字的问题解决了，还有“于庚”两个字要解释。这两个字是什么意思呢？“于庚”就是“在庚”的意思，联系上文，就是周王“在庚”的地点举行振旅仪式。那么“庚”怎么解释？“庚”就是“通道”，也就是“大路”的意思。完整理解铭文就是：王在大道上检阅公族，举行振旅仪式。王检阅的部队是由公族组成的，实际就是王的近卫军。那么，周王出征有近卫军队吗？有的。这在《左传》里有记载。《左传》记录晋国与楚国打仗，一位来自楚国的叛臣给晋国人出主意，说晋国要打楚国最精锐的部队，就在楚王身边，王身边的军士，都是“王族”成员。打仗亲兄弟，上阵父子兵，楚国的精锐部队全是他的军中王族。在青铜器铭文中也有这样的记载，时间比《左传》还早。有一篇《班簋》铭文，记录的是周王命大臣毛伯伐东方叛国，为周军主帅。王还特命毛的亲族，就是器物的主人毛班护卫在毛伯身边，也是亲族簇拥主将周围的例子。如此，再来读《麟趾》就可以有这样的领悟：原来这是一首王者检阅亲兵卫队的仪式之歌。赞美这些人是麒麟，从头到脚地夸赞他们。“振振公子”的“振振”，其实是形容这些亲兵的英武之貌；“振振”用于将士最合适了。诗篇不外乎是这样的意思：赞扬这些亲贵子弟不但像麟一样高贵，而且有利爪，有坚实而峥嵘的额头、双角，是王师中最可信赖的力量。

上述这几首诗的重新认识，使我们对另一首历来解释都有问题的篇章，即《周南·汝坟》篇，有了一点新的认识。这首诗是这样的：

遵彼汝坟，伐其条枚。未见君子，惄如调饥。

遵彼汝坟，伐其条肄。既见君子，不我遐弃。

鲂鱼赪尾，王室如毁。虽则如毁，父母孔迩。

诗篇的解释困难，不在头两章。第一章先是表家中女子沿着汝水大坝伐树条。“汝坟”交代出诗中思念者在汝水沿岸，这里正是周人经营南方可走的路线。本章后两句写思念之苦，用饥饿感形容思念，比喻十分工巧。“惄”是心慌意乱，“调饥”就是“朝饥”，“调”、“朝”古代音近义通。第二章的“肄”是伐过的枝条处，次年又长出新的枝条，暗含又过了一年的伤逝之感。“遐弃”就是远远地抛弃，说丈夫没有抛弃自己，就等于说是回家了，没有死在外面。历来解释分歧而又难以说通的是第三章。其中“鲂鱼赪尾”的字面意思是鲂鱼的尾巴变红，古人说是劳累至极的表现。说鱼累得尾巴变色，怪怪的。其实有一种鲂鱼本来尾巴就是红色，俗称“火烧鳊”，不过是比兴之词以引起下文“王室如毁”而已。麻烦的就在这个“王室如毁”，意思是王室如着了大火一样状况糟糕。《周南》的诗篇，在一些古人眼里，可是“王化之基”，是周家强盛时“正风”，怎么可以“王室如毁”呢？不得已，只有移矢就的，把“王室”说成是商纣王的王室，诗篇也就成了周文王时期的篇章了。现代人，本着爱情至上的观点，“嘿嘿，这也是一首爱情诗！”一位在《诗经》研究方面很出名的前辈，说“王室”就是古代高禖庙，“如毁”是说男女相会场面热烈。居然把“王室”与高禖庙搅在一起，想象力高得离谱。其实，这是一首晚期作品，清代有一位崔述，在他的《读风偶识》里说过一种新观点：“王室如毁，即指骊山乱亡之事。”是很有新见的说法。所谓“骊山乱亡”，就是指西周王朝的崩溃。不过理解到这一步还不够。“遵汝坟”的方向是指向江汉一带的，周王朝经营南方，汝水沿岸地区一定有许多男子被征调到江汉一带服役、戍守，当西周王室崩溃的时候，这些远在江汉的戍卒兵士却没有回来，这如何不让家中人担心呢！诗篇就是西周崩溃之际，汝水沿岸的人民担心身在南方的将士的歌唱。最后两句，“虽则如毁，父母孔迩”，很有力度，是说国家虽亡，家庭还在、父母还在，以此鼓励亲人不要轻易放弃希望、甚至放弃自己的性命。是杜甫“国破山河在”的先声啊！诗篇从一个角度，显示了那个大动荡时期一点生活的真实，难能可贵。

《诗经》问世之后，对它的研究，也有两千多年了。可是还有很多的问题需要探讨，而深入的探讨，可以带来很多有趣的发现。不是吗？

第十四集

在水一方

当年有一支歌曲很流行：“有位佳人，在水一方。”明眼人一看就知道，歌词其实是改编的，从哪改编来的？从《诗经·秦风》的《蒹葭》篇。

原诗又是如何唱的？是这样的：

蒹葭苍苍，白露为霜。所谓伊人，在水一方。溯洄从之，道阻且长。溯游从之，宛在水中央。

蒹葭萋萋，白露未晞。所谓伊人，在水之湄。溯洄从之，道阻且跻。溯游从之，宛在水中坻。

蒹葭采采，白露未已。所谓伊人，在水之涘。溯洄从之，道阻且右。溯游从之，宛在水中沚。

这首诗一共三章，后两章稍微改变一下字句，这在《诗经》很常见，章法上叫重章叠调。很大程度上是由于演唱的需要，也就是说，那时还不流行独立的诗篇，诗篇是附着于乐歌的，而乐歌又是唱给人听的，必须当下就让人听得懂。这样的话，就不能允许词句在语言上过于含蓄，过于以少胜多，相反，必须浅显易懂。另外，歌唱的音乐结构“一唱三叹”，歌词也得跟着反复。《诗经》的篇章，今天是作为“诗”来读的，可在当初却是作为唱词来创制的。那么，这首诗到底讲什么呢？

“蒹葭”就是芦苇。芦苇这种很常见的植物也是多种多样的。有的高大粗壮，特别适宜用来编席子。看孙犁小说《荷花淀》，里面的女主人公用苇子织席，一会就织成云朵一样的一大片。有的苇子就不是那么高大，稍微矮一点，秸秆细一点，丛生得绵密一些，也有用，可以编织成各种的苇薄，或垫或苫，用起来轻便。诗篇的“苍苍”的“蒹葭”，可能就是丛生绵密的苇子。值得注意的是诗篇所形容的颜色，“苍苍”是什么色呢？人上了岁数，就说“两鬓苍苍”，不是黑颜色，彻底白颜色吗？也不是；就在白与黑之间即灰白色。老人头发是灰白色，“蒹葭苍苍”的“苍苍”就不能这样死板地理解，“蒹葭”盛壮的时候是绿色的，刚刚长出来时是锥状的；再长，长到夏历五月，要过端午节了，人们该包粽子了，这时苇叶肥大，正好劈下一些来，包粽子，包出的粽子味道清香得很！再长，就秀出芦花，九十月份以后，绿色减退，变成了淡绿发黄，芦花就成了大片的灰白，这样的形貌就是“苍苍”然了。大片的芦苇，一片苍苍，是何等景象！而“苍苍”这个叠音词，读起来的感觉，就是那样的既响亮又有气派。无形中，句子的韵味变厚了许多。还有，“蒹葭苍苍”一面是形容苇子长势，一面也道出了时节。什么时节？“白露为霜”的秋冬之际空气中有水，气温高，天暖和，落在苇叶子上就是露珠，即“白露”。随着天气变冷，露珠就开始结成霜了，晶莹剔透的圆形的小颗粒。不经霜，苇丛也不会“苍苍”然；因经历寒霜，所以“苍苍”才愈见味浓。

“所谓伊人，在水一方。”从整体诗篇境界来说，读到第四句即“在水一方”时，画面差不多就要活起来了：一大片芦苇，还有一大片的秋水，组成的光景中，莽苍的是苇，碧阴阴的是水，有光有影，有明有暗；特别是秋水，自有色泽。春天的水泛绿，夏天的水发黄，而秋天的水，一切都沉静了，清澈得见底，全是透明的。春日，水欲清而草动；夏时，水欲止而鱼跃；也只有秋天的水面，可以水波无痕，静如明鉴，映现苇丛的倒影，格外的明朗、空灵、纯净，真可以过滤人的心绪！这实际上就是我们的古典诗歌特有的境界的大致了。生活中，我们为什么要读诗歌？这就如同春光秋景中我们为什么要去田野、山林的问题一样。因为那里有无限的美好。中国古典的诗歌，可以毫不惭愧地说，在世界范围内，也是很早就懂得用简短的语词，抓住大自然宜人光景的某一片段，构成一幅风景，成为“永恒的瞬间”。《蒹葭》头几句所营造的境界就是证明。古代的诗人已经找到了营造诗篇美境的秘诀，从而为古典诗歌铸就了艺术的魂灵。从先秦的《诗经》一直到很晚的近代，古体诗词不正是以其融情入景的艺术迷倒众生吗？《秦风·蒹葭》，就是这一伟大诗歌艺术传统的开山作之一。

当然，只有秋水、芦苇，构成的画面虽然清灵，终是嫌空。然而，不是还有“秋水”中的“伊人”吗？“伊人”就是“那个人”，第三人称形式。鲁迅先生回忆自己当年放弃科举，准备到日本留学、学矿物，说到当时母亲的反应，鲁迅先生说“伊哭了”。“伊”就是“她”。第三人称形式在《诗经》中并不罕见，但经常用的是“彼”、“彼其”。可是，“彼”的第三人称，就把“他”或“她”推得太远了。“伊”则不同。“伊”所指的“他”或“她”，可能实际空间距离“我”也远，但是，却是“我”所关切的人，因而远而不远，心理距离很密切。那么，诗篇中“伊人”何在？“在水一方”；“一方”就是“另一方”。《史记》写神医扁鹊，说他“视见垣一方人”，就是隔着墙可以看到另一边的人；“在水一方”的“一方”就是“那一边”，也就是可望而不可即的“彼岸”那“一方”。

正是这个“一方”，辖着下面的意思。所以，诗篇继而说：“溯洄从之，道阻且长，溯游从之，宛在水中央。”“溯洄从之”就是逆流而上，逆着水流去找她。“道阻且长”，道路充满了艰辛与漫长。这就等于说逆流而上找不到。那么，“溯游从之”，即顺着水流寻找伊人，结果还是遇不到，不仅遇不到，“伊人”仿佛还改变了存在的方位，顺流从之时，他忽地出现在了“水中央”！实际上，逆流无法遇到伊，顺流也无法遇到，暗含出伊人与我之间，有什么难以逾越的间隔。其实，“宛在”的句子，不过是交代出了这一点而已。可是，诗人没有先把“伊人”方位先交代给你，就是说，诗先表逆流、顺流寻求的不遇，是有意遮掩伊人就在“水中央”的事实；而且“溯洄从之”、“溯游从之”寻找还煞有介事，这样做，实有其目的，那就是想造成一种出人意表的效果，为“宛在”的忽然出现开路。也正因此，诗篇才虚幻缥缈、海市蜃楼，如仙风，似竹影。诗要的就是这个境界，这正是诗人的匠心所在。同时，也正由于

“宛在水中央”出人意表地出现，明澈的“秋水蒹葭”之境，才算最终圆成。试闭目想想吧，碧透的秋水，周围是苍苍的蒹葭，忽然间，一个“宛在”句子的飘然而降，真仿佛静水面上的蜻蜓一点，波纹涣涣，这又是何等的光景！秋水蒹葭，是灵；“宛在”一出，全篇则灵而妙！而且，还带有了某种猜不透的神秘。那位“所谓伊人”旁边有什么？忽而远，忽而近，可望又不可即，这不是神秘得叫人猜不透么？这不正如竹影中一道仙风的忽然闪过么？但无论如何，这都不妨碍诗篇玲珑剔透的境界。

重章叠调有一个好处，就是有些内容可慢慢交代。第二章，应该说，艺术上不像第一章那样明澈玲珑，可是理解诗篇的必要的消息，就是在第二章及三章中透露的。“萋萋”，茂盛的样子。“白露未晞”的“未晞”，是没有被晒干的意思；霜露一经阳光就蒸发了，诗篇说“未晞”，交代出诗篇的光景是静谧的早晨。“所谓伊人，在水之湄”的“湄”，指水草交汇之处。“道阻且跻”的“跻”就是“升”，道路升高，就是行走艰辛，是以路的艰难指代路无尽头、走不通。这一章中，对前一章最有补充作用的就是“宛在水中坻”句。“坻”，就是水中小块露出水面的高地，柳宗元著名的《小石潭记》就写到了它。《蒹葭》最富境界的是第一章；若在唐宋诗人，有这第一章就足够了。但是，《诗经》歌唱的需要，要重章叠调，这样也好，可以使文义丰富。第三章：“蒹葭采采，白露未已。所谓伊人，在水之涘。溯洄从之，道阻且右。溯游从之，宛在水中沚。”“蒹葭采采”，“采采”就是“萋萋”。是。“白露未已”的“未已”也同于“未晞”。“在水之涘”的“涘”，就是崖岸、水边、岸边。“道阻且右”的“右”，就是曲折，曲折得没法走通。意思与前一章是一样的。

诗篇的各章大意讲过了，接着的问题就是：这首诗到底在唱什么？人们读诗，总要有一个总体评价，尤其遇到好作品时，更难免要问：诗篇是谁写的？为什么作的？诗篇内容所涉为何？等等。往往越喜欢，诸多的问题就越关心，设问的方面也越多。要知人论事，这些当然就得问一问。就《蒹葭》而言，自古到今，关于它是怎么来的？唱的是什么？有着各种不同的说法。

今天所能见到的最早的解释就是《毛诗序》。汉代经学传承《诗经》，有四家，一为“齐诗家”(开宗立派的老师是齐国人)，一为“鲁诗家”（立派的老师是鲁国人），一为“韩诗家”（立派的老师姓韩，燕国人），还有一家就是“毛诗家”，最早的大师是毛亨（另据说还有毛苌），河间一带人（战国属赵国）。前三家在西汉时立为官学，毛诗一派则盛行于东汉及以后，至今完整的《诗经》本子，是“毛诗”的本。“毛诗家”说解《诗经》有“序”有“传”，“传”称《毛传》，“序”称《毛诗序》，简称《毛序》，写在每一首诗篇的前面，概括诗篇大旨。那么《毛诗序》对《蒹葭》怎么说呢？说：“刺襄公也。未能用周礼，将无以固其国焉。”就是说，这首诗是讽刺诗，或者说是有所指责的诗。指责谁呢？秦国的一位国君秦襄公。秦襄公是春秋早期的秦君主，是秦开国时期的君主之一。如果相信这个说法，《蒹葭》就是春秋早期的作品。这倒有可能，不过，《毛序》并没有提供证据。那《毛序》为什么说是刺襄公，说他不能用周礼，又是出于什么样的想法，才这样说秦君呢？回答可能是：秦国人原来生活在今天的甘肃青海一带，西周崩溃，王朝东迁，给秦国向东发展提供了一个大好机遇，于是他们大踏步东迁，占有了西周的故地。可是，西周故地是被秦人占据了，但在文化上，他们还不能充分吸收西周礼乐文明。实际上

《毛序》说话的根据，只在秦人占据周人故地这一点，并且据此就认为诗篇是表达“不能用周礼”的忧虑不满。这样说，当然会令人感到不着边际。

所以，到了宋代的朱熹，既感到汉人之说不着个四六，可又感到对诗篇到底表达什么没有把握，所以他在《诗集传》中就说：“不知其何所指也。”态度很老实，“知之为知之，不知为不知”，也很明智。朱熹之后，还有人又提出诗篇是招隐士的诗篇。种种猜测，是从诗篇表现的“寻求之难”这一点说的。可招隐士难，不能总是遇不到隐士。刘备三顾茅庐求诸葛亮，反反复复，可最后毕竟还是“遇”到了。在诗篇，可是最终也没有“遇”。所以，招隐的说法还是不能说服人。到了现当代，又多把《蒹葭》说成一个爱情诗。诗篇不是“所谓伊人”吗？那就一定是思念一个人，一个对方；而且是追求了半天也没得志。说是爱情，也有这样的爱情。麻烦的是，是女思男呢？还是男思女呢？这又纠缠，又说不清。说不清，大家也甘心，所以“爱情说”到今天还是说解此篇最流行的看法。

笔者这样讲，读者就要反问了：你说了半天，汉代人不同意，隐士说不同意，现代人爱情说也不赞成，那这首诗到底是讲什么呢？是的。笔者是有一个新说法，其实是若干年前就提出的。一言以蔽之：诗篇是关于牛郎织女歌唱的。先别着急，听我说完，觉得不对，您在网上再开骂。

这首诗，怀疑跟牛郎织女有关。这不吓人吗？是的，连我自己也觉得出奇。不过，是不是说我某天做梦想到了这说法，或者哪天脑子忽然异动蹦出这个想法，不是。这样说，有些根据。是推测，但也有些材料证据。首先，诗篇是不是写了一片水泽？是。水之湄、涘有芦苇，说这片水不应太小，澡堂子式的一片水长不了这么多芦苇。另外，水中还有一个“坻”或曰“沚”，就是水中高地。这是要点，请记住。一大片水，包围着一个小高地。那，这是在写什么？这一大片水，诗言“溯游从之”、“溯洄从之”，就是顺流从之、逆流从之，就是转着圈从之；诗又言“宛在水中央”，顺着也找不着，逆着遇不到，这只有一个情形，就是水是圆形的或说是大体圆形的，中间有一个岛屿似的高地，周围是一片水。

联系历史，联系周代礼乐的建设，这片水和岛，就应该是西周时期的一个礼乐建筑，名为“辟雍”。什么叫辟雍呢？西周的是看不到了，到北京的国子监去看一看，那里还有辟雍，是明清时的，是有意延续西周古老礼乐建筑的，其结构即周围是水，中间一个建筑。当年清朝皇帝就曾坐在中间的亭子一样的建筑里讲学。像亭子的建筑很壮观，那点水，可就太惨了。整个建筑很不自然。

一般而言，地理的变化远不如一个王朝兴衰的人世变化速度快。西周的大片水域围绕的辟雍建制，在哪里？据专家研究考证，就在今天西安市西与咸阳市交界的地带。这里，古代有大片的湿地沼泽，方圆40华里。今天没有水了。不过这里的一条河流今天也是有的，它发源于终南山，名叫沣河，古代称丰，大致南北向流，下游北偏东流入渭河。古代大片的湿地沼泽，水源就来自丰。春秋时期西周辟雍遗址还有，到了西汉，这一大片沼泽就是上林苑所在，湿地沼泽则称昆明池。当年汉武帝想征西南夷，要用水军，就开始开挖昆明池，结果把周代镐京及镐京以西（两者很近）的辟雍遗迹毁掉了。不过，大片水域还在，而且汉代还在这片水中的高地上修亭台殿阁，如建豫章宫。20世纪60年代，考古学者为了寻找西周镐京遗址，到沣河中游西周故地做实地踏查，有一个与《蒹葭》诗篇相关的发现：在汉代昆明池靠北端，推测也就是西周辟雍水域所在的地方，发现了一座石头雕刻的男人像。石像原来树立在哪里？就在西周辟雍水域范围的一个小岛上，这个岛的面积颇大，上面有一个四十余户人家的村落。那么，这个石像是谁呢？很幸运，文献有记载，他就是牛郎。汉代班固和张衡作《二京赋》《两都赋》，都曾写到他，前者说："左牵牛而右织女。"后者谓："牵牛立其左，织女处其右。"这就是说，牵牛像的左手方向还有织女像。按照这一线索，人们在昆明池水域之外，在牵牛像所在小岛的西南方向的一个村庄，居然发现了另一座女性石像，即织女的石像。真是巧得很！两座石像，正好是一左一右，隔水遥遥相望！

按照一些专家的意见，两座石像都是西汉时期树立的。这可能。问题是，西汉为什么要树立这两位传说人物的石像呢？他们与汉代的皇家或者什么重要人物有什么瓜葛？没有。但是，在《国语》这部先秦重要的史书里，却赫然记载："我姬氏出自天鼋及析木者，有建星及牵牛焉。"意思是说：我们周家上应的是牵牛星，周人在天上的星宿是牵牛。这就可以肯定，昆明池内豫章宫范围内、亦即西周辟雍水域中的那座男性石像，与姬姓的西周人有关。相反，没有任何证据显示牵牛与刘邦的汉家有什么瓜葛。这就涉及"牛郎织女"这个在中国家喻户晓的美丽传说了。按《国语》记载，这个牛郎织女的传说与周人有关，而且早在西周时期就有了。说西周就有，是因为在《诗经·小雅》中有一首西周后期的诗篇，叫《大东》，歌唱的是东方异姓诸侯骂西周王朝把东方国家弄得很穷，很疲惫。有意思的是诗的最后两章说："跂彼织女，终日七襄。

虽则七襄，不成报章。睆彼牵牛，不以服箱。”是说，你看那三角形的织女星，成天穿梭，好像在织布，可连一匹布都没有织成过；你看那光亮亮的牵牛星，叫作牵牛，可从来也不拉车。诗人控诉周人统治的残酷压榨，拿牛郎、织女星来骂人，不正表明周人与牛郎织女有关吗？西周社会从上到下，强调男耕女织，不也正是牛郎织女传说所寄寓的生活观念吗？

现在再来想一想汉代昆明池水域豫章宫有牛郎像，水域外有织女像，就有新的可能了。专家说牛郎织女像是汉代的，可并未见其对石像有更科学的检测，只是因为牛郎像发现在汉代的建筑里。当然，如前所说，有可能石像都是汉代雕琢树立的，那么，汉代树立两尊石像，是不是应该有所依傍、遵循呢？牛郎、织女既然与汉王朝统治者八竿子打不着，文献又记载他们是周人所上应的星宿，那么，推测石像是西周或者春秋时就有的旧制，该不是任意的胡说吧？前面说过，西周辟雍所围绕的那一大片沼泽湿地，就是汉代的昆明池水域。就是说，这片水域存在了好多年。而且，在秦人占有了西周故地后，作为辟雍中心建筑的灵台，还是存在的。这在《左传》中有记载，当年秦国与晋国打仗，晋国的君主被秦人活捉，被放回晋国之前，就被囚禁在“灵台”中。其实这与西太后关押光绪在瀛台是一样的，有水阻隔看守方便。

读者诸君！这就是笔者说《蒹葭》歌唱，可能与牛郎织女传说相关的蛛丝马迹。老实说，有些证据，也有推测，可以讨论、批评。西周崩溃了，贵族率领属众东迁了，后来的主人是秦人。但是，文献记载，东迁之后此地还有“周馀民”，就是说，王朝东迁并不意味着所有周人都走光了。还有，《史记·秦本纪》记载秦文公“二十七年，伐南山大梓、丰大特”。所谓“丰大特”，即丰水里大公牛的意思。古人解释说：有大公牛从一棵树中出来，跑到了丰水之中。“丰水”即沣河。这则记载表示，秦人占有周人故地时曾有青牛作怪，如此，在丰水、辟雍之地祭祀安抚牵牛之神，就未尝不是消灾免祸的法子。据此，也许树立牛郎织女石像是秦人做的。这就是说，“宛在水中央”的是牛郎，顺流、逆流寻找而无果的是织女。这样说来，诗篇倒也可以理解为“爱情”，只是这段爱情与一个古老而美妙的神话传说有关。

一首好诗，与一个美丽的传说先相连，无论如何都没有把诗篇美好境界讲砸了锅吧？而且，这样一讲，《蒹葭》又与后来《古诗十九说》的一篇有了亲戚关系。东汉末年出现了一些文人做的古诗，后人合编在一起，称其为“古诗十九首”。其中有一首诗就以牛郎织女为题：“迢迢牵牛星，皎皎河汉女。纤纤擢素手，札札弄机杼。终日不成章，泣涕零如雨。河汉清且浅，相去复几许。盈盈一水间，脉脉不得语。”大意是什么呢？闪亮的牵牛星与皎洁的织女星隔天河相望。织女伸出素手，札札然侍弄着织布机，可是“终日不成章”，“章”，就是完整的一幅布，总也织不成。因为她心里想着人。可望不可即，眼泪像雨一样流。天河的水清又浅，但人世就这么麻烦，就这么一汪子水，又清又浅，却永远地隔着他们两个。于是他们只好在“盈盈一水间”你看着我，我看着你，却“脉脉不得语”，连个知心话也说不成。故事还是牛郎织女的故事，突出有情人被隔绝的无奈。诗篇充满了同情。这个题材，到现代诗人郭沫若写《天上的街市》，寓意就大不同了，他要让他们团圆：“远远的街灯明了，好像是闪着无数的明星。天上的星星现了，好像是点着无数的街灯。”以街上的灯与天上的星相比，很不错。最后他就想象，现在牛郎、织女不像过去那么痛苦了，诗人指着天上的流星说，那该是俩人打着灯笼在走，互相来往吧！有情人不成婚姻的悲剧命运意味没有了，多出的是有情者的顺心。

以上是说古来对诗篇主旨的理解，以及相关的创作。那么，诗篇除了意境的美以外，还有什么其他意味吗？有的。前人曾用“企慕之境”来表述诗篇特有的意味。至于诗篇“企慕”之境的深邃内涵，我想，可用英国哲学家罗素的一篇小文章来表达。罗素的那篇小文章说：有三种激情支撑了我的一生：对知识的渴望、对爱的追求、对苦难的同情。每当我激情之中那个理想之境界生起的时候，我就会感到在我脚下，在我与那理想之间，马上会出现万丈深渊。文章结尾说：这样的生活，值得活，如果下次让我选择，我还选择这种人生。很短的一篇文章，却讲了一个这样的精神境况：那就是，理想之境升起之时，现实与理想之间的深渊也随而出现。谁都有理想，可是，只要是理想，就有其难以企及的一面，就有追求不到的缺憾，就有“我”与目标之间的难以遇合的隔绝，这就是罗素所说的“深渊”之感吧。因而，理想之境的出现，人激情澎湃地热望时，也会深深感到自我的无力与无奈，也就是强烈的失重感。

“蒹葭苍苍，白露为霜。所谓伊人，在水一方。”诗篇的“水”在完成这画面营造时，它也代表着另外的东西：无可逾越的隔绝。是啊，“河汉清且浅，相去复几许”？是没有多少，却可以绝对隔绝有情人之间的来往。也大体从这首《蒹葭》开始吧，“水”就成了无可逾越的礼法限制的象征。魏晋时期曹植的《洛神赋》，在“我”与水神，在“我”与“翩若惊鸿，宛若游龙”、“凌波微步，罗袜生尘”的女神之间，不就是一水之隔吗？可就是这一水之隔，却永远不得交往。这在后世的小说里也有。你看《西游记》，唐僧师徒要过通天河，是多么困难。他孙悟空一个筋斗十万八千里，到西天，把师父背起来，半个筋斗差不多就到了。可是，不行！肉身比泰山还重，谁都背不动。这也是一种限定。说这种限定离谱吗？不离谱，人类是有限的，正因其有限，才知道追求理想。这就要有无尽的劳累和艰辛了。追求美好时的困难重重，无穷劳苦，就是有理想人生的基本境遇。所以，所谓的“企慕之境”，就是人的“现实与理想”之间的真实情况。不想追求“在水一方”的对象，就没有诗篇的奔走焦虑。《蒹葭》的诗为什么好？不仅仅在于它是关乎牛郎织女的传说，而在于其漂亮、明净地用一个具体的情境，展现了人生的“企慕之境”；以特定的光景，展现人对理想之境的无限的追慕与怅惘。同时，人不是正因这无限的追慕和怅惘，而深感生活的庄严和美丽吗？正因如此，我想，只要有人类存在，诗篇就永远会打动人心。诗篇真正的动人之处，不在思念，不在爱情，而在表现思念、爱情时流露出的更深层的企慕情思。

读这样的诗，笔者经常会有这样的感觉：诗是没有历史的，诗歌艺术流变只是一个语言的形式而已。秋水伊人的美境，放在唐代不也是好诗？春秋那时代，出了一位像李白、杜甫那样的大才，就有了《蒹葭》这样的诗篇，只可惜诗人没有留名。说不定，《蒹葭》的作者，转世到了唐、宋，就是李白、苏轼呢！《蒹葭》篇，在全部《国风》乃至全部“诗三百”中，都堪称皇冠上的明珠，而且对后来诗歌影响深远。因为，《蒹葭》在古典诗歌历史上最早达到了一种艺术境地，那就是“情景交融”。特别是它的第一章。中国诗歌一开始，前面也说过，它不是讲故事。印度史诗《罗摩衍那》，讲罗摩如何在森林里闯，如何把老婆丢了，如何千辛万苦把老婆找回来。像荷马史诗《奥德赛》，叙述俄底修斯如何千辛万苦回家，如何乔装改扮，赶走、杀死了来到他家向他的妻子求婚的那些家伙。讲故事，绝对不是中国诗篇要走的大路。古典诗歌，一上来就是从情景、物象，构建场景、画面，以抒发内心情感。这样的诗篇，可以让人暂时超出尘世，刹那间与世界上最美好的光景相遇。每一次读诗，就是一次精神洗礼与超越，都是一次形神超旷。因为成功的诗篇，都能乍现天地之美好、人间之美好，让你眼前一亮。诗人让我们活得更灵性，让我们的精神往上升。艺术熏陶人品，不像吃药，吃了“白加黑”马上就不咳，不是这样的，艺术是慢慢熏陶，造就美好的人生。

这就是《蒹葭》的艺术。你把它解释为爱情诗，解释成牛郎织女的诗，实际上都是在找它的本质。可是，这首诗真正魅力在其象征性地展现了一种人生情景，因而具有哲理。而且，所表达的哲理是不用哲学术语来说的，那样一说，就把它弄死了，非得用诗篇这种情景化的表现带着读者去体验。是的，我们有很多人生体验是难以描述的，但是，诗人却可以带你去真切感受他所发现的天地、世界之美。这在《蒹葭》中是做到了的，所以是了不起的。

第十五集

七月流火

中国是个农业国家，农业造就了我们的生活，也造就了我们这个民族很多的品格，准确说是很多优秀的品格。解读几千年前我们民族文化形成时期的《诗经》篇章，可以从传统的根源处了解我们民族品格的一些特点。这里，要解读的诗篇就是风诗中的《豳风·七月》。诗篇很长，所以分两讲来解读。诗篇是这样的：

七月流火，九月授衣。一之日觱发，二之日栗烈。无衣无褐，何以卒岁？三之日于耜，四之日举趾。同我妇子，馌彼南亩。田畯至喜。

七月流火，九月授衣。春日载阳，有鸣仓庚。女执懿筐，遵彼微行，爰求柔桑。春日迟迟，采蘩祁祁。女心伤悲，殆及公子同归。

七月流火，八月萑苇。蚕月条桑，取彼斧斨。以伐远扬，猗彼女桑。

七月鸣鵙，八月载绩。载玄载黄，我朱孔阳，为公子裳。

四月秀葽，五月鸣蜩。八月其获，十月陨萚。一之日于貉，取彼狐狸，为公子裘。二之日其同，载缵武功。言私其豵，献豜于公。

五月斯螽动股，六月莎鸡振羽。七月在野，八月在宇，九月在户，十月蟋蟀，入我床下。穹窒熏鼠，塞向墐户。嗟我妇子，曰为改岁，入此室处。

六月食郁及薁，七月亨葵及菽。八月剥枣，十月获稻。为此春酒，以介眉寿。七月食瓜，八月断壶，九月叔苴，采荼薪樗。食我农夫。

九月筑场圃，十月纳禾稼。黍稷重穋，禾麻菽麦。嗟我农夫，我稼既同，上入执宫功。昼尔于茅，宵尔索绹，亟其乘屋，其始播百谷。

二之日凿冰冲冲，三之日纳于凌阴。四之日其蚤，献羔祭韭。九月肃霜，十月涤场。朋酒斯飨，曰杀羔羊，跻彼公堂。称彼兕觥：万寿无疆！

笔者过去曾在中学课本中学过这篇作品，说实在的，当时真没有觉出有什么好来。可随着年龄增加，看书稍微多一点，阅历深一点，就发现这篇作品中有大美。大美跟小美不一样，小美，风花雪月；大美是天地之美，就诗篇而言，它有其他作品所没有的“人在天地之间生存”的大韵律。这一点，我想读者马上会感受到的。诗一共是八章，每章十一句，共八十八句。

第一章上来就是“七月流火”一句。这句诗很容易让人误解，以为夏日七月热得像天上下火，好像有时夏日晒得大理石地面都能够烤五花肉！诗句不是这个意思。“七月”是夏历的七月，相当于现在阳历八九月，快到九月了。这个“流火”的“流”，不是“哗啦哗啦地流”，而是“偏”意思，是说什么的方位往西偏了。什么往西偏了呢？是大火星。这“大火星”又是什么星？为什么一首农事诗篇一上来就关注它的方位呢？这就说到古代天文学了，古代天文学家把天空中可见的星分成二十八组，叫做二十八宿，共有东青龙、南朱雀、西白虎、北玄武四大组。大火星是东方青龙七宿的第二颗，又叫心宿，又叫商，因为亮度大，好观测，所以古人用它来判断时令，所以又叫作大辰。清代大学者顾炎武说过，古人因为要判断时令，人人都是星象家，都认识天上的星宿。那么，古人又是如何经由看星辰判断时辰呢？一般的做法是在一天的早晨或傍晚的黎明、黄昏时分，看星辰的位置，例如心宿二即大火星何时出现在东方天空，何时在南天正中，就意味着是何等时令到来了，人们的农事该做什么了。此诗说“流火”，是说大火星在早晚观测它的时候，它已经不在南天正中，而是偏西了。这就是“流火”，意味着一年的寒冷季节就要到了。所以，古代注释家说“火”是“寒暑之候”，大火西偏，是天气由暖变寒的标志。阳历的八九月份，可不就是天气开始变凉变冷了！这在北方尤其明显。表明气候的变化，在诗篇是为了引起下一句，“九月授衣”到九月份，时间没有多久，就要向农夫发放御寒的冬衣了。这两句，有笼盖全篇的意味，诗篇从时令说起，言外之意就是提示人们，时令飞快，人事的安排要抓紧，因为天时的变化就在一转眼之间。

实际也是如此，“七月流火”之后，马上是“九月授衣”，马上就是“一之日觱发，二之日栗烈”。“授衣”就是由公家、官方向农夫发放衣服。“授衣”的事情应该是非常古老的做法。因为到了春秋时期，社会就进入一对夫妻、几个孩子组成的“核心式家庭”的时代了。也就是说，由于农业工具、技术的进步，以核心家庭为生产单位就可以了。诗篇说“授衣”，衣服还是由集体分发，表明所说的时代还不是一家一伍的小农社会，而是家族合作的时代。这表明，诗篇表现（也许是回忆性的述说，或言“讲古”）的农事生活年代，很古老。

诗篇的开头是很奇特的。不从一年的开始月份说起，而是从“寒暑之候”的天象开篇，是有其特定的考虑的。一年的农事，头绪纷繁，从何说起？诗人的选择是从“七月流火”起。为什么？寒暑的转变关乎上天，关乎阴阳时变。这合乎古人对天人关系的重视与理解。这首诗篇的创作问世，大约在西周至春秋这一段，对我们而言，这是古老的古代，可是，考古发现表明，在西周春秋以前的千百年，就是西周春秋先民的先民们，老早就开始用各种途径、手法观测天时，建立历法了。这也难怪，我们的七八千年前的老祖先就开始了农耕，农耕又特别讲究时令，所以，天文历法方面的探索，早就有悠久而深厚的传统了。也正因诗篇是从“寒暑之候”起笔，“人在天地之间”这样的大意象，也就越发明显。这又仿佛是整首诗篇调子的定音：诗篇述说一年农事，不是四平八稳的。

下面“一之日觱发，二之日栗烈”就是沿着头两句发展的。古人对寒暑的变化特别精心，一年什么时候开始冷，什么时候开始热，热与冷的极致和交替在哪里，都是非常关注的。所以，诗在交代了“七月流火，九月授衣”寒暑交替之后，一竿子戳到底，马上就写“一之日、二之日”的天气。关于“一之日”、“二之日”两词如何理解，很长时间有争论。有人说“一之日”，就是“一来呢，二来呢”，是不对的。西周的正月就是夏历的十一月份。这样，夏历的十二月就不能说了，只好说成是一之日，其实就是夏历十二月；“二之日”

就是夏历的次年正月。由此往下推，诗篇下面说的“三之日”、“四之日”就是夏历的二月、三月。那么“一之日觱发”的“觱发”是什么意思呢？天寒的意思。但这个词，也可以把它读成一个象声词，就是形容噼里啪啦的响声。北方人都知道，一到了冬天十一二月份的时候，寒风哗啦啦一刮，城里响声不大，可在农村，多的是柴门、柴窗，又到处是篱笆，还有堆积的庄稼秆子，冬天大西北风一刮风，噼里啪啦响成一片！“二之栗烈”的“栗烈”就是凛冽。到了寒冬，寒风凛冽，是最冷的时候。“无衣无褐，何以卒岁？”话语很沉重。这是一个天经地义的问题：没有御寒衣服，如何度过寒冷的冬天？句中的“衣”就是麻布；“褐”是毛制的粗布料；在这里“衣”、“褐”都是御寒之衣。“卒岁”，就是度过一年。老话说，冬天最难过。夏天，穷人也能过，光着身子就可以，到冬天可就不行了。所以，诗从寒暑之候写起，热天过去了，冬天就要来了，要充分的储备才可以。《七月》篇的两大主题是衣与食。在此，把“衣”的问题郑重地提出来了。“无衣无褐”就无以“卒岁”、无法过冬。这样的发问，埋伏了一句话，要劳作，要早点准备。也就是说，在这样的发问中，正隐含着一种哲学：民生在勤，勤则不匮。

“三之日于耜，四之日举趾。同我妇子，馌彼南亩。田畯至喜。”“三之日”就是正月，也叫开春。正月十五一过，年节就算结束了。这时虽不能耕种，劳作工具的准备却该做了。这就是“于耜”。“耜”就是翻土农具，“于耜”就是修缮工具。到二月份，就开始“举趾”了。按照过去的说法，“举趾”是用脚踩“耜”，是翻耕土地的动作。不过，现代有学者指出，这两个字可能是“举镃”。在《孟子》中有这样的话：“虽有镃基，不如待时。”“镃”与“趾”读音相近。这样的解释很可取。“同我妇子”就是大人、小孩儿一起出工，“妇子”就是老婆、孩子。大家一起出工，“馌彼南亩”。“馌”字在《诗经》里反复出现，就是家里做饭、地里吃，也就是送饭到田头的意思。“南亩”就是向阳的土地，是好土地，产量高。下面一句的“田畯至喜”理解上有分歧。首先是“田畯”，是表示官员还是表示农神，有不同说法。“至喜”的“喜”，一种说法是“饎”（chí），指公家送饭到田头以后，由田畯给各家分饭。如此，“喜”就是饭食的意思。另一种解释是田畯非常高兴，不如前一种好。开春二月，“二月里来好风光啊，家家户户种田忙”。诗篇写的就是这样的景象，是春天的乡村广大原野上的无限光景。男的、女的、老的、少的都出来了，大家合作，播种百谷，这是何等壮观的场景！在这样的时节，公家送饭到田头，款待大家，农官负责把饭食分给大家。联系其他诗篇，西周有这样一个习惯，春耕时，周王要亲自来到公田上劳作一下，表示是他率领着他的万民耕种田地。这时，周王也会带上自己的妃嫔、孩子，仪式中要唱歌，要杀牲口祭祀神灵。这个时候，公家要送大家一顿饭。

这就是第一章。总结一下，诗篇第一章从七月的“寒暑之候”起笔，继而描述冬天寒风凛冽的特有声响；由“无衣以褐，何以卒岁”提出“衣”的主题，继而写到正月、二月的劳作，大人小孩儿齐上阵，公家、私人一起做，而且还有分发饭食的场景。也把与“衣”同样重要的另一个主题——“食”——无意间点了出来。这首诗，衣、食二字是其经线，贯彻到底，再穿插以丰富多彩的各种纬线，交织成一首古朴的如锦如绣的大篇章。还有一点，诗篇虽然是从“七月流火”起笔，可实际叙说农事的劳作，还是很照顾农事生活从正月开始这样的基本事实的。这正好表明，诗人这样做是有意为之，如果不想使诗篇的述说四平八稳，那么，从“寒暑之候”及寒风凛冽写起，最容易使诗篇的叙述一下子见出力道；这对突出主题，也是最好的选择。这是第一章。

第二章也是“七月流火，九月授衣”起，行文上这是借第一章的文势，造成的一种复沓效果。是《诗经》风诗常用的章法，并不让人感到啰唆。妙的是“春日载阳，有鸣仓庚。女执懿筐，遵彼微行，爰求柔桑。春日迟迟，采蘩祁祁。女心伤悲，殆及公子同归”这一段，前代有学者称之为“春日采桑图”，几句诗也确实画面感清晰动人。“春日载阳，有鸣仓庚。”这个“庚”字在《诗经》时代，与“春日载阳”的“阳”是同韵的。“载阳”：春天一天天暖和起来了。“仓庚”就是布谷鸟，也有人说是黄莺、黄鹂鸟，都可能。暖洋洋的春天，原野到处葱绿，女孩子们手执采桑叶专用的浅筐——“懿筐”就是浅筐——三三两两、叽叽喳喳地走在通向桑田的小路上。她们散在桑间，半隐半现，她们手里一边采着柔嫩的叶子，一面抬起头，望着远方。和煦的风吹拂在脸上，暖洋洋的；看着那茂盛的蘩蒿，有人就不禁心事重重：该到了出嫁的年龄了。想到此，不禁心跳加快，又憧憬，又害怕，还有将要离开家的感伤，满是说不清、道不明的惆怅。这时候，忽然天上再来几声“布谷布谷”的叫声，“采桑图”不仅有画，还有了声响，是何等的气韵生动啊！简单的文字，诗情画意，在《七月》篇中，真算得上是最奢华的铺叙了。而且，诗篇表现采桑女，一会儿是从旁观者加以叙说，一会儿又转换角度，写女孩子眼中的春光，以及春光引起的内心惆怅。“春日迟迟”的“迟迟”，意思是舒缓，也就是慢；春天又怎么会“慢”呢？这就是人的心理感受。人们说春天是“暖洋洋”，冬天是

“冷飕飕”、“冷凄凄”，“迟迟”，犹如“洋洋”，也是传达的心理感受。春天并不短，可心的感受就不同。女孩子一边采桑，感觉到春光明媚，就勾起了她们无限的心事，情感世界就涌起一股股莫名的忧伤。诗篇是多么善于观察、表现生活。

再下一章，主要写桑，写与桑相关的生产：“七月流火，八月萑苇。蚕月条桑，取彼斧斨。以伐远扬，猗彼女桑。七月鸣鵙，八月载绩。载玄载黄，我朱孔阳，为公子裳。”“八月萑苇”的“八月”，就是现在九十月份，该割苇子了。有学者说这个“萑苇”的“萑”就是“剜”即割取的意思。也有学者说“萑苇”是名词当动词用。不同的解释，意思都差不多，就是收割苇子。苇子收割之后，可以编制做箔，叫苇箔，养蚕时做铺垫用。所以，“八月萑苇”其实是说的上一年割苇子的事。此章的主旨从下面一句即“蚕月条桑”开始。因为养蚕需要苇箔，就把前一年的割苇子事带出来了，这也是一种很经济的叙事手法。

“蚕月”就是三月，是养蚕的关键时期。“条桑”就是挑桑，就是整理桑树，要有所挑选。桑树有很多特点，古人早就掌握了。例如桑树生长是副芽多，砍去一个老的枝干，就有许多的副芽迅速生长。所以，砍伐一些，就能使得桑树枝叶更加茂盛。“斧斨”是两种斧子。方孔的叫“斨”，圆孔的叫“斧”。其实古代的斧子种类很多，这里所指不过是各种斧子而已。“远扬”就是那些长得很长的风枝，“猗彼女桑”的“女桑”就是“柔桑”，“猗”就是把那些因为柔弱而歪斜的桑树扶直培土。诗的作者，对农事生活烂熟于心，所以用词非常简洁、准确。你看，“取彼斧斨，以伐远扬，猗彼女桑”，几个动作是连贯的，自有一种韵律在其中。

“七月鸣鵙，八月载绩。”到了夏历七月，伯劳就来了。“鸣鵙”的“鵙”，就是伯劳鸟。古人判断时间，除了看星星之外，还看物候。物候现象主要有植物，如某些植物何时开花，就表明什么季节到了，还有就是观察候鸟的来往。诗篇说伯劳鸟到七月份就来到了豳地了，某个时令也就到了。七月份鸣鵙，到了八月份开始纺织，“载绩”就是纺织丝绸，纺织出来的布有红色，有黄色，色彩灿烂，十分耀眼。这就是“载玄载黄，我朱孔阳”两句的意思。劳作，创造了形式，创作了色彩，也创造了美。

前一章重点是桑、丝，接下来的一章重点猎取兽皮。特别之处在诗还是沿着月令的顺序，写“四月秀葽，五月鸣蜩。八月其获，十月陨萚”，笔法简单，每个月只抓住某一种物候现象轻轻一点即带过。四月天就“秀葽”了。“葽”是一种苦菜，现在菜市场还卖一种苣荬菜，又叫苣菜，这就是“葽”。“秀葽”就是苣荬菜开花，按照《逸周书·时训》的说法，葽开花时，就是“二十四节气”的“小满”了。这个节气是作物生长的关键期，有文献说：“小满乍来，蚕妇煮茧，治车缫丝，昼夜操作。”小麦生长也是关键期，俗语有所谓“小满不满，麦有一险”，是说，麦子如受了干热风的影响，灌浆就不满，就不能好好乳熟，籽粒也就不会饱满，就要歉收了。过去有一首顺口溜说四月：“做天难做四月天，蚕要温和麦要寒；出门望晴农望雨，采桑娘子望阴天。”讲这四月天最难做，这时候，蚕要温和，天太凉，蚕不喜欢；可是麦子不能太热，太热影响成熟。出门的人都想晴天，老农却想让老天下雨。采桑的娘子呢？也不想晴，也不想雨，她想要个阴天。就是当老天爷，到了四月份也有头疼的问题。这都属于民众对每一个月份农耕特点的观察。《七月》实际上就充满了这样的观察。四月“秀葽”，紧接着就是五月份蝉开始叫。蝉在今天也很常见。蝉有大蝉、小蝉，小的蝉就是“伏天伏天”地叫的那种，又名伏天。不过，伏天叫的时间按说要晚。大的蝉，就是知了，叫声没有变化，也没有想象力。但这种蝉叫的时间早，诗中的“鸣蜩”，应该指大蝉。

八月份开始收获了，到了十月份，也就是到了公历的十一月左右，万物就开始“陨萚”，即落叶缤纷了。之后就进入农闲，但农闲也不闲，“一之日于貉，取彼狐狸，为公子裘。二之日其同，载缵武功。言私其豵，献豜于公。”十一月开始“于貉”即打猎。“貉”，就是“一丘之貉”的“貉”，形体像狐狸，比狐狸短一点，在北方又把它叫作獾、狗獾。皮毛保暖性很好，很名贵。所以打猎是要取它的皮。猎杀动物在今天不提倡，但在古代是经济生活的重要组成部分。那时候人少，猎杀工具简单，不至于赶尽杀绝。今天科技进步，实际上已不用兽皮来保暖，再猎杀，就是不爱惜动物。“存天理，灭人欲”，在猎杀动物的事情上，是要讲点“灭人欲”的道理的。貉之外，还有“取彼狐狸”，打狐狸。狐狸毛皮在古代是最高级的衣料，有句话叫“集腋成裘”，狐狸肘腋地方的毛非常好。“为公子裘”，当然是高贵的人穿裘皮的衣服。“二之日其同，载缵武功。言私其豵，献豜于公。”二月份继续打猎，“缵”就是继续。“武功”是说练武，古代狩猎与操练战阵是同一件事。因为古代作战工具与狩猎工具大体一样。古代有一种“蒐礼”，就是以狩猎的形式操演战阵。这是要由政府组织的。打猎，取肉、取皮毛是一个目的，全民皆兵，练习战阵，也是一个重要的目的。诗篇是说到了十二月份要“缵武功”，即接着练武功。“言私其豵”，小野猪（豵）归自己，大野猪（豜）归公家。是讲分配猎物，有公有私。

《七月》是农事诗篇，却不是单表农耕，也表打猎；而且打猎又不仅是农事的必要补充，也是经济生活之外的军事活动，是捍卫生存的必要之事。这样写，就把农事生活的丰富多样写出来了。不过，诗篇最丰富的还是对自然物象的观察，你看下面一章的句子："五月斯螽动股，六月莎鸡振羽。七月在野，八月在宇，九月在户，十月蟋蟀，入我床下。"神龙见首不见尾的句子，鱼贯而出，还是写物候。其中的"斯螽"即蝗虫。蝗虫不是对庄稼有害、是害虫吗？是的。但在诗篇，说到这类昆虫时，又何尝有半点"害虫"的感觉？没有，它们也是天地间一物，而且它们的活动，还可以帮助人们确定时令，诗篇正是从这个角度表现这些昆虫的，其实是拿它们当农事生活的一部分。诗言到了五月，就有一种叫"斯螽"的昆虫开始活跃，开始"动股"了。"动股"，旧说以为斯螽是用腿摩擦出声的。其实科学考察发现，蝗虫用腿摩擦时，在它的胸部还有一个薄片起共鸣作用，所以双腿一摩擦，就能发出沙拉沙拉的响声。"六月莎鸡振羽"，莎鸡也是一种蚂蚱，叫纺织娘，飞起来振动翅膀，发出啪啦啪啦的响声。下面一连串的句子就太奇特了："七月在野"是说在野外；"八月在宇"，是在房檐下；"九月在户"，在窗户前；"十月蟋蟀，入我床下"，是说到夏历十月时，蟋蟀就到了我们的床下了。蟋蟀随着自然节令迁居，诗篇也就连用"在"字句式一气而下，仿佛是跟着蟋蟀的脚步走。而且，先不说出主语"蟋蟀"俩字，到了最后才做交代。这样的句群，是打破了《诗经》常见的两小句子成一个意群单元的习惯的，都说唐朝韩愈的诗有"散文化"，实际诗体用散文化的句式从《诗经》开始，《豳风·七月》就是"以文为诗"的祖宗。

蟋蟀入室的时候，辛苦了一年的农夫们也该从田间的草庐回到邑落的家中了。冬天农民回到有围墙的村落（古称邑），春天则四散开去，到田野搭建草庐居住，为的是方便农耕，一年的大部分时间不在屋室居住。如此，回家就得先做一些房屋整理的事，这就是第五章下半段说的："穹窒熏鼠，塞向墐户。""穹窒"，就是用泥糊好房顶上的裂缝。"熏鼠"就是点起火把，把住在房屋洞穴中的老鼠熏出来，之后把老鼠洞穴堵起来。另外，还要把朝北的窗户（向）堵塞，把其他门窗的缝子塞严，以阻止冷气的进入。做完这些事，屋子可以住了，可以在房屋中迎接寒冷的冬天了。诗写到此，发出了一句深深的感叹："嗟我妇子，曰为改岁，入此室处。"辛苦了一年的一家老少，终于可以在房屋里安稳地歇息一段时光，迎接新年了。这一章的"熏鼠"还关涉一个有趣的话题：《诗经》时代人们似乎还不知道养猫，猫好像还住在野外。从西周到春秋，从文献中可以看到每年冬天祭祀的时候，要祭祀猫和老虎，以感谢它们吃老鼠、野猪等害虫。有学者说，古人知道养猫，是秦汉以后的事。不知是否如此。不过古代养猪、养狗都是很早的，考古发现可以证明。

诗篇到了此，也就是在第五章和第六章之间，有一个小小的间歇。前面的各章，"衣"方面的事说得多，采桑、载绩、打狐狸，都与穿衣有关。到"入此室处"一句之后，"衣"的事情讲得差不多了。从下一章即第六章开始，表现"食"的内容多了。第六章："六月食郁及薁，七月亨葵及菽。八月剥枣，十月获稻。为此春酒，以介眉寿。七月食瓜，八月断壶，九月叔苴。采荼薪樗，食我农夫。"不都是说"舌尖"上的事吗？

先是野果子，到六月份，天变得很热的时候，各种树木上的果子成熟了。

第一句的“郁”和“薁”就是两种果子。“郁”一名“车下李”，落叶小乔木，枝条细长，高山、川谷和丘陵都能生长。郁的果子像樱桃大小，红色，酸甜，稍带涩味，可食，也可以酿酒。“薁”俗称野葡萄、山葡萄，野生果类，我们现在吃的葡萄，大约在汉代从西域引进来。之前，中国只有“薁”这种野葡萄，是葡萄的近亲。果实也像樱桃大小，紫红色。诗篇虽然只说到两种野果，其实在乡村，夏天可食的野果还有许多。不用说古代，就是数十年前，乡村生活清苦，夏天的各种甜味的野果、秸秆，都是人们改善口味的食材。

接着就是菜蔬。六月可以采食郁和薁，七月又可以采食“葵”和“菽”。“亨葵”的“亨”就是“烹”。采野果可以生吃，菜叶子就得烹饪一下了。“葵”是一种野菜，冬春之际开花，又称冬葵，在古代有“五菜之主”、“百菜之王”的美称，诗篇所讲的葵应该是五六月份栽种。“菽”又称“藿”，就是大豆的嫩叶子。“八月剥枣”就是打枣，“剥”就是击打的意思，今天也是如此。北方有句歇后语：“八月十五蒸年糕——趁早（枣）。”就借的是阴历八月打枣的事实。过去有所谓“瓜菜代”，是说各种应时瓜果，可以替代粮食，使人度过青黄不接的艰难。乡村还有一句话：“青瓜劣枣，见面相扰。”是说你家种了瓜，或者有枣树，谁家小孩子偷着摘了吃，骂两句、轰一轰就行了，不能再严重，若把人家孩子打伤了，就不符合乡村规矩了。为什么？生活艰辛，瓜果解馋，是要体谅的。这事，说起来还是由来已久的老例。你看杜甫，他在四川漂泊时，家里有枣树，邻居有一位孤苦妇女常过来打枣吃，他不制止。后来杜甫搬家，把院子给了吴郎，吴郎却马上给院子加篱笆墙。杜甫就写了《又呈吴郎》劝告他不要这样做。诗篇说：“堂前扑枣任西邻，无食无儿一妇人。不为困穷宁有此，只缘恐惧转须亲。即防远客虽多事，便插疏篱却甚真。已诉征求贫到骨，正思戎马泪盈巾。”事情不大，实在感人，是伟大的情怀。

诗篇接着说“十月获稻”。考古发现，古代中国是两种农作物的发源地：一是北方的小米，二是南方的水稻。可以确信，早在距今八九千年左右，古人就栽培水稻了。北方种水稻，《诗经》西周后期的诗篇就有了。诗篇接着说：“为此春酒，以介眉寿。”稻米不仅可以做饭，还可来酿酒，酿制的酒名“春酒”，冬酿春成，所以叫春酒；又叫冻醪，酒劲儿较大，所以冷着喝。“以介眉寿”的“介”是“助”、促进。“眉寿”就是“弥寿”，就是大寿。给老年人喝点浓厚的乳白色春酒，可以帮助长寿。温暖的孝敬之道，就从这“冻醪”的使用中汩汩而来。还有，在唐代，很多酒都以“春”字命名，就是沿袭《七月》的“春酒”来的吧？“七月食瓜，八月断壶。”关于食物，诗篇又补了些内容：“七月食瓜”，七月份可以大量地吃瓜；之后就是“八月断壶”，“壶”就是葫芦；“断”，掐断。葫芦在古代生活中也很有用场。距今六七千年的仰韶文化时期，那些盛水的彩陶双耳瓶，就是依葫芦样或说是受葫芦启发制作的。到后来，一般家庭舀水用的瓢，就是把葫芦剖为两半而制作的。“九月叔苴”，“叔”，拾取；“苴”，野麻子。用来编绳子的那种麻，可以长出圆圆的果子，掰开以后有粒，粒子一开始是白色，可食；干了，就成黑色的了，也可以食用。“采荼薪樗”：吃的菜是苦菜，烧的柴是臭椿。极言生活艰苦。“食我农夫”，这句有点总结的意思：当时我们的农夫在食物上就是如此的艰辛。这就是《七月》的特点，一方面有对生活的欣喜，一方面也从不避讳生计的艰难。像这里，就专门谈食物粗杂、柴火的恶劣。诗篇这样写的意图是什么？回答是：讲古，讲述古代先民的生活不易，有教育子弟珍惜今日的意思。今人从诗篇却可以看出另外的含义，即农耕所造就的先民品质。实际上，至今中国人在经济生活上都没有摆脱这样的习惯：特别讲究储蓄，讲求节俭。为什么？农事生活艰辛，温饱是最大问题。

那么，诗篇就是要诉说生活不易吗？绝对不是。因为时间有限，就先讲到这里。诗篇更多的含义，下次再继续讲。

第十六集

农桑生活大韵律

不同历史人群在天地间生存的方式各种各样，有的靠放牧牛羊，有些靠打鱼、靠狩猎。还有一些就是靠农耕稼穑。我们的老祖先因乎天地自然，选择了农耕方式，在农耕方式中建立了属于我们这个文化人群的农耕文明，形成了特有的民族文化品质。《豳风 · 七月》的诗篇，就表现的是农耕文明特有的生存状况。作为文学，诗篇对一年的农桑稼穑做了全面的观照，快节奏地述说了一年十二月衣食住行的艰辛又充满色彩的农事劳作。

前边我们讲到前五章以“衣”为主的活动。诗篇接着述说到了“食”，“六月食郁及薁，七月亨葵及菽”以及“采荼薪樗，食我农夫”的句子，让人感到了生活的艰辛清苦，诗篇特有的风霜之感，就是从这些苦寒之句中透露出来的。然而诗篇既述说苦寒，也讲述丰饶。请看接下来的第七章：

九月筑场圃，十月纳禾稼。黍稷重穋，禾麻菽麦。嗟我农夫，我稼既同，上入执宫功。昼尔于茅，宵尔索绹，亟其乘屋，其始播百谷。

到了“九月授衣”的天凉时节，又开始“筑场圃”了。“筑”就是碾压、击打。秋天在过去又称“大秋”，各种粮食上场，要打场了。这需要一个很大的场地才可以容纳许多粮食。以笔者并不丰富的农村经验，修建场地可是技术活计。先要在村庄附近（为的是易看护）选择一片足够大的空地，之后围土埂，为的是下一步的灌水浸泡。等水蒸发的差不多时，趁着泥土还湿润，用耙子把泥土弄疏松，这样才好平整。给谷物脱粒的场，一定要平，平得跟镜面一样。场的地面不但要平，还要坚实，不能一扫就起尘土。所以，在平整地面时，要放一些压成碎片的麦秸，然后用碌碡压。场上的工作，在农村是技术活。什么粮食放在哪儿？如何打，如何簸扬，都很讲究。所以，场上一定得有一个有经验和威望的老农来领导，叫场头。干活的呢，一般都是中老年妇女。因为她们心细手巧，要筛、要簸，干得好，可以颗粒归仓。诗篇说到场，不是单说一个“场”，却说“场圃”，这是为什么呢？这是因为，场这一大片空地打完场以后，因为坚硬，还得用水泡，泡软了以后再犁耕。可就是这样，场地也还是不适宜种别的作物，最好是种蔬菜，所以又叫“圃”。“场”后加上“圃”字，称为“场圃”，很合理啊。

“九月筑场圃，十月纳禾稼”，是说十月各种作物才到收割的高潮，各种粮食都上场了。诗篇对此很会写，只用了八个名词：黍、稷、重、穋、禾、麻、菽、麦。没有动词，只用名词，这样做是为了突出种类的繁多，形成一种堆垛之感，丰饶之意也就不言自明；欣喜之情，也可以溢于言表。文学抒情，不一定“啊、啊”的，出色的描述本身就是可以传达作者的情感。这样的抒情更显老到。诗篇说到的“黍”，籽粒形状有点像谷子，手感比谷子粒滑，米是黏的，磨成面可以蒸年糕。“稷”是农作物没问题，究竟是什么农作物，说法可就不一样了。有人说是更黏的米，但清代学者程瑶田《九谷考》考证，稷就是高粱。这都是大秋作物。“重”、“穋”是什么？先种后熟的叫“重”，后种先熟的叫“穋”，其实就是生长期不一样的庄稼。诗就用这些词义变化的名词来强调场上粮食的堆堆垛垛、林林总总，年成的丰饶也就不在话下了。

不过“禾麻菽麦”的“麦”似乎有些问题。以现在北方种植的麦子说，收获季节在春夏之交、芒种节前后，如此，这句诗是连类而及，“麦”字不可坐实理解。不过也有一种可能，诗句可能指的是春小麦、大麦。这得请教农业史专家了。你看，诗就用了八个字，把收获的光景写出来了，而且，喜悦之情表达得又很含蓄。这里的喜悦，也未尝不可理解为全诗的情调：农耕稼穑虽艰辛，还是很值得热爱的。

“嗟我农夫，我稼既同。”庄稼收获了，场也打完了。可这不意味着休息。农桑稼穑的事情做完了，生活中的其他事情就来了。诗篇接着就是：“上入执宫功。”“上”可以理解为“尚”，也可以理解为“为公共建设出力”。农民散落在各个村落，而公共建筑一般在大城邑，所以用“上”来表达。古代要调集民力，是要看时节的。孔子在《论语》中就说，做领导的要“使民以时”。建设公共设施，如盖宫殿、修城墙，不能在农忙时，只能到田里活计结束以后，这叫作“使民以时”。“执宫功”中的“宫”指的是宫殿，也可能指代所有的公共建设。为公共建设出力之后，就可以回家整理自己的私人房舍了。诗篇说：“昼尔于茅，宵尔索绹，亟其乘屋，其始播百谷。”“昼”，白天，“于茅”就是割取茅草，铺在房顶上，遮阳挡雨。要固定它，就需要绳子，所以，要“宵尔索绹”；“宵”，晚上；索：搓麻绳，动词；绹，就是绳索。“亟其乘屋”，登上屋顶，把茅草铺好，再用“绹”来固定。考古发现，西周时期房顶就用瓦，不过与今天不一样，今天全用瓦，西周时用瓦要少，房梁顶部一行，与之垂直，有间隔地沿着屋墙再加几行。瓦上有鼻儿，还有帽钉；钉，可以插入泥土，瓦可以加固；鼻，是用来拴绳固定茅草的。把屋顶修好了，接着就是“其始播百谷”，新一年耕种开始，又要播种百谷了。真正的“农闲”几乎是零啊！为突出这一点，诗篇的几个句子的节奏也十分快：“昼尔于茅，宵尔索绹，亟其乘屋，其始播百谷。”一气呵成的节奏，正宜表现劳碌身影的无休无止。

说到“昼尔于茅”几句，儒家文献里还有一个有趣的故事，讲子贡对老师孔子说：我跟您学道，很累呀，整天念书、思考和论道，我疲倦了，我想另外做点什么，可以获得休息。孔子问他，那你想做点什么其他事来休息？子贡：我想去侍奉君主，是不是要比读书好点呢？孔子说：“侍君难。诗云：‘温恭朝夕，执事有恪。’事君难，事君焉可以息哉！”《诗经》里都说了，做大臣侍奉君主，要“温恭朝夕”，事君态度要温和恭敬，早请示、晚汇报，多难啊？侍君怎么可以歇息呢？子贡说：那我干脆回家侍奉父母。孔子说，“诗云：‘孝子不匮，永锡尔类’。事亲难，事亲焉可以息哉！”说你回家侍奉父母。你看《诗》里说了，“孝子不匮，永锡尔类”。好好当个孝子，让老人什么都不缺，老天才赐福给你，侍亲也难。子贡还选了其他许多工作，孔子都引用《诗经》里的句子，告诉他难。最后子贡说，我挑一件最省心的事，去当老农吧，当农民是不是可以不那么费心了呢？孔子又说了："《诗》云：'昼尔于茅，宵尔索绹，亟其乘屋，其始播百谷。'耕难，耕焉可以息哉！"你以为做老农就容易啊？你看看《诗经》怎么说？"昼尔于茅，宵尔索绹，亟其乘屋，其始播百谷。"多么忙碌啊？说来说去，做什么都难，都累。子贡听完就问：那可怎么办？什么时候才得休息啊？孔子说：你看，你往远处看，看原野上，有些地方高出一块来，有些圆圆的一个墩子，有的像鼎，有的像锅，反正就是那些隆起的土堆，就是坟地，人只有到了那地方才可以休息啊。子贡听了，也就明白了，活一天，就得干一天，做什么事都不清闲。他就说了一句："大哉死乎！君子息焉，小人休焉。"死真是了不起啊，死亡面前人人平等，有身份的也在那儿休息，没身份的也在那儿休息。很有趣的一段故事。孔夫子拿《诗》引经据典，鼓励学生，人活着，就得做事，其中就引了《七月》的"昼尔于茅"几句。

这就是儒家的文雅，与其他诸子流派比起来，儒家最熟悉经典，是经典的守护者、阐发者，与《诗经》的关系就更密切了。"子曰诗云"是儒家的长项，所以庄子挖苦儒生，写文章调皮，说一位大儒领小儒去挖人家坟盗取宝贝。一边撬开死尸的牙齿取珠宝，一边念诗句。当然是开玩笑，我们就不去多说了。

总之这一章写收获。另外还写到实在忙碌的"农闲"，农事劳作随着天地的周而复始而展开，是片刻不息的。

最后一章，也是"农闲"时的事：

二之日凿冰冲冲，三之日纳于凌阴。四之日其蚤，献羔祭韭。九月肃霜，十月涤场。朋酒斯飨，曰杀羔羊，跻彼公堂。称彼兕觥：万寿无疆！

“二之日”，阴历十二月份，最冷的时候，干什么？“凿冰冲冲”，到河边凿取冰块。之后，“三之日纳于凌阴”，下一个月纳到“凌阴”。先说这两个句子的关系，是互文形式。“二之日”，十二月凿冰，到了正月再纳到凌阴里去？不是，两句实际上是说，从十二月份到正月，就是凿冰并且放到凌阴里的时节，两个月都是取冰藏冰的好时节。“冲冲”，是形容词，很准确。北方现在这多年雨水少，河流很多都干掉了。在过去的华北平原，像我的老家，夏天都是到河里游泳的。到冬天，实际是秋冬之际，水又涨起来了，把收割后的稻田淹没了，整个河套全是水，然后就是冰。那时候乡村制作粉条，就是“猪肉炖粉条”的“粉条”，就是到河的冰面上取大块的冰化为水的。河水成了冰，很多微生物就被杀死了。取来放到大锅里烧开，大人一手拿漏勺，另一只手拍打着持大勺的手，令其振动，“唰啦啦”浆状的粉条漏入开水锅里，十分壮观呢！凿取那些冰的声音，听起来也“嗵、嗵、嗵”的。时冬腊月，结冰的河面要膨胀，冰就裂开大缝子，夜深人静时，老远就能听到河里“嗵、嗵”的响声。这时的河套就成了一个音乐场子。读“凿冰冲冲”句子，总使笔者想起河冰开裂的巨响。诗人选择“冲冲”形容凿冰的声音，很传神！

凿取之后，“三之日纳于凌阴”。什么叫“凌阴”？就是地窖、冰窖。有一句话俗语言，“大火烧冰窖——天燃（然）该着”，是形容一些奇怪的事。有趣的是，当代考古发现了凌阴。是在春秋时期秦国遗址发现的，具体地点是今天陕西省凤翔县。这地方曾是秦国都城，当时叫雍。在雍城遗址，人们发现了春秋早期的一个建筑遗址，主体呈倒梯形，地面上还有一个平台，是夯土筑的；主室的四面有墙，墙外还有回廊，门是有沟槽的，可以密封。这就是古人藏冰用的凌阴。古人修冰窖很有特点，把它修在靠河的地方，冰窖底部还有一条下水道，通向窖旁边的河。

这样精心建筑凌阴，是因为藏冰在古代是很严肃、很重要的事。所以下面接着说："四之日其蚤，献羔祭韭。""四之日"就是二月，春暖花开的时候，这个时候要开冰。在这个月的"其蚤"，就是"其早"，即一开始的时候，要"献羔祭韭"，杀一只小羊羔，贡献一点韭菜，祭祀司寒之神。这在诗篇本身没有明说，相关文献有记载。实际在藏冰时也祭祀，诗里也没有说。为什么杀羊羔？羊者，阳也。今语不是也说"三阳开泰"吗？祭祀还要割点韭菜，古代经常用韭菜给各种腌制的酱提味。从凌阴中取冰为什么这样隆重？冰可以消暑。此外，古代祭祀时的肉怕变质，也要用冰镇。还有，人故去了，古人讲究停殡办丧事，天子七个月，诸侯五个月，越尊贵的存的时间越长，保持尸体不腐，要用冰来镇。所以，文献记载灵柩底下要挖土坑，存水用。这都是冰的实用性。

另外，在古人，认为冰可以协调阴阳。这就上升到观念，乃至哲学层面了。《左传》中就讲："冰以风壮，而以风出。"结冰在冬风强劲的时候，暖风起时开窖分发冰块。这样，"其藏也周，其用也遍"。什么意思呢？藏冰要藏好，不然就化了；分发冰的时候要均匀，该发给的人一个不能落。这样做，就可以造成"冬无愆阳，夏无伏阴"的平衡局面。冬天，是阴气主宰的时节，不要有阳气残留捣乱；夏天的时候也不要有伏阴，就是残留阴气。这就是冰的作用？协调阴阳。只有这样，春天就不会刮凄冷的风，秋天就不会下凄苦的雨，另外打雷也不至于震坏这儿，震坏那儿。老百姓也不得那种恶性传染病，不会因受瘟疫而夭折。藏冰、用冰，与阴阳哲学联系起来了。所以，古人对冰的事很重视。

还有，儒家文献《礼记》中有《大学》篇，其中引了一位孟献子的话说："畜马乘，不察于鸡豚；伐冰之家，不蓄牛羊。"贵族家里有马匹、有车，就不应该再养鸡、养豚。做官的，就不要再跟小民争利了。"伐冰之家"比"畜马乘"之家还高贵。"伐冰"就是有冰窖可以藏冰的大贵族。这样的家庭不能再养牛羊，与民争利。总之这都是与"二之日凿冰冲冲，三之日纳于凌阴"诗句相关的一些事情。诗篇接着说："九月肃霜，十月涤场。"到了阴历九月，也就是现在的十月份、十一月份，天气变得"肃霜"了，天高了，也白了，就是古人所说的"昊气"正白、纯白，就是"肃霜"的意思。"涤场"照字面讲，就是扫场。秋收结束，该扫清场地了。对这个词，王国维先生有新说法，他说"涤场"不是扫场，而是一个联绵词，犹言"涤荡"，冬风扫荡一切的意思。这也不错。农民虽然一年不得清闲，但毕竟还有过年，所以，诗就加了两句农事结束的话，以引起最后几句："朋酒斯飨，曰杀羔羊，跻彼公堂。称彼兕觥：万寿无疆！""朋酒"两杯酒并在一起，叫朋酒。杀羊为了过节，为了迎接春天；"跻"就是登、升，到公堂上去，大家都举起犀牛角（一说是犀牛角形）做的觥（酒杯），大家欢呼：万寿无疆！农活做完了，真正的休闲短暂地到来了，大家无限欢愉，举行庆典。这时的农夫们齐聚公共场所，一起欢宴。大家举起酒杯，互相祝贺，祝愿永远有好生活。诗篇最后就结束在这“万寿无疆”欢呼中。回顾诗篇，这最后诗句的欢愉，与开篇时那句“无衣无褐，何以卒岁”的沉重问题，遥相呼应，形成对比。只有艰辛的劳作，才能获得丰衣足食的生活；而艰辛后的畅饮，才是如此醉人，如此欢悦，“万寿无疆”的祝福声，才是如此的响亮。

诗篇的串讲到此结束了，下面总结一下：

首先是诗的背景。西周是一个极其重视农耕的时代。周初的政治家周公旦，就是“制礼作乐”那位周公，在周家刚建国不久，马上就对高级贵族们发出这样的训诫：“呜呼！君子所，其无逸！先知稼穑之艰难。”告诫获得政权的贵族，不要放逸自己，要深切了解体验农耕稼穑的艰辛不易。在这篇名为《无逸》的告诫里，周公还谈到，周人的祖上如周文王，还是亲自下地劳动的。周公说，知道农耕生活不易，才不会高高在上，才不会歧视那些辛勤劳作的人。他举例说，有些子弟因为生活富裕，就瞧不起自己弯着腰种地的前辈，说他们不懂得生活。周公对此予以批评。这篇训诫的大义，就是强调贵族要尊重农耕传统，重视农事。他还谈到，只有亲近小民的痛苦，治民者才能保持政治良知，这就是说，他把重视农业与政治清明联系起来了。另外，西周的重视农业，还不仅仅表现在周公的训教，从周初开始，就有一种“藉田典礼”，每年春耕时，周王都要下地，亲耕一下，以示自己对农耕的重视。这在“田畯至喜”是有所表现的。此外，田间管理和收获的时节，周王也要亲自下地，举行同样的仪式。这都显示了一个大原则：重视农耕事业。另外，按照孟子的说法，周王定期到诸侯国去检查工作，土地开辟得好的，作物耕种好的，奖赏；

田地荒芜，生产不好的，惩罚，削其爵位，减少他的国土。周人重视农业，是毫无疑问的。也是因为重农，才有《七月》这样述说一年劳作的诗篇，很可能是训教贵族子弟勿忘周人重农老传统的歌唱。

周公强调，农耕劳作可以造就良好的政治品质。这一点，到春秋要结束的时候，就是孔子生活的那个时代，在鲁国有一位贵族老太太，死了以后叫作敬姜的，还能明白。敬姜是公父文伯的母亲，公父文伯是鲁国卿一级高官。他见自己的老娘整天在家里干活，当儿子的觉得脸上挂不住，就对母亲说，以我的地位，虽然不很高，也够高了，您怎么还亲自操持，这不让别人笑话我吗？老太太一听，说，你坐下，我要跟你讲点道理。她说，我们周家老祖宗历来就讲究一个“勤”字，劳动产生善心，好逸恶劳则恶心生。我这样做，不是靠生产什么去换钱，我是遵循周家勤劳的老传统。正因为有文献这样的记载，就笔者个人研读《诗经》而言，很长时间都觉得这首《七月》的篇章，好像与鲁国有什么特别关系。当然其他前辈学者也有“豳风即鲁风”的说法，只是原因与笔者不一样。说到勤劳，这样的品质是被广泛接续了的。春秋时期的楚庄王，南方人，可是他教育自己的民众，就特别提出这样的训令：“民生在勤，勤则不匮。”再看孔子对宰予“昼寝”的态度，一看学生白天睡觉，就说他是“朽木不可雕也，粪土之墙不可圬也”。不就白天睡觉吗？老师见了何至于像捅了肺窝子似的不高兴。这因为，宰予违背了一个中国人由农耕培养出的基本品质——“勤”。读《七月》的诗篇，确实令人有这样的感受：农耕劳作的先民，勤劳品质特别显著。而且，勤劳的品质又早已经内化为生活原则了，“无衣无褐”的设问，不是教训、提醒，而是一种修辞性的强调，劳作才能获得生存，是天经地义的。

最后，我们来谈谈诗篇的艺术，也就是它的“大韵律”吧。说诗篇有大韵律，就是因为诗篇表现出人遵循大自然节律创造自己生活的过程，即一年的农事活动。诗篇无言之中实际传达的是人对自己与世界关系的理解。诗篇的抒情主体，不是某一个人，而是一个群体，是一个群体对自己生活的反观，而且颇带审美的眼光。作品一共八章八十八句。其中表达时间的词，如“七月”、“八月”以及“一之日”、“二之日”、“蚕月”等，这样的时间词出现了四十五次以上，几乎一半以上句子都有时间词，这个比例可是够高了。首先，时间词层次错落出现，构成了一个以一年为单元的时间环，诗虽从“七月流火”起笔，其实是强调寒暑之分以后，冬天马上到来；实际劳作内容还是从“三之日”的“于耜”写起，诗篇最后又回到了“十月涤场”后的过年，也就是“一之日”与“二之日”年关日子。虽然是一个时间的回环，却不是封闭的，天地在流转，人也不断在操劳。你看，“亟其乘屋，其始播百谷”这样语意急促的诗句，是命令，也是在应和着大自然的召唤。

那么，诗篇的“时间环”连着两方面：一方面是大自然时光流转、物象出新；另一方面是人的劳作，片刻不息。可是，两方面的描述，诗篇都是尽量简淡其事。先说自然方面，一年的物象流转，若是描述，应当有许多的美景，可是诗篇只以叙述的文句简单勾勒，很少停下来，为自然景物方面的事多用笔墨。如“七月流火”、“九月授衣”，只是说七月的晨昏大火星西偏了，至于如何偏离，不多言。再如“一之日觱发”、“二之日栗烈”，也只是交代天气寒冷凛冽，也就完了，如何寒冷，也不多说。像“春日迟迟，采蘩祁祁”这样的景物描绘，在诗篇里已经是很奢侈的了。

与对自然流转的述说同时的是对人事劳作的描写，也是用笔节省、省而又省的：“七月流火，八月萑苇。蚕月条桑，取彼斧斨。以伐远扬，猗彼女桑。”后面一件“条桑”之事，表述了三句，这算多的了。比如说“献羔祭酒”，怎么献？怎么祭？只字不表。“八月断壶，九月叔苴。”八月断壶，葫芦长什么样？怎么断？“叔苴”即拾麻子，拾野麻子，怎么拾？也不说。点到为止。

一条时间环，其所关联的两方面都尽量简单其事，那我们就要问了：诗人何以有这样的笔法呢？这样写为的是什么呢？回答：为的是突出一种大韵律。换言之，他把“自然”与“人事”两边都简化，就是为了突出“人与自然节律之间的吻合，人对自然节律的把握与遵从”。这就是诗篇优美的大韵律：人应和着大自然一年的节律，踩着岁月流转的节奏，“蹦喳喳”、“蹦喳喳”，翩翩起舞！舞台是天地之间，舞曲是伟大自然的快速流变，而人对自然大乐曲节奏的步伐，又是那样的节拍严密，那样的老练娴熟，仿佛是一位经验十足的舞蹈家。这就是诗篇的大美，整体的诗篇是舞动的；舞动中，见出的是先民对天地自然的熟悉，对农耕事业的在行。自然节律是那样的快，可是先民应和的步伐却那样准确，间不容发，丝毫不爽。如前所说，诗篇描绘的笔法是简淡的，然而，想想吧，就是这些简淡的色彩，当它们舞动起来时，又会变化出何等绚丽的色彩？也多亏诗人的笔法简淡，舞动的色彩才那样缤纷，而不失古朴，厚重而又灵动。诗篇是从人在天地之间这样的维度，展现先民生活的画卷。所展现的人、天应和的律动，所展现的“时间环”两边自然物象与人事创造之间的辉映，都是其他诗篇所难以达到的。说诗篇有大美，正是因为它体现了这样的天人一体化的“大韵律”。

第十七集

征夫的哀怨

风诗中有一种抗议，针对的是征役过重的虐政。农耕生活养就的民性，是安土重迁，特别怕背井离乡，脱离熟悉环境出远门。这也真是其来有自，农耕侍弄的是土地，土地是真正的“不动产”，谁也不能把它带走，所以乡井观念也就特别强烈。李白诗：“举头望明月，低头思故乡。”堪称农耕时代的典型情绪。可是，人民再安土重迁，国家的一些事情也得办，边疆要塞得守，一些日常征调也得有，一般农民也就难免作为战士，作为役夫去出差外遣。国家政治清明，做事公平，老百姓不习惯，也可以接受；到了末世，征役严重，人民就要抗议了。这样的声音，就记载在春秋时期的国风诗篇中。

其中有一首见于《诗经·唐风》，篇名《鸨羽》。怎么写的呢，一共是三章，说：

肃肃鸨羽，集于苞栩。王事靡盬，不能蓺稷黍。父母何怙？悠悠苍天，曷其有所？

肃肃鸨翼，集于苞棘。王事靡盬，不能蓺黍稷。父母何食？悠悠苍天，曷其有极？

肃肃鸨行，集于苞桑，王事靡盬，不能蓺稻粱。父母何尝？悠悠苍天，曷其有常！

“肃肃”是象声词，犹言“扑噜噜”、“唰啦啦”，形容翅膀扑扇的声响。也有人说是形容翅膀扑扇的形状，总之都是在刻画鸨鸟身处艰辛的窘态。“鸨”，鸟名。此鸟有一个特点，就是没有后爪，它只有前边的爪，没有其他鸟类常见的后边的脚爪。鸟在树上栖息，一定要有这个后爪才能抓稳，可是鸨没有，没有就抓不住枝干，也就不善于栖息在树上。这正是诗篇打比喻的要点。没有后爪而硬是要它上树，可不就得扑扑棱棱地扇动翅膀，一副赶鸭子上架使出浑身解数也不灵的艰难相！“肃肃鸨羽”就形容的是这样的艰难相，很会形容吧？“集”就是落。落到什么地方？落到灌木的栩树上。“栩”又叫“栎”、也叫“柞”，不管是什么树、什么名吧，只要是丛生的，那树木的枝干就不会太粗，就不稳定，更不便于鸟栖居；稍大点的鸟落上去就会颤颤巍巍，又何况缺少后爪的鸨呢？这就不仅是不适应，而是严重的恐慌了。以此来形容农夫当征夫、役夫的苦楚，实在传神。诗篇对农夫的同情，对政府征调的不以为然，也就流露出来了。这就是《诗经》象征、比喻，以及所谓“比兴”的作用，诗篇开始出现的鸨鸟上树的情形，不是实见的情形，而是比兴，突出的是一个“被胁迫”的大印象，笼罩全篇。

“王事靡盬，不能蓺稷黍。”“王事靡盬”的“靡”，就是“不”、“没有”；“盬”又是什么意思呢？旧的解释是“不坚固”，也有的解释为“坚固”。其实这个“盬”，就是“姑”，“姑且”的“姑”，短暂停顿，短暂休息的意思。诗句是说王事没完没了，一件接一件，气都不让喘一下。这就影响了农夫的本业：“蓺稷黍”。“蓺”就是“艺”的异体字，种植的意思。“蓺稷黍”就是种庄稼。“艺术”的“艺”原来起源于种庄稼，这是颇有文化意味的。那么不能“蓺稷黍”又如何？是单纯地影响了生产吗？诗篇没有从生产角度说，它另有角度：“父母何怙？”句中的“怙”，就是“依靠”。不种地，没有食粮，如何养活父母？接着就是对苍天的呼喊。“曷其有所”，什么时候才能回到家乡啊？

诗篇是抗议，而抗议的口吻又是控诉。用什么来控诉？这是有讲究的。诗是用父母失去赡养来控诉，是非常得力的制高点。为什么这样控诉？我出门服劳役，不是我受了害，是我的父母受了害。这个事就大了，很严重。为什么？周代，我们知道，是宗法制社会，周王和他的贵族之间，论的是亲戚关系；论亲戚，就得论长幼，亲亲尊尊，强调家庭。而家庭中最大的是父母。甚至可以说，论家中父母的尊贵，与王朝中周天子的尊贵是“异质同构”的。在西周早期，周公提出的治国大策，就有“不孝不友”要严加惩处的一条。可是现在，诸侯却因为糟糕的国事而使得家中父母失去了赡养，你政府其实就是犯了“不孝不友”的大罪！也因此，诗篇接着就是“悠悠苍天”的喊苍天，进一步点明，政府现在的做法违背老天爷的法则，天地不容！抗议的情绪是很激烈的。此诗三章意思相同，只是变化一下语词、韵脚而已。

《唐风·鸨羽》的抗议是直抒胸臆的。还有一种控诉方式则委婉得多，也更感人。要举的例子，见于《魏风》，就是《陟岵》篇。诗曰：

陟彼岵兮，瞻望父兮。父曰：嗟！予子行役，夙夜无已。上慎旃哉，犹来无止！

陟彼屺兮，瞻望母兮。母曰：嗟！予季行役，夙夜无寐。上慎旃哉，犹来无弃！

陟彼冈兮，瞻望兄兮。兄曰：嗟！予弟行役，夙夜必偕。上慎旃哉，犹来无死！

这首诗篇的抗议，是用对话表现出来的，这是特点。而且，诗篇是抗议而不做抗议状，只是通过父母、兄弟对一个行役者的嘱告来表现主题，由家人的无限挂怀来显示对征役的不满。读到最后，读者会不觉之间心情沉重，从骨子里厌恶政府无休止的征役。

第一章，“陟”就是“登上”，登上多草木的山，山上长满草，名为“岵”。实际诗篇这样的意思不在有无草木，“陟岵”之“岵”，与下文的“屺”、“冈”，都是言其为“高岗”，可以登而望家乡，望家乡才是重点。望家乡，先望谁？望父亲。上山望父，望不到，但临行时老父亲的嘱咐言犹在耳：“予子行役，夙夜无已。上慎旃哉，犹来无止。”父亲说，哎呀我儿啊，这次去行劳役，早早晚晚都要小心。“上慎旃哉”的实词是“上慎”，就是慎之又慎；“旃”是“之焉”的合音。句意是：你一定要慎重而又慎重啊。这样才能“犹来无止”，只有多加小心，才能指望你回家来啊！话说得很含蓄，行役未归，留在外边，那一定是变成尸首、丧命了。看来当时的行役不单是无休止、沉重，而且是十分险恶的，很容易就丢失了性命。要命的行役，要命的政府。

第二章，登上高冈望母亲。母亲当时离别的时候说什么？“予季行役，夙夜无寐。上慎旃哉，犹来无弃！”“予季”的“季”是“老小”。按照古代排行习惯，老大为伯、老二为仲、老三为叔，最小的老四就是季。金文里的“季”字特别好玩，下面是个“子”，脑袋的顶上，再来一个小揪揪的笔画，萌得很呢！母亲说：“‘予季’，我的小儿子。”母亲一开口就令人心酸，诗篇主人公还是个小孩子呢！杜甫写“三吏”、“三别”中的《新安吏》，写的就是征调小男孩上前线：“肥男有母送，瘦男独伶俜。”胖一点的男孩还有个母亲，瘦的，就孤孤零零一个人，大人都死了。本诗交代，这是家中最小的孩子，年纪不大，社会经验不足。交代这一点，绝不是无意的。实际的效果是，人们读到“予季”这句，哀怜之感会不自觉地生起。这就是无言的控诉，比直接的抒发更见力度。“夙夜无寐”，早晚要警惕，可别贪睡啊！这样说是很符合母亲身份的。“上慎旃哉，犹来无弃！”一定要慎重又慎重，小心又小心，千万不要被人抛弃在外边。

最后一章是哥哥的嘱告，其中的“夙夜必偕”的“偕”，颇有意味。“偕”就是跟大家一起走不要掉队、落单儿。这样说，比父母的嘱咐要具体，更符合行役的实际，看来这位兄长也是常常服征役的。可是这一次为什么弟弟行役，兄长却留在家呢？或许是兄长因行役或征战而受伤，失去征役能力吧？总之诗篇中兄长的出现，容易引起读者这样的联想。很明显，诗篇抗议的方式不是直叙直陈，而是经由表现被征调者家人的牵肠挂肚来反衬对征役的厌弃，以揭露过度征役的不人道。

在前面，我们已经看到了风诗对婚姻生活中不幸妇女的同情，在《鸨羽》和《陟岵》的歌唱中，我们又看到了对虐政的反对。不过，《诗经》风诗中也不都是反感征役的歌唱，也有另外的情态。这种情态，也表示征夫的悲伤，总体上却不以抗议为目的，而是表现对征夫的体恤。这就是《豳风·东山》篇。诗篇是这样的：

我徂东山，慆慆不归。我来自东，零雨其濛。我东曰归，我心西悲。制彼裳衣，勿士行枚。蜎蜎者蠋，烝在桑野。敦彼独宿，亦在车下。

我徂东山，慆慆不归。我来自东，零雨其濛。果蠃之实，亦施于宇。伊威在室，蟏蛸在户。町畽鹿场，熠耀宵行。不可畏也，伊可怀也。

我徂东山，慆慆不归。我来自东，零雨其濛。鹳鸣于垤，妇叹于室。洒扫穹窒，我征聿至。有敦瓜苦，烝在栗薪。自我不见，于今三年。

我徂东山，慆慆不归。我来自东，零雨其濛。仓庚于飞，熠耀其羽。之子于归，皇驳其马。亲结其缡，九十其仪。其新孔嘉，其旧如之何？

传统的说法，诗与周公东征有关。周武王战胜殷商获得政权后不久，大概三个年头，就死了。武王的儿子即后来的周成王太年轻，就由周公旦即武王同母弟、成王的叔叔来辅政。这引起了武王另外的同母弟管叔、蔡叔的不满。他们一边散布“周公将不利于孺子”（孺子即指周成王）的流言，一边与殷商残余势力武庚勾结，于是发生了“三监之乱”。这场叛乱，有兄弟的“窝里反”，也有殷商残余的死灰复燃，还有一些东方旧国的趁火打劫。于是，周公毅然东征，平定叛乱。这场平叛持续了两三年，西周早期一件出土方鼎上的铭文，证明周公确实东征了，还平定了丰伯、薄姑两个东夷国家。按照传统的说法，《豳风》中的《东山》就是东征结束时的篇章。但从诗篇的艺术成色看，不像是早期的作品，可能是后人为纪念周公东征而作的篇章。不论如何，都不妨碍它是一首征役篇章这一点。

那么，诗篇表现东征，是从哪儿写起的呢？没有从周家如何派兵，周军如何杀人等写起，诗篇选择了将士回家，从回家写起。奏凯回家，该是情绪高昂的吧？不是。相反，诗篇着重表现的是回乡将士的希冀、担忧以及“近乡情更怯”的悬念，总之是心绪复杂、感慨万千。唯其如此，诗篇的格调才显得非同一般。开首一句：“我徂东山，慆慆不归。”是欣喜，是感叹，把数年来翘盼思乡之情，倾泻而出。“慆慆”，犹言“遥遥”，时间长。“东山”泛指所征战的区域，那里有泰山，所以这样说。现在可以回家了，可是，路途遥远不说，还偏偏赶上“零雨其濛”，不是大雨，不是暴雨，而是蒙蒙小雨，无休无止，一片的泥泞。路泥泞，心境更是湿溽，情绪好像被雨水浸透了一样沉重，昂扬不起来。一句“零雨其濛”，把上半篇的整体色调都染成忧郁的烟雨迷离之境。“我东曰归，我心西悲”，说到回家，不是高兴，而是悲伤。这是残酷征战者独有的感受，他们诚然击败了敌对者，而他们自己的心神，也被征战的残酷伤害。如此，一个回家的好消息，又怎么可能马上平复士卒受伤的心灵呢？“我心西悲”的句子表明，战争的心悸还强烈地纠缠在士卒内心，挥之不去。“制彼裳衣，勿士行枚”，句中的“裳衣”指常服；“士”通“事”；“行”，行伍；“枚”，有人说是“衔枚”，古代行军打仗，怕士卒出声，每人嘴中衔一枚木片，称衔枚。后来欧阳修《秋声赋》形容秋风初起时声响，就有“如赴敌之兵，衔枚急走，不闻号令，但闻人马之行声”之句，就提到了衔枚。回到诗篇的这两句，这是奋力挣扎以摆脱心中阴影的语言：从此穿上日常的衣装，再也不做打仗的事了！谢天谢地的言外之意不是很清楚吗？还有比这样的祈愿之语更能表达对征战的厌倦吗？“蜎蜎者蠋，烝在桑野。敦彼独宿，亦在车下”，借物言情，诗人是高手。“蜎蜎”，蠕动的样子；“蠋”桑树上的野蚕，生在桑叶上，却不食桑叶。原野的桑树上是成群的桑虫，出征在外的军士，就像那些蠕动的虫子，成堆地委缩在战车之下。古代战车，打起来用以冲锋陷阵；还可以竖立起来作为军门，即所谓辕门；还可以摆在营地周围，当墙用。此诗所说，战车停下，战士可以在车底下藏身休息。先写桑树上麇集的树虫，再表人在战车下的猬集，实在是人不如虫啊！如此表现战争中人的境况，力透纸背。也正因此，饱经战争之苦的人才有“勿士行枚”的发愿。这就是诗篇展现的将士的特殊心理，借助景物表现心情，在《诗经》时代就已经如此高超了。

前一章极表战事中人处境的凄惨，第二章的内容则转而表现士卒归途中有关家的悬想。前四句，重章叠调，新意从第五句开始，士卒往家里走，脑子里开始浮现家乡的光景，在修辞格式上这叫作示现。离家时间短，想家简单，急于往回赶；离得久了，想家，就不那么简单，因为三年离开的家，家又变成什么样子了？儿子、女儿、老婆怎么样了？前院、后院如何了？看诗篇是怎么写的吧？“果赢之实，亦施于宇”，首先想到的是家里的瓜，“果赢”就是栝楼，圆圆的，比拳头大些，一般种在房屋前。秧子向上长，得给它搭架子，就会往房檐上爬，但诗篇说“果蠃”“施于宇”，即瓜秧蔓延爬升到屋檐，一定是有人搭建架子吗？联系下文，或许不是，因为这种植物系多年生，一旦种下去，院落中没有人，也可以生长。或许在诗中人的心目中，所谓的“亦施于宇”，正是家中无人、满院芜杂的光景。看下文“伊威在室，蟏蛸在户。町畽鹿场，熠耀宵行”，似乎应该这样理解。“伊威”是什么？是一种喜欢生活在潮湿处的虫子。无人住的老房子里这种虫子很多，形状是扁扁的，腹部是平的，长有许多细细的脚。这种虫子的学名叫“鼠妇”，在我们河北一带的土名叫“耗子舅舅”，这是因为人们误以为它与老鼠关系密切。士卒想家想到了虫子，不正是侧面体现了家中荒落寂寥的光景？“蟏蛸在户”，则更是一番家中无人的破败。“蟏蛸”又叫喜子，很小的一种蜘蛛，腿很长，专门在没人的地方，如房檐、窗下、门前搭网，捕捉猎物。“町畽”又是什么呢？就是房前屋后的空地，因荒废太久，没有人，一些野鹿经常光顾，踩出了许多脚印，这叫“町畽”。所以，“町畽鹿场”犹言町畽的鹿场。“熠耀宵行”的“熠耀”，是闪耀。明代以前解释成萤火虫，到李时珍写《本草纲目》，他观察得细致，才纠正了前人说法，确定“宵行”才是萤火虫；“熠耀”是指萤火虫晚上飞行时幽暗的闪光。

这就是东征士卒悬想中他那日思夜想的家的光景：院落中芜杂一片，多年前种的栝楼自己爬上房了；潮虫子到处都是，各种的蜘蛛网布满各处，房前屋后的空地，成了野鹿光顾的乐地，地面上到处是乱七八糟的鹿蹄印子。到了夜晚，萤火虫来来去去，带了些森森鬼气。三年了，家中的男主人出征在外，家中也许早就是妻离子散，留下的是荒残凄凉的空巢，等待着士卒的归来吧？这就是“近乡情更怯”的特有情绪，因为太想家，士卒在回家路途上内心禁不住冒出各种各样坏的揣测。想一想，他们三年征战，过的是什么样的日子，各种不吉利想法的冒出，自在情理之中。诗人很懂久别家乡的士卒心理。然而，诗篇并不是要宣扬一种绝望，一句“不可畏也，伊可怀也”，才是士卒最真实、最基本的情绪。家再破，也是家，也是归宿。没有上面对家的各种荒残的现象，这两句的表达就不得力。可以这样说，前面所表的一切悬想，都是在为这两句铺垫、蓄势。这是在突出士卒的爱家情绪，也是在表现士卒的性格。三年军旅，并没有改变他们农夫爱家的品性。

第二章是悬想揣测，下一章则是写士卒的到家光景了。一开始，追随士卒的，还是那折磨了他们一路的“零雨其濛”。其实真实的家中，也是一样的阴暗潮湿。“鹳鸣于垤，妇叹于室”，鹳，一种水鸟，即鹳雀，又名负釜、黑尻、背灶等，形体似鹤，比鹤大，有长长的尖嘴。有文献记载说此鸟好水，天将雨时鸣叫。《禽经》又说：“鹳仰鸣则晴，俯鸣则阴。”不知是否如此。它还有个俗名叫老等，诙谐的俗名，可以想见鹳雀那种痴呆呆的样子，借以形容等待丈夫的女子，倒是很应景儿的！“垤”就是蚂蚁窝旁边的土堆，要下雨了，穴居的蚂蚁不用听天气预报，就能感知阴晴，老早就把自己窝旁的土堆积起来了。鹳则不然，好水的禽类，预感下雨欢喜，笨拙地鸣叫了起来。蚂蚁窝旁有鹳鸣，家中的室内，则是闺中人期盼征人的叹惜。气氛很不欢乐。就在这样的情形下，征夫们一身疲惫、两腿泥水地回来了！

丈夫回家，妻子忙坏了，又是扫房，又是收拾屋子。含蓄的诗篇，并没有继续写夫妻团聚的嘘寒问暖，而是笔锋一转：“有敦瓜苦，烝在栗薪，自我不见，于今三年！”“有敦瓜苦”就是敦敦团团的瓜，“瓜苦”就是“瓜瓠”；“烝”就是众多，“栗薪”是篱笆、木架之类的支撑物。笔锋这样一转，就形成了一个对比：归途中看到的“烝在桑野”野蚕，现在则是参差木架子上圆滚滚的瓜果。古代的婚礼有一个“合卺”（jǐn）的仪式，就是新婚夫妻用一只葫芦剖成的两只瓢喝交杯酒。诗写征夫回家特表其眼见的瓜瓠，或许是一种暗示，暗示夫妻的团圆。同时，这样写，也是一种有意的躲闪，躲闪过久别夫妻之间“胜新婚”的亲密。原来暖水瓶似的里热外凉，不仅是恋人，也包括夫妻，还包括写夫妻团聚的诗人，大家一起都是里热外凉！原来家中并不像士卒想象的那么荒凉，守在家中的女主人很是尽职尽责，家务打理得一点也不差。家与原来一样是温暖的，可心的。悬着的心放下了，悲哀也就不禁澎湃了。“自我不见，于今三年”是一句哽咽、失声的感叹啊！诗就用了这样的句子，表现百感交集的士卒对家的热烈拥抱。

最后一章，也是以“我徂东山，慆慆不归。我来自东，零雨其濛”的细雨蒙蒙开篇，不过，这样的句子所具有的沉闷气氛，马上就被“仓庚于飞，熠耀其羽”打破了。飞跃的黄鹂鸟在闪耀着它艳丽的翅膀，是一派春光的明丽。这已经是次年的春天了。在这样的天地好时节，“之子于归，皇驳其马。亲结其缡，九十其仪”。乡野间到处是迎娶新人的人流，与黄鹂羽毛的斑斓闪耀相应，为对对新人驾车的马匹也是“皇驳”的。黄白相间的马名“皇”，赤白相间的马为“驳”。这般春光，真可谓璀璨了！诗人也没有忘记婚姻的仪式，“结缡”，是亲迎中最后一道手续，新娘子要由父母至亲给系上一条佩巾，表示女孩有主了。同时，还在佩巾上搭一条五彩丝带，表示喜庆。“九十其仪”，其他还有很多的礼仪，不遑多举啦！“其新孔嘉，其旧如之何？”新人结合，固然是好，那么旧的夫妻呢？他们又如何？这两句如何理解呢？传统有一个说法颇为可取，说周公东征时，随他出征的，有结婚的成年人，也有没结婚的单身汉。现在，战争结束，胜利归来之后，周公就负责给这些单身汉们娶媳妇，前面的“之子于归”云云，是写单身汉的好日子。可是，周公也没有忘记那些已婚者，在给单身汉们办喜事之余，他还特意问了一下那些夫妻团圆的汉子们，你们夫妻又过得如何呀？东汉儒生郑玄老先生在《毛诗笺》里解释这句说：“极序其情乐而戏之。”难得老夫子有这样的活络，理解了诗篇的幽默。诗篇就结束在一片娶妻团圆的欢乐戏谑之中了。

最后的结束，显示了当时社会所崇尚的正道：对那些为国家而牺牲了小家幸福的人们，应当予以关爱和回报。由此，我们可以找到《东山》这首征役题材的诗篇与上面所讲《鸨羽》《陟岵》的关联。有创作时间较早的《东山》篇的对正道的宣示，就有时间靠后的《鸨羽》《陟岵》的抗议。在这一点上，《诗经》风诗显示了思想意蕴上的整体特征。社会对征役是极其反感的，那么为政者就必须越发小心地征调民力，而且，一定要有所补偿。否则就是暴政、虐政。没有《东山》的正道，也就没有《鸨羽》《陟岵》抗议的原则依据。

诗篇的价值，还在其以感人的艺术揭示的民性特征。诗的内容不外爱家、想家、成家。身为战场军士，日思夜想的却是自己那个农夫的家。对了，他们的家是农夫的家，诗篇中的“家”，是昆虫、是瓜果、是鸟儿，全然是农村的光景。他们不以征战为荣，家乡才是最让他们牵肠挂肚、愁肠百转“那一个”，家乡哪怕已经变为潮虫、小蜘蛛的天下，哪怕是萤火虫乱飞，野鹿乱跑，与征役的处境比，也百倍千倍地可爱。他们渴望回家继续做农夫。诗篇以杰出的艺术，展现了农耕文化所造就的先民的文化品格。这种品格，可称之为农耕文化造就的特有善良。征战对他们没有任何诱惑力。你看，他们是胜利者，但诗篇中可有一点胜利者的豪情？相反，读者看到的是“零雨其濛”中的心情阴郁。诗篇就把这样的一个文化人群对战争所持有的态度、其实也是一种评价，出色地表达出来了。

诗篇是体察人情的，也善于表现人情，甚至可以说是曲尽人情。西归的路上，一片蒙蒙的苦雨，笼罩着也压抑着一个个思乡的士卒，回乡的兴奋，是被心里的各种不好的嘀嘀咕咕、七上八下搅扰了的。诗篇中士卒的群像，因而显得凝重而立体。当然，诗篇最擅长的还是一个个具体情境的刻画，家中的荒残破败，令人郁结沮丧；“仓庚于飞”时“亲结其缡”的场景，又十分令人愉悦。一个个的场景中，是乡村特有的物象，桑蠋、果蠃、伊威、蟏蛸、瓜苦、栗薪，触目所及，“无一物不搅人惆怅”，步步有景，步步生情。艺术成就是非常高的。而且，诗篇的风调也不像一般风诗，而有点像大小雅。

《诗经·国风》的内容是极丰富的，除了婚恋，对农事、征役现象的表现，正说明了这一点。

第十八集

思深忧远过年歌

中国人最大的节日是“过年”。“年”这个字呢，在甲骨文里就有了，上半部分是一个“禾”，取意是粮食收成。一年把粮食收完，冬天到了，马上就准备过年了。

前面谈《诗经·七月》篇时,我们看到“跻彼公堂，称彼兕觥，万寿无疆”的句子，写的其实就是过年的场景。在公堂，大家高举酒杯互相祝贺，高喊“万寿无疆”。那时喊“万寿无疆”，还不是对个人，而是互相祝贺，祝愿美好生活的长久。

实际上,《诗经》里还有专门的过年歌唱，见于《唐风》，就是《蟋蟀》和《山有枢》两篇。先来看《蟋蟀》篇：

蟋蟀在堂，岁聿其莫。今我不乐，日月其除。无已大康，职思其居。

好乐无荒，良士瞿瞿。

蟋蟀在堂，岁聿其逝。今我不乐，日月其迈。无已大康，职思其外。好乐无荒，良士蹶蹶。

蟋蟀在堂，役车其休。今我不乐，日月其慆。无以大康，职思其忧。好乐无荒，良士休休。

“蟋蟀”不用解释，就是蛐蛐，也叫促织。“蟋蟀在堂”就是《七月》篇的“十月蟋蟀，入我床下”，也就是“岁聿其莫”：马上就岁末了；犹如说“要过年了”。说《蟋蟀》是一首过年的歌唱，主要证据就在这头一句。句中“聿”字，是结构词，无实义。“莫”即“暮”的本字。“今我不乐，日月其除”，如果再不欢乐一下，一年可就没有了。“除”字看上去难，实际今天还在用，就是“除夕”的“除”。常见过年人家门口贴对联，有“天增岁月人增寿”的俗句，却也是真理。人对时间消逝的感受总是恐慌的，越是成年、年纪越大越是如此。“年”是这一年中最大的节，是人生时光的一个大段落。过年了，老天增不增“岁月”没关系，可是人“增寿”一年，就表示短短一辈子的“一大段”过去了，可不就令人恐慌？正因人有这样的恐慌，所以诗篇才顺势告诉大家，再不享受生活一下，就没有时间了。然而，放火又救火，诗篇马上又提醒：“无已大康，职思其居”，也不要过分奢侈，要想想年节过后的日子。俗话说得好：“好过的年，歹过的春。”生活的经验，马上让诗人想到了另一面：过节消费享受若没有节制，就是将来日子的祸害。那应该如何呢？“好乐无荒，良士瞿瞿”：既要适当地享乐消费，又要不过度奢靡（“荒”在这里即“过度奢靡”的意思），这才是“良士”即聪明懂得把握生活的成熟人士的正当态度。“瞿瞿”，前思后想的样子。说来说去，一句话：中道适度最好。

后面的两章，意思差不多，“日月其迈”的“迈”就是行进。蟋蟀在堂了，今年要消逝了，时光不断地流逝。“职思其外”的“外”，指的是额外、意外的事。与上文“职思其居”的“居”（平居、平日），意思相对成文。生活中，每年按部就班，可以算计要达到一个什么样的目标，但也应该把一些额外的，即突如其来或当初没有想到的事考虑进来，这都属于“其外”的“外”。有好事，也有坏事，都需要打出一点量来。诗篇教导生活的意味浓厚。“良士蹶蹶”的“蹶蹶”与“瞿瞿”意思是一样的，就是要后顾长虑，要精心地安排生活，不要懈怠。禅宗故事里，有一位国忠禅师，每天早起都要喊着自己名字自问自答：“国忠啊，惺惺着！”自答：“唉，惺惺着。”又喊：“国忠啊，历历着！”答：“唉，历历着。”这叫作“国忠三唤”。就是每天起来提醒自己精心、小心清清楚楚地过好每一天。诗篇的“瞿瞿”、“蹶蹶”的反复提醒，颇带“国忠三唤”的意味！最后一章的“役车其休”，是说过年了，连政府也关门了，各种行役自然也停止了。“今我不乐，日月其慆”的“慆”与《东山》“慆慆不归”的“慆”意思相近：时光远去。“职思其忧”的“忧”与“外”差不多，指生活中可忧虑的事。欢乐的时候，也要想到生活中可能出现的忧患。

这就是这首诗的一个大意。其宣扬的要点有二：其一，该欢乐一定要欢乐；其二，欢乐消费时也不要忘乎所以，不要过分奢华，还要想到平时，想到一些突发事情，还要想到未来。两者对峙，恰如“两岸青山相对出”，其实对峙，就是要“挤出”一个中庸适度的大原则。过年的歌唱，唱的是“过日子”

的哲学。写哲学史的，是不是该给这首诗留出一行半行的地方呢？不过，诗篇的“中庸”，还不是后来儒家“喜怒哀乐”的中庸，诗篇讲的是如何安排生活，如何处理享乐与节制的关系。

这一点，在后来的儒家文献里也是有响应的。儒家文献《礼记》记载“子贡观于蜡”，所谓的“蜡”（zhà），就是古代年终大祭。祭之后还有饮酒，是古代年节的一部分，而且是很重要的一部分。有一次孔子门徒子贡去观看蜡祭，回来孔子问他：赐（子贡名端木赐），观感如何呀？子贡回答：哎哟，这个节日真有点太放肆了，“一国之人皆若狂”！大家大吃大喝，喝醉了许多人，狂欢得过分了，“赐未知其乐也”！我不觉着它有多么乐。孔子听了，却说：“百日之蜡，一日之泽，非尔所知也。”孔子说，这你就不懂了，“百日之蜡，一日之泽。”“蜡”字解释上有分歧，它也写作“腊”（xī），肉干的意思。所谓“百日之蜡”就是“百日之腊”，是说乡民们一年三百六十多天都过的是节俭、艰苦的日子，“一日之泽”，今天放开、滋润地过一下，是必要的。道理就在，孔子说：“张而不弛，文武不能也；弛而不张，文武不为也。一张一弛，文武之道也。”如同弓箭的“一张一弛”这是“文武之道”，农耕生活，一年四季都是艰辛的劳作，生活很苦涩、艰苦，就像晒干的肉似的，很干枯。不适度地放纵一下，不润泽一下，生命还怎么延续？像拉弓一样，弓老是张着，最后是要崩断的。所以，生活要张弛有度。孔子这样说，把节日的生活意义充分表达出来了。人为什么要过节？而且现代人，一周就要休息两天，其实就是文武之道。其实孔夫子所说的道理也不是他发明的，《蟋蟀》的“今我不乐，日月其除”就是孔子言论的先声。古人说“温柔敦厚”是诗教的结果，其实“好乐无荒”也是后来中国人的基本生存哲学。富日子好说，就是穷日子，穷的如杨白劳，过年也要给宝贝闺女买一段红头绳扎在头上，喜气一把。

诗篇既然表达的是一个很重要的生活哲学，于是，问题也就随之而来，这一“中道”的生活原则又是如何产生的？换句话说，它的文化背景是什么？这可以从“过年”这一节目的起源来回答，因为有了年节，才有过年的歌唱。中国人说的过年，其实包含诸多节目，例如上面所说的“蜡”，就是其中很重要一个环节。有文献说“伊耆氏始为蜡”，“伊耆氏”就是传说中“尧舜”的“尧”，尧的姓就是伊耆氏。那么，《蟋蟀》这诗篇会不会是尧舜时代的作品？当然不是，不仅不是，而且按照过去说法，其时代要到西周与春秋之际，时间上远了去了。《毛诗序》就说这首诗是讽刺晋国君主的，“唐风”就是晋国地域的风诗，所以《序》说刺晋君。可是篇章之内，读不出来任何“刺”的意思，这说法也就难以取信于人。

近年不断有新的出土文献，其中就有清华大学从文物市场收购的一批战国竹简，大家都叫它“清华简”。简中有一篇文献叫《耆夜》，与《蟋蟀》篇颇有关系。《耆夜》篇讲，周武王八年，派遣大臣毕公去征伐黎，黎就是耆，其地就在今天山西黎城县一带。这里有壶关等重要关口，是太行山通向东部华北平原的咽喉要路。后来西周还在黎封了一个诸侯国，国君也是毕公的后代，不过这个邦国出现在一些文献中时不叫黎，而叫“楷”。2007年在黎城县的一次考古发现，证明青铜器铭文中的楷国就在黎。毕公伐黎，是周人灭商的重大步骤之一，所以，毕公战胜归来，举行了一次重要的典礼，即向祖宗报告战争胜利的“饮至”礼。参加典礼的除了周武王、毕公之外，还有周公。宴会上，每人轮流赋诗，轮到周公时，他就唱了一首与《蟋蟀》大同小异的诗。这就是清华简上“战国版”的《蟋蟀》篇。说大同小异，实在是因为两者差别有限。只是句子有分别，如“今我不乐，日月其除”这一句，清华简本作“大夫之事，不喜不乐，日月其除”，把“今我不乐”这一句，分作两句说，而意思却是一样的。此外，还有些个别字的分别。

清华简一问世，有不少学者以为《蟋蟀》这首诗是西周建国之前的诗篇。这就有点吠影吠声了。这里，先要问的是清华简究竟是什么时候的文献？它讲的故事是西周的，可作为文献真是西周时的吗？所以，看战国竹简有什么说法就率然相信，这样的态度并不可取。然而，清华简的记载，却可以提醒我们，可能像《蟋蟀》这样提醒人们“好乐无荒”歌唱早就有，但是，这不是说，早就有像今天我们读到的《蟋蟀》这样的章节、这样的字句、这样水平颇高的篇章而是说，诗篇作表露的观念可能由来已久。一种流传民间很久的歌唱，与经过写定的诗篇之间是有明显的差距的。现在看到的诗篇的艺术水准，无论如何也是西周建立以后若干年才有的艺术。也就是说，我们现在看到的《蟋蟀》过年歌，应当是经过西周春秋之际的采诗者或其他什么人加工过的。但是，诗篇所表达的中道节制的思想观念，应该起源很早，甚至可以追溯到比西周还早的农耕文明发祥成型的远古时期。那么，诗表达的生活经验可以追到哪儿呢？可以追到我们中国人创立农耕生活的古老时代。

这可能就与上面说到的“伊耆氏始为蜡”有关联了。古人相信，尧舜时期是中国文教昌明之始。这也颇得考古方面的证明。古代中国的农耕生活，在距今一万年左右的新石器时代就开始了，到距今天四五千年时，与传说的尧舜时期相合，考古发现，古代农耕文明的确进入到一个新阶段。例如在今天山西襄汾县的陶寺村，就发现了大型城邑（有人甚至称之为“尧舜城”），更重要的是，还发现了迄今为止全世界最早的天文观象台。天文观象台跟农耕有什么关系？关系大极了！中国是大陆性季风气候，一年四季分明，时间流转，种地就如老话说的，人误地一时，地误人一年。所以把握时令，抓住耕种时机，就成了与农耕生产息息相关的重要科技活动。天文观象台的发现，表明当时人对时令的掌握已有重大突破。《尚书·尧典》就记载，尧在位的时候专门就搞了历法上的创新，而尧的时代，正与考古发现的陶寺遗址的年代很接近。《论语》最后一篇也说，当尧把天下让给舜时，他说了一句话：“天之历数在尔躬。”“天之历数”的“历数”，其实就是一年的节令，什么时令到来，指导农夫该如何种地，都在你身上，你掌握着。有这样的本领就可以做万民的领袖。所以，古人把中华文明的昌盛之始推到尧舜时代，不是无因而至的。同时，巧的是，文献又说“伊耆氏始为蜡”，过年很可能就是从农耕文明开始昌明的尧舜时代开始的。

关于蜡，前文曾提到了，现在有必要再多说几句。《礼记》有《郊特牲》篇，说“天子大蜡八”。“蜡”的本义是什么？就是“索”的意思，就是求索。求索什么？“合聚万物而索飨之也”，就是把与农耕生活有关的各种神灵集到一起加以献祭、款待。“蜡八”涉及八种神灵，计有先啬、司啬、邮表畷、坊、水庸、猫、虎、昆虫等。先啬是神农，司啬是后稷之官，他们是对农耕有贡献的人；猫，帮人们抓田鼠；虎，帮人们抓野猪，过年时要迎猫送虎；邮表畷，是田野通道亭舍和田界标记物；坊，就是堤坝；水庸是沟渠之类。这些，先民认为都对农事有帮助，要祭祀；至于昆虫，要想不让它肆虐，也要祭祀为宜。而且，祭祀这些神灵，还有《蜡辞》流传下来："土反其宅，水归其壑，昆虫毋作，草木归其泽！"词义简古，应当是很古老的诗篇。总之，蜡祭是一个大报恩的节日，显示农民特有的厚道，不论什么，只要帮助过我们，就一定要感谢。可以为害却没有为害的，也要示好。这就是古老的农民，生活在天地之间，与天地万物最亲近。

文献记载的蜡年节是不是全都与远古一样，不敢说，但大模样应该是有的。那么，既然远古时代已经有了蜡祭，且有了《蜡辞》，那么，说那时就有了《蟋蟀》"远古版"的歌唱，就不会是太荒腔走板的说法吧。人们在创造着中国式样的农耕生活时，也会体验自己所保有的农耕生活的方式方法、行为举措的真谛，"好乐无荒"的中道思想，在很古老的时候产生，可以说是很自然的。

再让我们回到《蟋蟀》篇。诗"无已大康，职思其居""无已大康，职思其外""无以大康，职思其忧"的正说反说，其实含着的是"长顾后虑"这四个字。其"中道而行"的实质，就是生活既要消费，也要有储蓄以备不测。其实这也是一种生活的忧患意识，有时思无，正是农耕社会才会有的生活观念。而且，这样的观念，是中国农耕社会特有的生活观念。何以这样说？古代农耕，地域上以黄河流域为主，这里的北温带气候，灾荒特多。老话常说，就是尧舜明君，也有洪水滔天。过去有位邓安特先生写《中国救荒史》，两千多年的统计，洪涝干旱，蝗虫水祸，每年都有一两样；另外，农耕累积财富也缓慢；不节俭积蓄地过日子，如何度过各种艰难？所以，《蟋蟀》表达的观念，正是根植于这样的自然环境。如此，节制中道的观念，不仅发源早，还流传得十分久远。不仅民间如此，就是王朝、国家，也是如此。汉初贾谊的大文章《论积贮疏》不就强调国家要储蓄吗？这几乎就是中国人的第二天性，节俭积蓄，长顾后虑，即使在经济高度现代化的今天，不也还是许多人信奉的家庭经济学吗？老话说“诗可以观”，“观”就是观察社会，观察组成社会成员的文化天性，亦即“民性”。又说：学《诗》可“迩之事父，远之事君”。“事君”，翻译一下，就是从政；从政就难免涉及经济。海外放洋学了几年洋经济学，回国就模仿格林斯潘、伯南克那一套，加息减息，收利息税，可是城乡储蓄还是与日俱增，手段固然洋气、高明，可就是不起好作用。其实就是不懂得国人生活观念上的文化天性的结果。须知经济学也是有文化的啊。

常言道：真理多走一步，就是谬误。节俭过分，就是吝啬。《唐风·蟋蟀》提倡适度消费的生活观念。为了保证这样的观念深入人心，在《唐风》中还有另一首诗篇专门针砭吝啬鬼，应该也是过年时的歌唱。就是说，两首诗篇相互应和。这《蟋蟀》之外的另一首，就是《山有枢》。诗曰：

山有枢，隰有榆。子有衣裳，弗曳弗娄。子有车马，弗驰弗驱。宛其死矣，他人是愉。

山有栲，隰有杻。子有廷内，弗洒弗扫。子有钟鼓，弗鼓弗考。宛其死矣，他人是保。

山有漆，隰有栗。子有酒食，何不日鼓瑟？且以喜乐，且以永日。宛其死矣，他人入室。

“山有枢”是典型的比兴手法。“枢”，就是刺榆，是落叶小乔木。下一句“隰有榆”也是榆树，又称白枌，就是常见的高大的榆树。榆树也分多种。“隰有榆”的“榆”，就是常见的榆树，即春天长榆钱的那种树。古代关隘要地多种榆树，为阻止草原人群的骑兵横冲直撞，所以古代关口有些就带“榆”字，如榆关等。“山有枢”即山上有榆树。诗篇以两种榆树起兴，似乎不是信手拈来起个头而已。这要从榆树的特点说起。在生计艰辛的时候，榆树是可以帮助人们度过青黄不接的季节的。首先，春天的榆钱很好吃，撸下来，生着吃可以，和点面，在热锅上摊成厚厚的那种饼，也很好吃。另外，榆树还有一种用处，外层老皮剥去后，紧附在木质上还有一层嫩皮，用刀刮下来晒干，碾压后可以得到榆皮粉面。有什么用呢？现在很少用，可是过去吃粗粮，面不好和，加点榆皮面就容易了。榆皮面是一种无害的添加剂。另外，榆树还有很重要的用处，就是可以做房梁，所以自古房前屋后多种，陶渊明《归园田居》中就写到了。

第一章以榆树起兴，说高处有刺榆，平地有大榆；你有“衣裳”，古代上衣下裳；“弗曳弗娄”，就是不穿的意思，“曳”“娄”是拖曳，古代有点身份钱财的，衣服长袍大袖，所以用这两个字。“子有车马”，你家里有车有马，你不去驾驶，也不乘坐，意味省着，怕穿坏了，怕使坏了，你就省着吧，等有一天你突然死了——“宛其死矣”的“宛”就是“突然”的意思。这些生不带来死不带去的东西，就得留下，便宜别人，别人乐呵了。这就是第一章，也是全篇的意思，一点生活的道理，并不深奥，可是有多少人死活就是悟不透这点道理呢？

下一章说“山有栲，隰有杻”，“栲”又叫山樗；“杻”，又叫康椴，又叫辽椴，又叫万岁树，木材可以做雕刻用，还可以做弓箭的干，颇有经济价值。“廷内”就是家室，“弗洒弗扫”用“洒扫”表示居住，也就是可以住好的房屋却舍不得的意思。“子有钟鼓”，有鼓钟的家，应该很殷实甚至是有点权势的；“弗鼓弗考”的“考”就是“扣”，敲击；“他人是保”的“保”。这一章的意思，与第一章一样，都是正话反说，用“死”来警醒吝啬者。最后一章“山有漆，隰有栗”，“漆”就是漆树，中国人早就知道有一种树，能分泌出一种黏液，可以用来做漆。考古发现夏代就有漆器，有一只碗就是用漆做的，好漂亮！今天也仍然有漆制的工艺品。“栗”就是栗树，糖炒栗子，大家都熟悉。栗子也有几种，有板栗，就是我们今天糖炒的；还有一种叫毛栗，外边长毛。有人该理发不理，别人会说，你头不剃，跟呲毛栗子似的！还有一种栗子叫锥栗，尖尖的。总之，栗子可以当食品，富含淀粉，口味也不坏。这最后一章在比兴手法上与前两章相同，但在语调上有所变换。“子有酒食，何不日鼓瑟？且以喜乐，且以永日”是正面鼓励，然后接以“宛其死矣，他人入室”的反面提醒。

这首诗与上一首《蟋蟀》相比较，前人说，前一篇是“正言及时行乐”，这一篇是“反言及时行乐”。可我总觉得用“及时行乐”来说这两诗的主题，多少有点别扭，不如用归于“中道”来理解妥贴。你看前一篇，刚说要享乐，马上就跟着“好乐无荒”。这一章呢，则是全是对守财奴的针砭，目的还是要让这样的人懂得享乐。对这样的人，是不能指望他们奢侈的，所以，诗篇也就没有节俭的提示，只有刺激其享乐的一面。这就有一个问题，说是归于中道，可是奢靡浮华也是一种偏差啊，但诗篇并没有这方面的针砭之作。看来农耕社会，节俭得过分的有的是，奢靡的毕竟是少数，没有引起社会的关注。这也应该是农耕社会的一个特点。这在后来也还是如此，在前不久的乡村，苦哈哈过一辈子的人，颇不在少数，一点好粮食，省着省着，省到发霉，也不少见。对这样的人，乡亲也劝：省着省着，窟窿等着！话的道理与《山有枢》一样，只是语言质木无文而已。

说到底，还是农耕生活艰苦，俭省是过日子的最大经济学道理。如此，节省也就很容易过分，成了吝啬鬼、守财奴。古老的时代就有了这样的现象，也就有了《山有枢》这样的诗篇。这也是超乎“温柔敦厚”的“诗教”，告诉世人：财是为人服务的，不要做了财的奴才。《蟋蟀》首肯“好乐无荒”，看来“无荒”容易，至于“好乐”，还真得提倡一下呢！《春秋左传》记载吴国公子季札到鲁国访问，鲁国招待他为他歌《诗》，给他歌唱过《唐风》诸篇后，季札说：“思深哉！其有陶唐氏之遗民乎？不然，何忧之远也？非令德之后，谁能若是！”是说唐风篇章有唐尧与舜的遗风，其中于重要表现就是“忧之远”。这倒很使我们相信，季札的感慨主要是听了《蟋蟀》和《山有枢》这样的作品而发的。

总结一下，《唐风》的《蟋蟀》和《山有枢》，是两首过年时的歌唱，其所表达的生活理想，应该相当遥远古老，是随农耕文明的创立而产生的。提倡享乐，又告诫好乐无荒；同时还针对乡村社会中守财奴现象进行针砭，这都是为了提倡一种生活的中道，要做生活的主人，不要成为财富的奴隶。两首诗篇格调悠远，表现了古人对生活的理解。是古代教化民众的艺术。

讲到这里，我想大家对《诗经》富藏许多生活智慧和情趣这一点，该有较深切的了解了。

第十九集

生活的万花筒

前面涉及《诗经》的许多内容，有爱情、婚恋、农耕、狩猎、行役、战争等多方面，讲了相关的一些代表作。实际上，《诗经》风诗的丰富性，还远不止这些。在此，我们再尽量多地举一些作品，领略风诗丰富多彩的生活画卷。

风诗，也不都是表现小人物的悲欢，也有涉及大人物的。比说《召南》即有一首《甘棠》篇，就是歌唱西周一位著名政治人物的：

蔽芾甘棠，勿剪勿伐，召伯所茇。

蔽芾甘棠，勿剪勿败，召伯所憩。

蔽芾甘棠，勿剪勿拜，召伯所说。

诗很短，三章，每章三句。“蔽芾”，叶子微小而又茂盛的样子；“甘棠”又叫杜梨，这种树在北方很常见。村头、荒野，往往有那么一棵，孤孤零零的。一般树龄很大，树身疙疙瘩瘩。花如梨花，白色、花朵稍细碎一些，长的果子比梨小得多。比小指头肚还小点，圆圆的，一嘟噜一嘟噜的，味道一开始是很酸很涩的。摘下来以后，用棉絮捂一捂，慢慢变软，就不涩也不酸，变得很甜。有一种灰喜鹊，专门从树上啄甘棠的果实往墙缝子里藏，到了冬天的时候，熟透了，它再去找。现在回想起来，荒村古店，甘棠老树最有气派了，春天有春天的姿态，夏天有夏天的光景，还长这种小果子，所以这种树，没有几棵长得漂亮的。为什么？因为太招小男孩喜欢了，爬它、扳它，结果，树的样子就变得更加沧桑了。诗言“蔽芾甘棠”，即茂密叶子的甘棠树。对它，诗人有意提醒人们“勿剪勿伐”，不要剪它的枝，不要伐它的干。因为召伯当年曾在树下休息过。“召伯所茇”的“茇”（bá），就是“休息”。下文的“憩”和“说”（税）都是休息的意思。再下面的“勿剪勿败”“勿剪勿拜”的句意也相同。其中“败”好理解；至于“拜”，就是“扒”。

诗篇涉及一个人，谁呢？就是召伯。召伯又称召公，是周初政治家，与周公旦同时，也是周文王的儿子，只是非正妻所生，据说活得年龄很大。据文献记载，周初为了统治天下，把周王朝直属地带分成两部分，一部分由周公治理，叫作周南；一部分归召公治理，叫作召南。传统文献如《史记》等，说召公到乡间去考察，怕扰民，有时候帮助民众断案子，就坐在甘棠树下办事。他走了，老百姓怀念他，爱屋及乌，就爱护那棵树。大人小孩，特别是七八岁狗都嫌的小男孩，不许他们攀爬毁坏召公曾在荫凉下休憩的那棵甘棠树。

现代一些学者对古来说法不相信，以为这样的诗不像西周早期作品，理由是，西周早期写不了这么好，应该是西周后期。这样说，也不是一点道理也没有，因为召公的后人世世代代都称召公或召伯，从西周到春秋，王朝实行大家族世袭制，也叫世卿制。所以，有人就认为诗篇的召伯，可能是西周后期的另一位召伯，亦即周宣王时期的大臣召伯虎，又称召穆公。笔者以为，还是旧说更可靠。道理也不难，西周到晚期，与后来所有王朝一样，官、民之间的关系绝对不会那么融洽。一位大员出行，前呼后拥，吆五喝六，摆架势有他们，坐在树下为小百姓办点实事，就不是他们的心思了。就是做做样子，老百姓也不是就那样好骗的。所以，还是理解为周朝刚刚建立，还在上升阶段，政风还相对朴实，才会有大官亲近小民的事。老百姓历来都是质朴厚道的，一点亲切的官风，就足以让他们感激不尽了。这也是了解中国文化读者当注意的地方，诗显示了政治层面的民性。

艺术上这首诗是颇有其精彩之处的。诗篇没有说当年召伯来我们这里怎样，而是从人们对一棵树的态度说，手法上用了一种“以物见人”的方式，写这棵树，大家如何爱惜它。诗篇不说人们对召伯如何怀念，而是说人们对这棵树怎么在意。以此表现对召伯的情感，巧妙得很。诗篇就是今天读来，也一点不觉得隔。这样的诗篇不是很多，不好归类，但艺术上颇有可道之处。

《甘棠》赞美大人物的亲民，另外还有篇章则是活画政治人物的嘴脸。这就是《唐风·无衣》篇：

岂曰无衣七兮？不如子之衣，安且吉兮！

岂曰无衣六兮？不如子之衣，安且燠兮！

诗也很短，第一章的“吉”就是吉祥、好的意思；“燠”是暖和的意思。

还是让我们从与诗篇有关的历史说起吧。这首短诗与一个“旁支夺嫡”的大事变有关。事变就发生在春秋较早时期的晋国。按照周代继位法，诸侯的位子要传给嫡长子。这在一开始，大致没有问题。可是，刚进入春秋，就出了大乱子。晋昭侯把自己叔叔封到曲沃，结果这一支逐渐强盛，枝大于干，晋侯的麻烦就来了。曲沃这一支不安分，开始夺取嫡门即晋国君主大权，国家内部大乱，两股势力反复斗争，延续了67年，经历三代人，曲沃这一支终于夺权成功，他们成了君主。第一代就是晋武公。

既然夺取了大权，好好当他的诸侯不就得了？不成。这事若没有周王首肯并弄个册封承认仪式什么的，就总觉得像跟人家私奔没领结婚证，就觉得差那么一点意思。不过，这时候的周王，也早已不像西周时期权威那么大，最要命的是经济方面的囊中羞涩。晋武公就看好了这一点，所谓人穷志短、马瘦毛长，他的办法很对路，那就是贿赂。于是，当周王使者来晋国时，晋武公或他的代理人在周王使者面前，摆出各种的贿赂，并表达了诗篇中的意思。“岂曰无衣七兮？”这个“七”就是“七命之服”。古代封官要策命，有一命、二命、三命甚至九命之别，命数越多，越是荣宠，每一命都要赏赐不同的服饰，称命服。诗言“七兮”，指的是“七命之服”，是诸侯级别的命服。下一章的“六兮”，照字面解，就是“六命之服”，于是有学者说，这是退一步讲，不给七命之服，次一等的位阶也行。但这样的解释与诗篇中人的表现不符，不如另一种解释合理。这“另一种解释”，是清代陈奂在他的《诗毛氏传疏》里提出的。陈奂的意思是：“六”与“七”看似不同，实际位阶相同；诸侯在外镇守一方，是七命；若在王朝做公卿，就只有六命；也就是说外出为诸侯，命加一等。这就是说，晋国的篡位之君要的还是诸侯命服的待遇，一点也没有退而求其次的意思。

要诸侯的待遇，也还算在一般的情理之中，可是，看诗篇开始的“岂曰”俩字，一个反问语气，把新晋侯非善类的嘴脸显示得清清楚楚。“岂曰”的反问言外之意格外明显：难道我就缺你的七命之服、六命之服吗？我不缺。不就几套华丽命服吗，连诸侯大权我都敢夺，自己弄他几套命服，还不是易如反掌、小菜一碟呀？或者，费点事，到齐桓公那里运作一番，也可以得，他不是霸主吗？让他给我一个名分，也未必就不可能。言外之意，你周王还是不要以为，没有你这鸡蛋就做不了槽子糕！可是呢，说起来，你周王才是天下都承认的正头香主，只有你给的命服穿上才最体面。摆出贿赂的同时，是这样一番的老奸巨猾的实话实说，利诱中带着威胁，且话里话外很明显：这也是给你面子、最好收着！诗篇中的言说者，是何等的险恶、势力及市侩气！一句“岂曰”，千载之下读这首诗，都可仿佛见到晋侯那咄咄逼人、皮笑肉不笑一脸邪气的奸猾嘴脸！

这就是风诗的表现重大历史的手法，以少少许，胜多多许。选一个特定的场景，展现与历史大事件相连的一个小情节，一个小场景，一副特定的表情。然而，就其揭示生活的本质而言，实在不比那些大场面正面的描述差，相反，更能入骨三分。这倒应了西方大贤亚里士多德所说的：诗有时比史更真实。为什么？诗的具体性留住了那些容易被大历史书写所遗漏、遮盖的东西。恰是这些，对理解重大事变而言，可以帮助人们感受某种真实。《无衣》对晋侯的揭示，就是证明。

诗篇可能是当时就唱给周王使者听的，晋武公及其手下是干得出这样的勾当的。也可能是他人对晋武公君臣市侩表演的勾勒，因而有此诗的流传。若是后者，就是以描摹当时的口吻，昭示篡位者可憎的政治流氓面目了。无论如何，当把这首短短的歌唱与晋武公贿赂周王相联系时，诗篇自身所具有的表现力，就像通了电的灯泡，一下子亮起来了。

今天有母亲节，《国风》中也有献给母亲的歌，就是见于《邶风》的《凯风》篇：

> 凯风自南，吹彼棘心。棘心夭夭，母氏劬劳。
>
> 凯风自南，吹彼棘薪。母氏圣善，我无令人。
>
> 爰有寒泉，在浚之下。有子七人，母氏劳苦。
>
> 睍睆黄鸟，载好其音。有子七人，莫慰母心。

“凯风”就是南风，古代早就注意观察四方来风判断时令。在商代甲骨文中，就有“四方风”的记载，《山海经》里也有。传统文献把南风叫凯风，又叫它熏风，是生长万物的风。献给母亲的歌，就用生养万物的温润和煦的凯风起兴。

“凯风”一吹，万物生长，这在花花草草容易，“吹彼棘心”就不易。“棘”就是酸枣丛，春天，其他花草都开花长叶了，它还作冬生状。“棘心”就是酸枣树新生的春芽，春风一吹，微微颤动。诗人善于观察生活，以凯风吹拂酸枣树生芽长叶，比喻母亲养育儿子的艰难。“劬劳”就是劳苦操心费力的意思。母亲养育儿子的艰难，是怎么比喻都不嫌夸张的。而且诗篇交代，这还是一位有七个儿子的母亲，她的劳累更是不同寻常的。不过，从诗篇“母氏圣善，我无令人”的说法来推测，母子之间应该是有了龃龉，导致母亲伤心。所以做儿子的有了愧悔之情，诗篇表达的就是这种愧悔之情。

到底母子之间发生了什么的龃龉？历来有多种说法。有一种古来流行的说法，说卫国这个地方因为卫宣公家庭淫乱，所以把卫国的风气带坏了。因而当地就有一位七个儿子的母亲，在坏风尚的影响下，想要抛弃七子另嫁他人。于是儿子自责，安慰了母亲，打消了念头。诗篇的主题是“美孝子”。换句话，诗篇貌似是儿子自责，实际是反对母亲改嫁的。然而，是这样吗？

幸运的是，孟子在与他的学生的谈话中谈到了这首诗，见于《告子》篇。孟子有一位学生叫公孙丑的，告诉孟子，说一位叫高子的老先生认为《诗·小雅·小弁》篇不好，理由是“怨”。孟子听罢，就说，高老夫子真是个老糊涂！《小弁》这首诗中的儿子所以对父母“怨”，那是因为双亲的过错大；双亲过错大，若不怨，反而是做子女的疏远亲人。听孟子这样说，公孙丑就问：那《凯风》诗中的孝子为什么就不“怨”呢？孟子回答：那是因为《凯风》中的母亲过错小；过错小就不应该有明显怨的情绪。从孟子的谈论看，不像古人说的是母亲要改嫁；若是要改嫁，在儒家的孟子来看那一定是过错不小了。所以，对诗篇中的母子之间的龃龉，合理的解释是一般性的家庭矛盾。俗话说得好，没有舌头不碰牙的时候。母亲带着七个儿子生活，日子一定不会很好，穷日子的可能性就更大。过去说“贫贱夫妻百事哀”，其实“贫贱母子”也是“百事哀”，就难免出点吵架、拌嘴的事情。遇到点什么事，母亲一时没有想开，生气了：养儿子养这么大了，没一个向着我说的！诸如此类吧。所以，孟子才说是“亲之过小”。最终儿子自责，这就是孝顺的表现。

诗篇的成功除了表达了深沉的孝子之情外，还在诗篇中的物象。“凯风自南，吹彼棘心，棘心夭夭，母氏劬劳。”酸枣是棘刺的，可是诗篇的意象却是极温润的。春风吹拂下酸枣生出叶芽，是多么清新动人的景象。以此来表达对母亲的爱，是非常适宜的。

《诗经》的风诗中，还有献给逝去亲人的歌唱。西晋时有一位诗人潘岳，很善于作悼亡诗。其实，他能作很好的悼亡诗，是因为在他之前《诗经》中已经有很不错的悼亡之作，使得他有所依傍，或者说，是潘岳继承了《诗经》悼亡诗的好风范，才有他的推陈出新。《诗经》里的悼亡诗，就是《唐风·葛生》：

葛生蒙楚，蔹蔓于野。予美亡此，谁与？独处。
葛生蒙棘，蔹蔓于域。予美亡此，谁与？独息。
角枕粲兮，锦衾烂兮。予美亡此，谁与？独旦。
夏之日，冬之夜。百岁之后，归于其居。
冬之夜，夏之日。百岁之后，归于其室。

诗以“葛生蒙楚”起，写想象中的坟茔地。头一年是新坟，到了第二年，坟上就爬满了藤蔓植物（“蔹”，蔓生），表示的是人的物化，新鬼变故鬼。这样的光景，我们在苏东坡的词里也见过，也是受《诗经》影响，怀念故去的人，从坟的荒芜写起。“予美亡此”，“予美”就是“我的那位美人”，与今言“亲爱的”差不多。说“谁与？独处”自问自答：谁跟她在一起呀？没有，她只是自己一人，孤孤零零睡在那儿，话说得很凄凉。

第二章意思相同。“棘”就是荆棘，也是丛生灌木。第三章则换了个角度，“角枕粲兮”的“角枕”即八角形，一种带棱的枕头。“粲”，光彩的样子；“锦衾”，锦做的被子；“烂”也是形容光彩。诗的角度从荒坟拉回来了，拉回到自己这一边。说到枕头、被子，这是晚上才容易见到的东西。诗是说，孤独的岂止坟墓里的那一位？留在世上的，也是一个人独眠独息。那人的枕头被子都还在，可人却走了。要注意，枕和被的“粲”、“烂”两个字，点名是新被子，新枕头。这意味着什么？意味着“予美”的死在新婚后不久。这是诗篇慢慢交代出来的。杜甫写《新婚别》，为国家打仗，结婚没几天丈夫就上前线。这首诗中的死者，若是男子，也是枕头没怎么枕，被子没怎么盖，人就忽地一下子没了。假如作品中死者是男的，或许映见的是乱世时事。处在乱世的男人，命的长短是很没准的。

最后两章的意思不难理解，表达的是百岁之后，与亲人地下团聚的意志。修辞上使用了一种反复的手法，来表现自己的真诚、坚定和忠贞。这首最早的悼亡诗，应该说一上来就水平很高，后来的同题材诗也不外这样写吧。所以说，古典诗歌不是到了唐宋旱地拔葱，一下子就蹿得很高，而是其来有渐，是经历了两周、汉魏的积累才达到高峰的。

逝去者值得怀念，要好诗；生者也需要精神联络，也要好诗。《诗经》的风诗就有言兄弟团结的优秀篇章，这就是《唐风·杕杜》篇。

有杕之杜，其叶湑湑。独行踽踽。岂无他人？不如我同父。嗟行之人，胡不比焉？人无兄弟，胡不佽焉？

有杕之杜，其叶菁菁。独行睘睘。岂无他人？不如我同姓。嗟行之人，胡不比焉？人无兄弟，胡不佽焉？

杕杜就是甘棠，一般都是独立生长，以比喻孤独之人。“行之人”就是行路之人。“踽踽”和“睘睘”都是孤独貌。“比”是亲近，“佽”即相互扶助。诗篇的两章意思大致相同。但一章之内的意思，却是翻了好几层。先以孤独的甘棠树起兴，然而揭出独行的踽踽、睘睘之人。继而诗篇说，这些独行之人不是独行侠，不是喜欢孤独，而是因为没有同父兄样的亲人。没有亲人的独行之人，为何就不去故意亲近一些其他的路人？没有亲兄弟的人，为什么不能与其他人结成相互帮助的亲近者呢？这不是因为别的，只是因为他们不是亲人，不是亲兄弟。言外之意，亲兄弟才是最值得珍视的。翻了几层，就是为了反衬兄弟最亲。其意脉清楚了，诗的特点也就清楚了，这首诗可以算得上我国最早的“以议论为诗”的作品了。而且其议论不仅曲折跌宕，而且义正词严。

这篇作品若加深究，就可以发现，是有感于晋国兄弟相残的现实的，换言之是对当国者无亲情之义的不满。《唐风》的诗篇出自今天的山西，这里就是西周以来的晋国。在前面一集我们讲过这里发生的“旁夺嫡”的事。这件事对世道人心，颇有害处。打来打去，打得兄弟不亲。等到曲沃一支夺权了，曲沃旁支得了大位，于是就怀疑自己的旁支兄弟也会有样学样。自己是这种人，难免就用同样的心思、同样的逻辑揣度别人。于是，晋武公和他的儿子，都不相信自家亲兄弟，他们两代君主有其父必有其子，都杀过自己的手足兄弟。这对晋国社会的震荡是很大的。诗人对此是痛心疾首的。诗篇的基本意思是“抓把灰比土热”，兄弟比外人亲。正因为诗篇的针对性很强，所以语气很迫切，议论也很贴切。

说到兄弟的事，风诗中还有一首，是提醒兄弟不要上当受骗，只有兄弟才是最可信任的。这就是《郑风》的《扬之水》。《诗经》还有其他篇章名“扬之水”，而所谓“扬之水”就浅濑之水，漂浮不起大物、重物。几首诗篇都称“扬之水”，有人说犹如后来的“乐府古题”，不知是不是这样。这首见于郑地之风的《扬之水》，其“扬之水，不流束楚”的句子，也是说浅水漂不起成捆的柴，接下来的句子就是：“终鲜兄弟，维予与女。无信人之言，人实迋女。”是说最亲近可信的，就只有你我亲兄弟；不要相信他人的言语，他人最喜欢欺骗你。强调兄弟亲情，是老观念，但公然说他人就一定不可信，未免过分。也可能是有所针对吧。这也意味着《诗经》中不都是珍珠美玉，连一块石头都没有。

还有一些诗很奇特，如《郑风·遵大路》。诗也很短，是郑国的。怎么写的呢？说：

遵大路兮，掺执子之祛兮。无我恶兮，不寁故也！

遵大路兮，掺执子之手去。无我魗兮，不寁好也！

“遵大路”就是沿着大道。“掺执”就是执、抓住，手执着袖子的意思，“袪”就是袖子。“不寁故”的“寁”(zǎn)，接续。“故”就是旧情。我们那个旧情感。下一章的“好”，也是过去的好，是旧情。

汉代人说，诗是讽刺郑庄公的，说他在位的时候，贤人都走了，大家思贤人，让他们暂且留一下。到宋代说法变了，如朱熹就说，诗篇实际表现的是恋人闹别扭，男的一甩手要走，女的拉着他的手，哀求他别厌恶自己，别觉着自己丑，不念旧情。这一说今天很流行，实际早在宋玉写《登徒子好色赋》时就用了此诗的句子做典故：“遵大路兮揽子袪。”在大路上拉着你的袖子，似乎宋玉就承认诗篇写的是男女之情。

不过，宋代以来的说法，也未尝不可以怀疑。一对情人闹掰了，女孩子或者是男孩子，舍不得对方，在那儿拽袖子，是可能的。可是非要跑到大路上腻腻歪歪的，这事就有点奇怪。

这里，笔者有一个想法：诗的调调确实是个情诗的样子，可创作意图未必就是表现情人分手，很可能是一首用于特殊外交场合的歌唱。大家知道，郑国音乐很先进。孔子说“郑风淫”，所谓的“淫”就是情调曲折得过分，花腔多，太柔婉、太细腻，与古典音乐的质朴厚重反差太大。举个现代例子说，当年马连良创建马派唱腔，飘逸婉转，有一位权贵就说他是靡靡之音。回到“郑风淫”，既然音乐发达，天才的乐曲家在为了一些政治场合写作歌曲时，灵动一下，用了一个近乎爱情诗的调子表现列国之情，也不是不可能的。我们知道，郑国地处南北交通要道，黄河以北的诸侯要到南方楚国去，还要从郑国的东侧过，晋国等要到南方去，一般也要从郑国西面过，秦国等西方要到东方去，郑国还是“行李之往来”的要路。这在《左传》中是经常记载的。这就可以解释“遵大路”了。郑国作为东道主，接待东西南北的各路诸侯或者使者，用《遵大路》表达一下不舍之情，不是也说得过去吗？“掺执”既然说得过去，“不寁”的“寁”也就有了着落，路过郑国者不都是“寁”者吗？拉着你的手啊，不要厌恶我，忘掉我们的旧好。虽然亲密一点，用在欢迎欢送的外交场合，反而很有趣，非同一般。外交场合毕竟不是祭祖宗，讲点趣味情调，可能就是郑国人的奇思异想了！当然，这是笔者的一点猜测。

在这一章，是以讲与政治人物的诗篇开始的。临了，还是再讲一篇政治人物的诗篇来前后照应吧。这首诗就是《北门》，出自卫地的《邶风》：

出自北门，忧心殷殷。终窭且贫，莫知我艰。已焉哉！天实为之，谓之何哉！

王事适我，政事一埤益我。我入自外，室人交遍谪我。已焉哉！天实为之，谓之何哉！

王事敦我，政事一埤遗我。我入自外，室人交遍摧我。已焉哉！天实为之，谓之何哉！

“窭”就是穷困；“适”可解作“投掷”的“掷”，扔给的意思。“一埤”就是一块儿、全都；“谪”就是指责。“敦”，与前面的“适”义同。“遗”

（wèi），留给，给予。字句解释清楚了，诗篇中政治小人物的一副倒霉相也就清楚了。抒发牢骚以“北门”起兴，一般死人都要出北门，诗该是借此表示诗中人的晦气吧？小人物的小，首先是官卑职小，在外面什么事都得做，累得七荤八素；回到家，也不舒心，家里大小都合起伙来指责他、瞧不上他。内忧外困，实在倒霉。这只是“小人物”之所以“小”的一个方面，不是很重要，国家公务人员，哪能谁都做大官呢？说诗篇中人是“小人物”，主要在他精神面目的“小”。面对所有的不顺，一句“天实为之”，就算了，这才是“小”，一切的倒霉，在天的无奈下，他都受了。外国小说有《小公务员之死》《装在套子里的人》等，殊不知早在两千多年前的《诗经》中，就给我们描述过一位官场小人的那种“倒霉催的”画像，连面目带神情都活灵活现呢！

其实，《诗经》国风“万花筒”中，还有许多好看的光景，由于时间有限，就只能讲这些。

以上十九集，我们讲了《诗经》国风丰富多彩的内容。那么，概括一下，《国风》又有什么特点呢？

第二十集

风诗的精神与艺术

现在，我们对“十五国风”的精神与艺术做一点总结。

首先，前面讲了那么多风诗作品，可是，有几首诗是对着鬼神歌唱的呢？涉及鬼神祭祀的诗句是有的，如《七月》的“献羔祭韭”，可是对着超人间鬼神的祈祷呼唤，可以说一篇也没有。这就是《诗经》精神与艺术上为中国诗歌确立的一个大的方向：即诗的人间关怀。关于这一点，有兴趣的话，大家可以读一读国外一些古老诗歌，古希腊的，古希伯来的，古印度的，唱给神的，颂扬神的，当然还有祈祷神的，可以找到很多。然而，在《诗经》的《国风》作品里，“神啊，赐予我……吧”之类的呼喊，没有。《风诗》歌唱，主要关心的是人生日常的基本主题，男女之情，生活的不平，悲欢离合等，而不是牛鬼蛇神、鬼狐仙怪。所以，风诗的总体倾向，就是艺术的“现实精神”。这是她的基本大方向，在这样的大方向下，广泛地表现社会生活，如婚姻、家庭、恋爱、农耕、狩猎、战争、劳役等，丰富多彩，似多棱镜，如万花筒。

既然关怀现实，其具体的表现，如抗议暴政，就是她的一个明显内容。大家都熟悉的《硕鼠》《伐檀》是如此，“硕鼠硕鼠，无食我黍！”。反对敲诈民众，反对政府聚敛财富。《伐檀》唱“彼君子兮，不素餐兮”。真正的君子不白吃饭不做事，揭露不劳而获。两千多年前，我们的诗歌就是这样径直地指向社会不公平，文学干预生活，其精神是非常值得肯定的。两篇作品因为一般中学课本都选，大家比较熟悉，不必多说。

风诗同情弱者，这有多方面表现。例如《卫风·氓》，就是“氓之蚩蚩，抱布贸丝”那一首，如前所说，诗篇表现的人物可能是一位身份很低的野土蚕女，就是非周人群体的城邑之外的下层人的婚姻悲哀。艺术触觉是极其广泛的。这也不用再多说了。还有一些作品，就需要多讲一下。如《鄘风》中有一篇叫《君子偕老》。自汉代以来的学者，总是把这首诗中的女子，与卫宣公“扒灰”所娶的小夫人宣姜联系在一起，认为诗篇是在指责她。就诗篇内容而言，宣公、宣姜的信息是一点也没有，但前人又何以有如此坚定的看法呢？是因为诗篇中出现了“之子不淑”一句。照一般的字面理解，句意就是“这人不善”，诗篇中的女子就一定不是什么贞德之辈了；再联系历史记载的卫国“不贞”女子，板上钉钉，就一定是宣姜无疑了。很明显，这样的理解源于句中“不淑”俩字。其实上面对这俩字的解释是不正确的。《礼记》中有这样的记载，一个诸侯国家的老君主死去了，其他周家邦国要派遣人员来吊唁，其中的一个礼节是吊唁者站在厅堂客位的台阶上对丧主说：“寡君闻君之丧，寡君使某。如何不淑……”大意是我国的国君听说您这里有丧亡不幸，我国君主就派我来吊唁。哎呀，这是多么不幸啊！“不淑”，其实是吊唁者礼仪性的套话。近代学术大师王国维先生有一封信，是与朋友专门论《诗经》《尚书》里的一些艰涩语词的。王老先生就说，有许多的语词，自己搞不懂。越是学问大家越谦虚，其中他就谈到了“不淑”。他说，“不淑”在先秦时期古代人多用于“遭际不善之专名”，意思是“遭遇不善”叫作“不淑”，也就是“命不好”。这样一来，《君子偕老》“之子不淑”的真实意思就可以明白了，原来诗这样说，不是骂“之子”品行“不淑”、不善，而是叹惜她的遭遇、命运不佳，令人同情！

一个小小语词理解的不同，诗篇的全局竟可为之改观！诗篇开头第一句：“君子偕老”，“偕老”，就是一起老，也就是常说的“白头偕老”。两口子结了婚以后半道散了，不论是一方死去还是离异，都被认为是人生大不幸。诗篇实际一上来就暗示读者：诗要表现的人物，是一个半路丧偶的苦主。然后诗篇从头到脚地夸赞她的“副笄”，即她作为君夫人的首饰；还夸赞她“委委佗佗，如山如河”的君夫人的衣服图案，赞美君夫人的礼服穿在她身上是那么的合体，那么的优雅和美丽，其实都是在为“之子不淑，云如之何”的感叹做铺垫，以加深同情惋惜之意。诗篇中的女子是那样的美丽，可也是“无如命何”，红颜薄命，才越发令人同情啊！

风诗同情下层蚕女，也同情上层的美丽孀妇，在这一点上，作为文学，风诗也是“万众同悲”大包容的情怀。此外，同情弱小，在风诗中，还与对弱小抗争强大邪恶的赞美相兼容。表现这方面内容的诗就是《豳风·鸱鸮》篇：

鸱鸮鸱鸮，既取我子，无毁我室。恩斯勤斯，鬻子之闵斯。

迨天之未阴雨，彻彼桑土，绸缪牖户。今女下民，或敢侮予？

予手拮据，予所捋荼。予所蓄租，予口卒瘏，曰予未有室家。

予羽谯谯，予尾翛翛，予室翘翘。风雨所漂摇，予维音哓哓！

“鸱鸮”就是猫头鹰，又称夜猫子。有些注释说是鸺鹠，鸺鹠个小，不是。老话说：夜猫子进宅，无事不来。又说“不怕夜猫子叫，就怕夜猫子笑”。实际猫头鹰哪会“笑”？是它往往在夜晚的连成一气的叫声，很吓人。传说猫头鹰一笑就要死人，过去的北方农村就相信这个说法，所以一旦猫头鹰到了村上，笔者幼年时经历过一次，全村人都行动起来了，轰它，赶它离开。真是视之为大不吉祥啊！可是，在远古时代，可能存在一个鸱鸮崇拜阶段，因为红山文化的玉器，就有酷似鸱鸮的形象。到了《诗经》时代，鸱鸮就已经成为邪恶势力的象征了。

诗篇第一章说：“鸱鸮鸱鸮，既取我子，无毁我室。恩斯勤斯，鬻子之闵斯。”大意是：鸱鸮鸱鸮，你已经把我的孩子取走了，就不要再拆我的房了。我养育儿子很艰辛，很珍爱自己的孩子啊！“恩斯勤斯”的“恩”，是说养孩子付出的情感；“勤”就是劳累；“恩斯勤斯”是一个意思；“斯”是语词。“鬻子之闵斯”，“鬻子”就是稚子。说诗篇是弱者的抗争，理由就在头一段。你看，一上来就说鸱鸮已经夺了我的孩子，言外之意是不许再夺了，我要抗议，我要拼争了！

这首诗，传统的解释与《东山》一样，都说是周公的歌唱。周武王死了以后，周公辅佐侄子成王，成王当时十来岁、小孩子。这时候，周公的兄弟，就是管叔、蔡叔，还有霍叔，伙同不甘于自己失败的殷商一起参与，一起造反，局势非常危险。恰在这时候，周成王、小侄子也怀疑叔叔是不是忠心。于是，据说周公就作了《鸱鸮》这首诗。实际上，不管诗篇是不是周公作，是不是与周公有关，都不影响诗篇内容所具有的抗争意义。

第一章上来就警告鸱鸮，不要再过分了。如果真是与周公相关，第一章所指的“既取我子”，就是指管叔、蔡叔等周家兄弟被殷商势力迷惑勾引，周家暂时处于不利地位。诗篇接着说：“迨天之未阴雨，彻彼桑土，绸缪牖户。今女下民，或敢侮予？”与第一章的哀哀之词不同，这一章话说得口气强硬：我要趁着老天还没下雨，要去寻找“桑土”，就是桑根，或为桑根皮，来搭建房子，“绸缪牖户”；“牖”是窗，“户”是门，“绸缪”就是缠绕，用桑根树皮把门户缠得紧紧的。有了坚固的鸟窝为根据，“今女（汝）下民”——这也是居高临下的口吻——谁敢欺负我！

接下来就是形容自己搭建牢固鸟窝的操劳：“予手拮据，予所捋荼。予所蓄租，予口卒瘏，曰予未有室家。”用一些句法结构相似的句子，组成排比句式，突出了劳作的紧张。“拮据”，今天说手头紧叫“拮据”，其本义是指手痉挛。紧张地拿桑根造鸟窝，鸟的手已经累得要抽搐了。“予所捋荼”，“我”不断地撸取“荼”即芦花，做鸟窝的内垫，就像今天人类的铺地毯。鸟也讲究舒适啊！“蓄租”就是攒积，聚集搭窝材料。“租”在此读成jū，就是干草。“予口卒瘏”，是说鸟嘴都累坏了。这样写，是抓住了鸟的特征。鸟做活，不但用爪子抓，还用嘴叼。说我的嘴已经累病了，可到现在我还没有一个好的家。言外之意，我的家被你鸱鸮毁了，我要修复它，却很难，到现在也没有做成。话语说得哀婉，局势的不好，交代得很清楚。

最后一段：“予羽谯谯，予尾翛翛，予室翘翘。风雨所漂摇，予维音哓哓！”首先看句子组合，《诗经》句子，一般两句一个句号，就是两句组成一个完整的意思段落。但这一章，必须一逗到底，诗人用连贯性的语气，表现现实状态的危急：我的羽毛已经谯，“谯”就是憔悴，羽毛失去了润泽；我的尾巴也秃了；我的房屋摇摇欲坠；“翘翘”，高而危耸的样子。“风雨飘摇”，今天还在用，就出自这首诗。我的家飘摇在高树上，局势依然危险。诗中的“我”，一边手口并用地拼命操持，一边哀切地嚎叫；“哓哓”就是形容其哀嚎之声。这一章，三个四字句，两个五字句，连续的重叠词，渲染时局的万分急切，声情凄厉。

敌人是强大的，“既取我子”又表明，它的侵凌也是暴戾的，诗篇选择“鸱鸮”这个与黑暗相关的鸟类作为敌对势力的象征，在表现上是十分有力度的。诗篇并不掩饰“予”对“鸱鸮”的恐惧，“予”“未雨绸缪”的所有紧张操作与呼号，处处都有恐惧情绪的流露，然而，诗篇又绝非仅仅表现恐惧，相反，要表现的是恐惧情绪中的振作与奋发，“恩斯勤斯”的爱，是其动力；“未雨绸缪”是其心智；“拮据”、“卒瘏”殊死劳作，是其依靠；所有这些，是弱小者不畏强暴誓死搏斗的决心，也是一点获胜的希望。诗篇的着力点，不在表现胜利，而在表现拼死挽救危亡的坚强意志。按照传统的说法，诗篇是在周公毅然决然东征平定叛乱之前向周成王表露心迹的哀歌，这倒是颇符合近乎凄厉的调子。因而，对局势“风雨飘摇”的渲染，也就未尝不可以理解为苦心孤诣的周公对周人的众志成城的呼唤。不服输，才有赢的可能。此外就是“未雨绸缪”的远见加行动。据说，孔子读到“迨天之未阴雨，彻彼桑土，绸缪牖户”这几句时，说“为此诗者，其知道乎！能治其国家，谁敢侮之！”弱小者的智慧和胆气，正是这篇格调特别的篇章的主题。

总结一下，歌唱人间生活，表现对生活的热爱，对暴虐的反抗，对弱者的同情，就是国风的基本精神，也是一个民族精神最精华的部分。

下面再简单谈谈风诗的艺术。

“十五国风”艺术上有很多值得称道的地方。例如她的四言句，韵律和谐，抑扬顿挫。“关关雎鸠，在河之洲，窈窕淑女，君子好逑。”虽然说那个时候古典诗歌刚刚发轫，但这些四言的诗句读起来朗朗上口，带着那个时代特有的古朴。它不像魏晋南北朝及以后的四言，很雕琢。风诗的四言是颇为成功的。

风格是最值得称道的，是其融情入景、情景交融的艺术。用简单的话语，把情感与景物水乳交融，营造出一幅幅动人的画面，这在国风时代就已经有出色的表现了。像《秦风·蒹葭》：“蒹葭苍苍，白露为霜，所谓伊人，在水一方。”情和景交融，堪称典范。还有一些句子，可再举《秦风·晨风》为例。这首诗写失落情绪，诗中人被人忘却，心情很郁闷。表达此等情绪的诗篇，一开头就是这样几句：“鴥彼晨风，郁彼北林。未见君子，忧心钦钦。”前边两句，“鴥”表达的是鸟逆风疾行的样子，“晨风”是一种鸟，个头不大，好成群飞。“北林”是一片树林，却加一个颇带感情色彩的“郁”，情调就出来了。两句意思是：在郁郁的北林上，逆风疾飞着一群鸟。想想吧，带点幽暗的北林上空，一群小鸟在逆风搏击而飞。一下就把忧郁的氛围点染出来了。营造光景，表达情感，不知道诗人这样写，是有意的还是无意的，但实际效果就是融情入景。后来阮籍《咏怀》八十二首，第一首就表出了北林孤鸿的意象，以此表达自己内心的孤独与忧伤，明显是受了《晨风》的影响。古典诗篇的艺术灵魂，不是写一个矛盾冲突，写一个战争场面，讲一个人物的悲欢传奇，不是。我们的古典诗歌的老祖先，早就懂得了一花一叶，一个光景的动人心魄的审美力量。一片美好的境界，像“蒹葭苍苍，白露为霜，所谓伊人，在水一方”就有很大的洗涤心胸的力量啊。

善于营造情景的艺术，还表现在送别的题材中。古代人很重视送别，宋玉写“悲哉，秋之为气也”的《九辩》，极力渲染秋天的孤单心情，就用了“登山临水兮送将归”的送别场景来形容。这是因为古代交通不便，不像我们今天，拿手机发个视频什么的。古人一别，万里之遥，离别好久，所以很重视，送别诗也多，出现也很早，送别诗篇的老祖，也在《诗经·国风》里，这就是《邶风·燕燕》篇。燕燕，就是燕子。诗篇的第一章是这样写的：

燕燕于飞，差池其羽。之子于归，远送于野。瞻望弗及，泣涕如雨。

先以燕子飞起兴，也就交代了送别的时间是春天。“差池”就是参差，形容燕子翅膀上下扇动的样子。“之子于归”，是说一个人要回家，在“野”之地，为“之子”（即这个人）远行。“远送于野”的“野”要注意，今天说“野”就是野外。在春秋时期，则确有所指，它是与“国”、“郊”相对的，西周，统治者为了安全，居住在有围墙的“国”中，“国”之外划出一片土地，叫作“郊”，“郊”之外才是“野”，一般也就是人迹罕至的地方，因为离开都城太远了，除了有道路连接其他邦国，其他可能就是荒地了。所以，诗篇的这个“野”字，实际上告诉读者送别的双方，已经离都城较远了。送别这样远，双方的依依不舍，也就自在言外了。这与《谷风》中变心丈夫送原配的“薄送我畿”有天壤之别。

因为依依不舍，所以来到野外。送君千里，终须一别，最后还是得挥手从兹去，各自天一涯。但人虽别，情无尽，《燕燕》的诗篇，正是写“人别”之后的情感，显出自己不凡的手法来。被送的远去，送别者未还，“瞻望弗及，泣涕如雨”，离者已去，送者却还在远远地望，人越来越远，最后人影也不见了，唰啦啦眼泪下来了。诗篇的妙就在这“瞻望弗及，泣涕如雨”。没有一个字说“舍不得”的意思，通篇都是难舍难分，痴呆呆地伫立、瞻望，看不到了，眼力已经赶不上行人了，眼泪下来了。这是多么深情的送别情形！诗篇对深情的送别场景的刻画，可谓鬼斧神工。宋代许顗在他的诗话里，称道“泣涕如雨”的句子“真可以泣鬼神”，实在是不错的。也正因此，后代的诗篇表送别，有很多就是依傍着《燕燕》的路数来的。如唐代有岑参《白雪歌送武判官归京》：“北风卷地百草折，胡天八月即飞雪。忽如一夜春风来，千树万树梨花开。”在一片大雪当中，武判官要回长安了，为了送别，“中军置酒饮归客，胡琴琵琶与羌笛”。接着就是“轮台东门送君去，去时雪满天山路。山回路转不见君，雪上空留马行处”。送别的地点在轮台，被送的，在大雪中走了，走后好久，送者也没有回驻地，而是在那里伫望，看着行者马蹄的印子，看着、看着，深情地看着。与《诗经·燕燕》“泣涕如雨”同一个思路的，还有大家更熟悉的“故人西辞黄鹤楼，烟花三月下扬州，孤帆远影碧空尽，唯见长江天际流”，也是故人远去了，送者看啊，看孤帆，看孤帆的影，最后只剩水天交界的一点光景，最后就只有汗漫的长江水。离别不舍之情，也正如浩瀚江水一样无边无际。再后来辛弃疾也有这样的作品：“情知已被山遮断，频倚阑干不自由。”明知道我送的这个人已经被山遮断了，但我还是上高台，倚栏杆，情不自禁地遥望。

总之“瞻望弗及，泣涕如雨”这种句子造出来以后，因为具有非凡的艺术表现力，很长时间都被诗人追捧，形成大传统下一个小小的艺术传统。

风诗还有一种艺术方式：托物言志。也就是借物言志，表达情感。《桧风》中就有这样的好例子。说起“十五国风”，即周、召、邶、鄘、卫、王、郑、齐、魏、唐、秦、陈、桧、曹、豳，还有一个成语，就是“自郐以下”。春秋时吴国有一位贤人季札到鲁国访问，鲁国人就把《诗经》表演给他听。季札一边听，一边评价，到了《桧风》，《左传》记载，季札就停止了评论，“自《郐》以下无讥焉”。“讥”就是点评，“郐”与“桧”在此为同字异写关系。这句话是说演奏到《桧风》的歌乐，季札就沉默不语了。这就是“自郐以下”成语的出典，其与俗话说的“麻绳拴豆腐——别提了”是一个意思。不过，今天看来，季札老先生的态度未必就对，《桧风》也有好作品，如其中的《隰有苌楚》就是：

隰有苌楚，猗傩其枝，夭之沃沃，乐子之无知。

这是其中的一章。“隰”，下湿之地。苌楚，是一种丛生的植物，又叫羊桃。“猗傩其枝”的“猗傩”就是婀娜。风一吹，苌楚的枝叶随风飘摆，婀娜多姿。“夭之沃沃”的“夭”与“桃之夭夭”的“夭”意思相近，是“少好貌”，也就是青壮的样子；“沃沃”就是润泽的样子，与《卫风·氓》“沃若”同义。随风摆动的叶子闪耀着光泽，一副欢快的模样。“乐子之无知”的“无知”，一说是没有知觉，一说是没有配偶。照前一种理解，诗篇是说，人不如植物，植物只会无忧无虑地生长，没有知觉，也就没有苦恼，令人羡慕。如此，诗篇实际是控诉世道的不好，人活着痛苦太多。其意如老话所谓“天无情天不老”。下面一章又说“乐子之无家”，是羡慕植物没有家室的拖累。后一解释，出自一位外国学者葛兰言，他以为“无知”就是无相知者，与下一章的“无家”即“无家庭”是一个意思。这样的话，这首诗篇就是一首野性婚俗的歌唱，男女相见，“乐子之无知”，是庆幸对方没有配偶家室，可以公开而合法地追求，而不会不小心成为“小三儿”。这样解释，“子”就不再指苌楚，而是指相遇的对方了。这样解释也可以，只是诗篇不再是托物言志，而是《诗经》中常见的比兴之词了。

这又说到了比兴。比兴有广义，有狭义。广义的比兴，借景抒情，营造情境，都可以算是比兴。狭义地说比兴，是两种手法。“比”就是打比喻，“兴”就复杂了。有些篇章，被指为“兴”的句子，只有开头的作用，如“山有扶苏，隰有荷华”，只是为了引下文的“不见子都，乃见狂且”，就像儿歌唱“一二三四五，上山打老虎”一样。有的“兴”，像是写景而实非写景，如前面所举“鴥彼晨风，郁彼北林，未见君子，忧心钦钦”，前两句像是写景，可是，诗篇有这两句，并不是说下面的“未见君子，忧心钦钦”之人，就在“北林”附近。前面两句就表现功能而言，只是营造了一个忧郁的氛围而已。这就是“兴”。设想，《晨风》这首诗，要是没了开头这两句，诗的意味要损失多少啊！兴，没有实际的意味，但在营造艺术感觉上的作用却很大。

再看看打比喻的“比”。例子也是出自“自郐以下”的国风部分，即《曹风》的《蜉蝣》篇。诗篇感慨这样一种人是鬼门关前跳芭蕾——不知死的鬼。应该就是指曹国的那些没落贵族吧，成天就知道吃点喝点，混过了今天，明天再说。诗篇怎么写的呢？请看《蜉蝣》：

蜉蝣之羽，衣裳楚楚。心之忧矣，于我归处。

蜉蝣之翼，采采衣服。心之忧矣，于我归息。

蜉蝣掘阅，麻衣如雪。心之忧矣，于我归说。

“蜉蝣”又叫渠略，特点是朝生暮死。诗人因见到这些羽翼鲜亮而又朝生暮死的小飞虫，而产生人生的悲哀，并想到自己的最终归宿，情绪十分低沉。这里要谈的是诗人善于比喻。蜉蝣在习性上，与蜣螂（俗称屎壳郎）有同好，生活在温暖湿润的粪土之中，只是在个头上要比后者小得多。它们成群生长，看上去，最招人眼的是密密麻麻的翅膀，薄而鲜亮。篇中的“掘阅”，形容蜉蝣从粪堆里钻出来的那一刻，看上去白茫茫的一片。“麻衣如雪”的比喻十分鲜明，麻制的衣服像雪一样白。这一比喻表达的意象，给人的印象太深刻了。刘勰在《文心雕龙》中谈到打比喻的问题，就举过这个例子。前面说过，比喻打得如何，是衡量一个作家才华的标志，《蜉蝣》的作者实在是打比喻的高手。

比兴之外是夸张、想象。请看《卫风·河广》如下的句子：“谁谓河广？一苇杭之。谁谓宋远？跂予望之。”谁说黄河宽？我用一根小苇子就可以渡过去；谁说宋国远啊？踮起脚尖我就可以望见。从卫国到宋国，也就是从今天河南濮阳到商丘这一带，怎么也得一百多公里吧，就是拿望远镜恐怕也望不到，更别说肉眼了。诗篇接着说：“谁谓河广？曾不容刀。”说河有多宽，放个刀进去，就满了。“刀”字，也有人解释成刀型小船。“谁谓宋远？曾不崇朝。”我要到宋国去，一早晨就到了。这是典型的夸张。黄河再窄，也不能放个刀就填满；宋国再近，也不能近到一个早晨就可以跑到。但是，诗却专意这样说。诗篇大概是想强调心愿的作用吧？你要有心，再远也能办到。黄河宽吗？要是有心的话，它就像个小刀，一根苇子就能渡过去。《论语》中有这样的记载：孔子读到两句诗：“岂不尔思，室是远而。”意思是说我哪里不想你呀，因为住得太远了。孔子就说：“未之思也，何远之有？”唉，还是不想啊，要想的话，哪还管什么远不远呢！这又使人想起《褰裳》篇：“子惠思我，褰裳涉溱；子不我思，岂无他人。”你可看中了我，看中了我，本姑娘撩着裙子过溱洧水去找你！还是夸张。要点还是：你有没有这份心，有这份心，别说溱洧之水，就是太平洋也能跨过去。

还有一首诗叫《采葛》，也采用了夸张手法表现心理。诗篇见于《王风》，唱：

彼采葛兮，一日不见，如三月兮！

彼采萧兮，一日不见，如三秋兮！

彼采艾兮！一日不见，如三岁兮！

不论是采葛还是采萧、采艾，都是比兴之词。诗要夸张的是一日不见给人心理上带来的效果，就像隔了三月、三季甚至三年。这首诗也很有意思，它到底说的是什么内容呢？历来有恋人之诗、“朋友之诗”等等。现代人当然倾向是爱情诗啦！倒是也很像爱情诗。还有一种解释，说诗篇是大臣怕遭谗言的诗。说是“爱情”好理解，说是朋友思念，也可以理解。大臣忧谗畏讥，又如何理解呢？这也不难理解，自古官场险恶，得宠幸的大臣离开君主一天，可能马上会有人乘虚而入，说坏话，导致被君主疏远。如此，离开朝廷一天，不就像离了三年一样难熬吗？清代有位徐乾学，是顾炎武的外甥，康熙年间在朝当官。他因故失宠，该离开皇上了，还在那里默默叨叨、默默叨叨，跟皇帝告别。皇帝烦了，脸一个劲朝别处看，他还在那儿唠叨。最后他说，皇上呀，我走了以后，你要明辨君子和小人啊！皇帝一听，这倒有点新意！就问他：我该如何分辨谁是君子，谁是小人呢？徐乾学就说，我离开以后，凡是说我好话的就是君子，凡是说我坏话的就是小人！其实这样的“一日不见”的心思，早在唐代的李德裕就表示过，他写文章，说做大臣的为什么不能退位呢？一旦退位，谗言接着就来了，就完蛋了。这都是险恶官场“一日不见，如隔三秋”的忧惧心态。不一定是诗的正解，说起来也颇为有趣。诗篇呢，只是一味夸张“一日不见，如隔三秋”的结果严重，却没有给出更多内容上的信息，是可以多方面解释的。可以从想念解，一天不见，就像隔了三个月甚至三年；也可以从疏远解，朋友、恋人，甚至君臣，一天不见，就像隔了三年那样疏远，也可以通。总而言之，夸张是《国风》诗篇的擅长。

总之，《诗经》的艺术手法，是在现实精神的大倾向下，用各种各样艺术手法来表现生活，其中很多的手法，都是精巧的、高妙的、细致入微的，甚至是力透纸背的，达到了非常高的高度。我们不能说《诗经》就是中国诗歌发展的高峰，却可以说，中华诗歌所以有后来那样伟岸的高峰，是因为有《诗经》这样的伟大经典做基础。

图书在版编目（CIP）数据

风诗的情韵：李山讲《诗经》/ 李山 著．—— 北京：东方出版社，2014.2
ISBN 978-7-5060-7283-0

Ⅰ．①风… Ⅱ．①李… Ⅲ．①古体诗—诗集—中国—春秋时代 ②《诗经》—通俗读物 Ⅳ．① I222.2

中国版本图书馆 CIP 数据核字 (2014) 第 029684 号

风诗的情韵：李山讲《诗经》
(FENGSHI DE QINGYUN : LISHAN JIANG SHIJING)

作　　者：李　山
策 划 人：张　杰　卫　星
责任编辑：姬　利　王丽娜
出　　版：东方出版社
发　　行：人民东方出版传媒有限公司
地　　址：北京市东城区东四十条 113 号
邮政编码：100706
印　　刷：河北远涛彩色印刷有限公司
版　　次：2014 年 4 月第 1 版
印　　次：2019 年 5 月第 3 次印刷
开　　本：710 毫米 ×1000 毫米 1/16
印　　张：20.25
字　　数：201 千字
书　　号：ISBN 978-7-5060-7283-0
定　　价：46.00 元